Li Yu-Chen

Die Mädchen der Pagode

Li Yu-Chen

Die Mädchen der Pagode

tosa

im Verlag Carl Ueberreuter Ges. m. b. H., Wien
Bearbeitet von Mag. Caroline Klima und Helmuth Santler
Einführung: Dr. Ulrike Müller-Kaspar
Satz und Layout: www.textwerkstatt.at
Cover von Studio Höpfner-Thoma GraphicDesign, Gräfelfing,
unter Verwendung eines Bildes von Bridgeman
Druck: CPI Moravia Books s.r.o.

www.tosa-verlag.com

Einführung

Erotische Literatur entstand zu allen Zeiten und in wohl allen Kulturen, die sich der Schrift als Unterhaltungsmedium bedienten. Offenbar ist sie, wie die Erotik selbst, ein Grundbedürfnis der Menschen.

Worin sich Zeiten und Kulturen jedoch unterscheiden, ist ihr Umgang mit der Erotik und vor allem mit der erotischen Literatur. Während Erotika heute in Buchhandlungen offen neben Fitness- und Gesundheitsratgebern angeboten werden, gingen sie noch vor hundert Jahren nur unter der Hand über den Ladentisch und wurden selbstverständlich auf den Index gesetzt.

Der vorliegende Band führt uns ins alte China, genauer in das China der Ming-Dynastie. Diese hatte 1368 die mongolische Herrschaft der Yuan-Dynastie abgelöst und China zunächst einen neuen wirtschaftlichen Aufschwung beschert. Die Chinesische Mauer wurde wieder aufgebaut, die Sklaverei verboten und die Bevölkerung nahm wieder zu.

Über dieses Buch und seine Entstehungsgeschichte wissen wir nicht viel. Ob Li Yu-Chen tatsächlich der Autor war, ist ungewiss. Er lebte um 1800 und eine englische Übersetzung der Geschichten schreibt ihm die Autorenschaft aufgrund stilistischer Ähnlichkeit zu. Die geschilderten Zustände allerdings sind älter.

Das Buch spielt im 15. Jahrhundert, oder, wie es in unserem Roman heißt: nach mehr als hundert Jahren der Herrschaft der Ming-Dynastie über das Reich der Mitte. Damals überließen die Kaiser die Herrschaft des Reichs zunehmend ihren Palasteunuchen und Haremsdamen. Diese regierten durch ihren Einfluss auf den Privatrat und auf die Geheimpolizei. In einer solchen Atmosphäre ist die Flucht ins Privatleben eine häufige Konsequenz.

In unserem Fall ist es eine unfreiwillige Privatheit, in der die Mädchen des Blumenhofs, wie hier ein Freudenhaus elegant umschrieben wird, sitzen und sich gegenseitig Geschichten erzählen. Eine Überschwemmung des Flusses hat ihre Pagode von der Außenwelt abgeschnitten und so wählt die Leiterin des Hofs ein Mittel zum Zeitvertreib, das auch im Italien der Renaissance seit Boccaccios Decamerone bewährt war: Sie ließ die Mädchen einander Geschichten erzählen.

Und wen wundert es, dass es Geschichten rund um das Spiel der Liebe sind, um Eheschließungen und Liebende, die doch zueinander finden, um Hindernisse und Glücksfälle, wie sie das Leben spielt. Der Unterschied zu den Geschichten Boccaccios oder Pietro Fortinis ist weniger groß, als man annehmen möchte.

In diesen Geschichten kommt einiges an chinesischem „Lokalkolorit“ vor, das erklärt werden sollte.

Händler hatten in der konfuzianischen Gesellschaft kein besonders großes Ansehen – was das mangelnde Selbstbewusstsein des Händlers Schao Mei in einer unserer Geschichten erklärt. Erst im 16. Jahrhundert trug der wirtschaftliche Aufschwung Chinas als Folge des Handels mit Portugiesen und Spaniern zu einer Veränderung der Rolle der Händler bei. Diese Länder gaben einen großen Teil ihres Silbers aus den amerikanischen Kolonien in China für Seide und Porzellan aus.

Eine andere Besonderheit der chinesischen Kultur sind die Lotusfüße der Frauen – zunächst der Damen bei Hof, dann der Frauen der besseren Gesellschaft, schließlich annähernd aller weiblichen Wesen. Die winzigen Füße entwickelten sich vom Statussymbol der federleichten Tänzerin bei Hof zum Schönheitsideal schlechthin. Und so ist es kein Wunder, wenn in den Erzählungen, die in diesem Band vorkommen, immer wieder auf die feinen Lotusfüße oder -blüten angespielt wird, mit denen hochgestellte Damen ausgestattet sind. – Die letzte Fabrik, die für diese verkrüppelten Füße Schuhe anfertigte, schloss übrigens erst gegen Ende des 20. Jahrhunderts.

Die für den Status des Helden in mancher Geschichte so wichtige, streng nach konfuzianischen Vorstellungen formalisierte Staatsprüfung galt zu dieser Zeit übrigens als Voraussetzung für eine Laufbahn als Beamter – der Entsprechung des europäischen Intellektuellen.

Den Kenner und Genießer europäischer erotischer Literatur wird der anregende und zugleich dennoch dezente Realismus in den Schilderungen der erotischen Begebenheiten erfreuen, wenngleich vermutlich ungewohnte Benennungen zu lesen sein werden. Mit ein wenig Fantasie lässt sich das, was damit gemeint ist, jedoch leicht erschließen. Was die Verwendung des Zusatzes „Jade-“ im Bezug auf die Männlichkeit des Helden betrifft, so ist es vielleicht noch ganz interessant zu wissen, dass der Edelserpentin – für die Chinesen die einzige, ursprüngliche und echte Jade – in

China seit mehr als 8.000 Jahren als Stein der Götter verehrt wird. Daher besteht der Stolz chinesischer Männer in der erotischen Literatur selbstverständlich ebenfalls aus Jade.

Anlässlich der Verleihung des Literaturnobelpreises 2000 an den lang vergessenen Exilanten Gao Xingjian meinte der kommunistische Parteisekretär des chinesischen Schriftstellerverbandes, dass chinesische Literatur im Ausland nicht verstanden würde. Wie falsch er mit dieser bereits damals umstrittenen Behauptung lag, wird spätestens nach der Lektüre dieses Buches klar. Denn hier zeigt sich, dass Verwechslungskomödien, Verwirrspiele um das Geschlecht der Liebenden und Königskinder-Konstellationen im Fernen Osten ebenso beliebte Motive erotischer Erzählungen darstellen wie hier im Abendland. Und hier wie da freut sich der Leser, wenn die teilweise äußerst verwickelten Geschichten an ihrem Ende zu einer klugen Lösung geführt werden.

Der Blumenhof

Nach mehr als hundert Jahren der Herrschaft über das Reich der Mitte verloren die Kaiser der Ming-Dynastie das Interesse am Regieren. Sie überließen die Arbeit den Eunuchen des kaiserlichen Hofs und wandten sich selbst angenehmeren Dingen zu.

Fuhr man zu dieser Zeit den Huangho flussaufwärts, wurde bereits aus großer Entfernung ein steiler Hügel sichtbar, der einsam aus der sonst völlig ebenen Landschaft emporragte. Am Gipfel der in Terrassen aufsteigenden Erhebung funkelte eine Pagode in leuchtendem Grün. Zahlreiche umliegende Gebäude waren rot gestrichen worden; dazwischen blitzte das saftige, zarte Grün eines Bambushains hervor.

Die Schönheit und Harmonie dieses Bildes waren jedoch nicht die einzigen Gründe, die Reisende beinahe zwangen, sehnsüchtige Blicke auf die rot umrahmte, grün leuchtende Krönung des Berges zu werfen. Ob die Besucher nun mit einer Dschunke den Fluss entlangsegelten, zu Pferd unterwegs waren oder sich in einer Sänfte die staubigen Wege durch die Ebene tragen ließen: Jedermann wusste, was sich hinter den Mauern befand. Kein Buddha-Tempel, auch wenn der Anblick der Pagode daran erinnerte, sondern der schönste Blumenhof des ganzen Reiches. Die Zahl der grazilen, duftenden Blumen, die hier wohnen durften, war nach einem uralten Gesetz beschränkt: genau hundert sollten den Reisenden jederzeit zur Verfügung stehen. Deshalb war die auf den ersten Blick wie ein Tempel anmutende Anlage überall im Land als die „Pagode der hundert Mädchen“ bekannt.

Hatte man den Blumenhof erst einmal betreten, verschwanden die letzten Vermutungen, es könne sich um einen Tempelbezirk handeln – selbst ohne eine der Blumen gesehen zu haben. Lauben in allen Blütenfarben, Stände mit eleganten, aufstrebenden Dächern, verträumte Weidenhaine, von verschlungenen Pfaden durchzogen, anmutige gewundene Wandelgänge, die sich immer wieder zu neuen, erquickenden Anblicken auf kleine Teiche und kunstvoll arrangierte, völlig natürlich wirkende Felsen öffneten, das leuchtende Rot der großen Mauer, die das ganze Gelände einschloss – alles verströmte ein Vorgefühl der Lust, weckte die Sinnlichkeit in den Besuchern. Es glich einer dem Vergnügen bestimmten Sommerresidenz des Kaisers selbst.

Falls manch einer über den Zweck der Anlage noch letzte Zweifel gehegt haben sollte, verschwanden diese spätestens beim Anblick der ersten Blume des Hofs. Die Mädchen waren ausnahmslos reizend anzusehen. Die ehemalige Geliebte des Kaisers, die ehrenwerte Dame Su-ngo, hatte die Lustpflänzchen ausgewählt. Su-ngo selbst mag zum Zeitpunkt unserer Erzählung um die vierzig Jahre alt gewesen sein. Weder ihre Statur noch ihr Gesicht waren eigentlich schön, jedoch verstand es Su-ngo, mit unnachahmlicher Eleganz aufzutreten und ihre Besucher in niveauvolles, einige Bildung verratendes Geplauder zu verstricken.

Männer verspürten in ihrer Gegenwart alsbald das dringende Bedürfnis, ihre damenhafte Souveränität anzuerkennen, neigten den Kopf und wurden zu ehrfurchtsvollen Dienern.

Wurde dann auch noch das Begrüßungsmahl gereicht, war es selbst um den asketischsten Einsiedler geschehen. Schweine-, Ochsen- oder Hammelbrühe oder Schildkrötensuppe stimmten den Magen ein, der erste Hauptgang aus fein gewürztem Lammbraten, gefülltem Spanferkel, gebackenen Hühnchen, geschmorten Bärentatzen und gedünsteter Hundeleber erfüllte mit tief gehender Befriedigung und bildete doch erst den Auftakt. Schlehengefüllte Rebhühner, Wachteln in Ingwersoße, gerösteter Fasan und gespickter Hasenbraten, begleitet von Reis- oder Hirsewein oder beidem, ließen die Gaumen jubeln, und nach dem Nachtisch aus schwimmend in Fett herausgebackenen Mehlfladen und köstlichen, vollreifen Melonen, Pflaumen und Pfirsichen waren die Gäste zu allem bereit.

Die Gegenwart der verführerisch gekleideten Blumenhofdamen, die die Männer mit schlüpfrigen Reden zu zweideutigen Witzen und eindeutigen Anzüglichkeiten animierten, reizte deren Sinne nur noch mehr, und die wohlhabenden Gäste genossen das Spiel, wohl wissend, wie es enden würde.

Dafür waren sie nur allzu gerne bereit, der Dame Su-ngo zu ihren unbestrittenen Qualitäten als Gastgeberin, Kupplerin und Vermittlerin von Kontakten in die höchsten Kreise auch als geschäftstüchtiger Händlerin der Lust entgegenzukommen. Was immer in der Pagode zu bekommen war, war mit barer Münze zu begleichen – und keinesfalls zu knapp. Su-ngo bot nur das Beste und die Schönsten, und das hatte seinen Preis.

Eines Tages erlitt das Liebesgeschäft in der Pagode der hundert Mädchen jedoch einen empfindlichen Einbruch, gegen den der Blumenhof vollkommen machtlos war. In den Jahren der Eunuchenherrschaft war der mächtige Fluss Huangho schon einige Male über die Ufer getreten. Das verzögerte jedes Mal die Anreise der wollüstigen Freier aus allen Landesteilen, verlängerte dafür aber den Aufenthalt der gerade Anwesenden, die umso mehr Geld in der Pagode ließen.

Dieses Mal jedoch wälzten sich braune Wassermassen den Huangho herunter, die beinahe bis zu den Gebäuden selbst heranreichten; Brücken und Stege wurden fortgerissen, Dämme brachen und als dies alles die Wut des Flusses nicht zu zügeln vermochte, bahnte sich der Huangho einen neuen Weg auf der anderen Seite des Pagodenhügels; von einem Moment auf den anderen saßen die Mädchen auf einer Insel fest.

Die Mädchen, wohlgemerkt. Denn die sonst so zahlreichen männlichen Besucher waren gerade allesamt abgereist zu wichtigen Prüfungen in der Hauptstadt, die für ihre Karrieren von entscheidender Bedeutung waren. Ein einziger Mann befand sich noch im Garten der Lüste: der junge Wang Dsiau aus vornehmer, jedoch verarmter Familie und deshalb zur Dienerschaft bei einem reichen Herrn genötigt. Die Dienste einer der hübschen Blumen hätte er sich von seinem kargen Salär niemals leisten können.

Bei der Abreise seines Herrn war Wang krank gewesen, weshalb sein Dienstgeber sich gezwungen sah, ihn zurückzulassen. Nun war Wang wieder genesen, konnte aber dennoch den Blumenhof nicht verlassen. Denn nachdem das Unwetter nachgelassen hatte, tauchten zwar wieder vereinzelt Reisende am jenseitigen Ufer auf, jedoch gab es keine Möglichkeit mehr, den immer noch tobenden Fluss zu überqueren. Möchtegern-Besucher sandten enttäuschte Blicke zu den hundert Mädchen, welche ihrerseits sehnsüchtig zu den unerreichbaren Bettgenossen sahen.

Die ehrenwerte Dame Su-ngo behielt, wie nicht anders zu erwarten, auch in dieser schwierigen Lage den Kopf unerschütterlich oben. Es war ihr klar, dass es eine ganze Weile dauern würde, bis sich entweder der neue, zweite Flussarm zu einem schmalen Rinnsal zurückgebildet haben würde oder die zerstörte Brücke wiedererrichtet worden wäre. Bis dahin bestand für die Mädchen keinerlei unmittelbare Gefahr, an Hunger oder Durst zu leiden – für solche Notfälle war ausgiebig Vorsorge getroffen worden. Jedoch wusste Su-ngo nur zu gut um das Problem der sich ausbreitenden Langeweile Bescheid, aus der sich Reibereien und Streitereien unter ihren Mädchen ergeben würden. Sie beschloss, dem rechtzeitig und wirksam entgegenzutreten.

Am dritten Tag nach der Überschwemmung versammelte sie ihre Schutzbefohlenen um sich und ließ sie in mehreren Kreisen Platz nehmen. Dann stellte sie sich selbst ins Zentrum inmitten all ihrer Blumen und sprach zu ihnen:

„Meine lieben Kinder, mir ist so deutlich wie euch, dass magere Zeiten angebrochen sind. Auch wenn es uns nicht am notwendigen Essen und Trinken mangeln wird, so müssen wir doch auf unsere Kavaliere verzichten, die zum Leben am schönsten aller Blumenhöfe dazugehören wie das Schwert zur Scheide. Bevor die Wasser nicht zur Ruhe gekommen sind, müssen wir uns damit leider abfinden. Anstatt aber mürrisch und teilnahmslos zu werden, lasst uns lieber gemeinsam die Zeit vertreiben, indem wir uns gegenseitig Geschichten erzählen, ob wir sie nun selbst erlebt oder nur von ihnen gehört haben. Auch ich, eure erfahrene Mutter und Gönnerin, werde das Meine dazu beitragen. Dafür muss aber jede von euch eine Geschichte erzählen, die zu uns Bewohnerinnen eines Blumenhofes passt. Und damit ihr auch zu den richtigen Geschichten ermuntert werdet und dann mit dem erwachten Feuer in euch nicht unbefriedigt bleiben müsst, gibt es für jede besonders gelungene Geschichte eine Belohnung. Wie ihr wisst, beherbergen wir derzeit einen einzigen Mann bei uns am Blumenhof – den jungen Wang Dsiau. Er ist mittellos und könnte sich keine aus unserem erlauchten Kreis jemals leisten, aber bevor wir selbst unter Entbehrungen zu leiden haben, wollen wir uns ihm gegenüber lieber ausnahmsweise als großzügig erweisen. Die Erzählerin jeder Geschichte darf, so sie es wünscht, nachher mit ihm auf dieselbe Weise das Spiel von Mond und Wind treiben, wie es geschildert worden ist. Auf die Art werden wir leichter vergessen, was uns entgeht, weil der wütende Fluss nicht in seinem angestammten Bett bleiben wollte. Holt jetzt den jungen Mann herein, denn auch er soll die Geschichten hören und wissen, was die Erzählerin von ihm erwartet."

Das Gekicher und Gelächter verebbte, als die zwei losgeschickten alten Dienerinnen den jungen Mann hereinbrachten. Mit einem huldvollen Wink wies Sungo den überraschten Studenten an, inmitten des innersten Sitzkreises Platz zu nehmen, und sagte:

„Nun sind wir also vollzählig. Zu Beginn möchte ich nur Geschichten von den Mädchen im ersten Kreis hören – ich sehe, es sind genau zwanzig. Wer von euch will als Erste sprechen und uns erbauen – aber bloß nicht mit einer braven Erzählung, die sich für die Insassinnen eines Nonnenklosters geziemen würde?"

Ein Mädchen mit der Haut eines Pfirsichs und wunderbaren goldenen Lilien (besonders klein geschnürten Füßen) erhob sich, lächelte verschmitzt und fing ohne weitere Umschweife an zu erzählen. Einhundertundein Ohrenpaare wurden gespitzt.

Ein junger Mann
wartet im Mondschein
auf sein Stelldichein,
doch nicht nur für ihn
ist die Überraschung
groß.

Nach vielen Ehejahren verlor der reiche Kaufmann Pang Hsing seine Frau; doch auch seine späten Jahre wollte er nicht als einsamer Witwer verbringen. Deshalb heiratete er Lüh Yo, eine Frau in den besten Jahren, die in ihrer Jugend viel Zeit in einem Blumenhof verbracht hatte, was Pang Hsing allerdings nicht wusste. Lüh Yo war noch immer eine schöne und sehr seriös wirkende Frau und hatte dem Kaufmann ihr Jawort gegeben, weil er reich und großzügig war und in hohem Ansehen stand. Auch sah er trotz seines Alters stattlich und noch recht mannhaft aus.

Leider musste Lüh Yo bereits nach wenigen Ehetagen feststellen, dass seine rüstige Erscheinung ganz und gar nicht der Wirklichkeit entsprach. In Geschäftsdingen mochte er sich ja souverän zu behaupten wissen und ein kühler und schlauer Rechner geblieben sein, doch im Bett erwies er sich als jämmerlicher Versager. Hatten er und sie endlich einmal geschäftliche Verhandlungen aufgenommen, die beiden satte Lustgewinne versprachen, dann waren diese jedes Mal rasch zum Scheitern verurteilt. Denn seine Stange Geld, die er in ihren Liebesfond zu investieren gedachte, fiel einer plötzlichen galoppierenden Inflation zum Opfer. Solcherart völlig entwertet konnte nichts den alten Kaufmann bewegen, eine weitere Geschäftsanbahnung zu versuchen.

Kein Wunder also, dass sie sich nach kurzer Zeit umsah, ob nicht andere Geschäftspartner auf ihre Angebote mit standhafterem Interesse reagierten.

Ihre Wahl fiel auf Miao Tsing. Der entfernte Verwandte des Kaufmanns wohnte bei seinem Onkel unbestimmten Grades und machte sich nützlich, wo immer er gebraucht wurde. Sein kräftiger, muskulöser

Körper war ein eindeutiges Versprechen, und jede seiner Bewegungen zeigte die Stärke, über die er verfügte. Lüh Yos männergeschultes Auge erkannte in Miao den richtigen Bettgenossen für ihre Zwecke. Sie lauerte auf eine günstige Gelegenheit, ihre Raffinesse mit seiner Kraft messen zu können. Freilich wollte sie unter keinen Umständen ihre Stellung als Herrin des Hauses gefährden und legte also größten Wert darauf, Vorsicht und Umsicht walten zu lassen.

Miao seinerseits war trotz seiner nur einundzwanzig Jahre ganz und gar nicht unerfahren. Einige Frauen hatten bereits das Bett mit ihm geteilt, vor allem die Dienerin Piän, ein recht ansehnliches Mädchen. Die neue Frau seines Onkels war ihm dank ihrer reifen und dabei frischen Schönheit und ihres eleganten Auftretens gleich gehörig ins Auge gestochen, wie sich wohl denken lässt.

Eines Tages musste der alte Pang Hsing verreisen und blieb, da es die Geschäfte verlangten, für einige Zeit fort. Die erhoffte günstige Gelegenheit für die verdorbenen Wünsche der beiden war gekommen. Allerdings wollte nicht nur Lüh Yo sich dem jungen Verwandten ihres Mannes gegenüber keine Blöße geben, auch Miao hielt seine Gefühle für die liebreizende Gattin seines Onkels bedeckt. Als er einmal nach dem Abendessen in der Kammer der Herrin saß, um mit ihr noch Aufträge für den nächsten Tag zu besprechen, trat die Zofe Piän ein. Miao blinzelte ihr heimlich zu, um wieder einmal ein Treffen nachher im Garten zu vereinbaren. Piän merkte davon aber nichts. Miao jedoch glaubte sich verstanden, erhob sich nach einer Weile, verabschiedete sich artig von seiner Tante und ging in den Garten, um dort auf Piän zu warten.

Inzwischen war die Nacht hereingebrochen. Der Mond schickte sein silbriges Dämmerlicht auf das Wäldchen im Garten und auf Miao, der an einem Baum lehnte und die Zeit vergehen ließ. Nach einiger Zeit begann er ungeduldig zu werden und es hielt ihn nicht mehr auf der Stelle. Sein Verlangen nach einer Frau war bereits so groß, dass sich sein Jadeschaft deutlich unter seinen Beinkleidern abzeichnete. Doch von Piän, die ja seine Absichten nicht kannte, war nichts zu sehen und zu hören.

Der sanfte Nachtwind hatte die Schwüle des vergangenen Sommertages erträglicher gemacht, dennoch war es immer noch ziemlich warm. Zusammen mit seinem von Ungeduld weiter geschürten Verlangen bereitete ihm das eine solche Hitze, dass er beschloss, sich auszuziehen. Endlich nackt, ragte sein langer, strammer Pfahl ungehemmt hervor. Er betrachtete seinen Ständer eine Weile unzufrieden, zuckte dann ergeben mit den Schultern und streckte sich der Länge nach auf einer Holzbank unter einem Baum aus.

Nachdem Miao sich zur guten Nacht verabschiedet hatte, war Lüh Yo noch eine Weile aufgeblieben, um noch ein wenig mit ihrer Zofe zu plaudern. Dann hatte sie sich in ihre Schlafkammer zurückgezogen und war zu Bett gegangen. Auch Piän, die von ihrem stoßbereiten Hengst im Garten nichts ahnte, hatte sich zur Ruhe begeben.

Lüh Yo konnte aber nicht einschlafen – zu unbefriedigt war ihre Wollust, der ihr alter Kaufmannsgatte nie hatte entsprechen können. Sie wälzte sich hin und her, zerwühlte die Laken und beschloss endlich, wieder aufzustehen und im Garten im Schein des Mondlichts von der wunderbaren Befriedigung aller Lüste zu träumen. Sie nahm sich vor, Miao in ihre Fingerspitzen zu versetzen, als Traummann ihrer Bettgelüste.

Sie vergewisserte sich, dass auch wirklich ihre gesamte Dienerschaft schlief und sich nicht womöglich jemand wunderte, was die Herrin um diese nachtschlafene Zeit nach draußen trieb. Aber bis auf das leise Rauschen des nächtlichen Windes war kein Geräusch zu vernehmen. Also erhob sie sich auf ihre zarten Goldlotusse und ging ohne Lampe in den Garten.

Miao erwachte aus seinem Halbschlaf, als er hörte, dass jemand leise näher kam. Er blickte auf, konnte jedoch im Zwielicht unter den Bäumen nicht erkennen, um wen es sich handelte. Er glaubte aber, dass nun doch endlich Piän gekommen wäre. Sogleich richtete sich sein Schaft, der aus Enttäuschung schlaff geworden war, wieder auf und wurde in kürzester Zeit prall und hart.

Lüh Yo hatte nach einigen Momenten des Innehaltens begonnen, gemächlich im Garten zu wandeln. Als sich ihre Augen an das ungewisse Licht des Mondes gewöhnt hatten, entdeckte sie plötzlich einen langen Schatten.

„Ich wusste gar nicht", dachte sie verwundert, „dass es bei uns im Garten eine Stange gibt, die einen so langen und geraden Schatten werfen kann." Neugierig ging sie näher heran – und wer vermag ihr Erstaunen zu beschreiben, als sie den wahren Urheber des Schattens erkannte! Miao lag, anscheinend schlafend, splitternackt auf der Bank, und sein gewaltiger Freudenstab ragte steil empor.

„Na, das finde ich jetzt wirklich erstaunlich", sagte sie kopfschüttelnd zu sich selbst. „Ein derart enormes Gemächt hätte ich selbst Miao nicht zugetraut."

Sie wandte sich um, hielt dann aber inne und sinnierte halblaut: „Was macht der junge Mann wohl hier im Garten – ohne Faden am Leib, der Jadestab einsatzbereit? Ob er wohl mit Piän verabredet war, sie jedoch nicht kommen konnte?“

Lüsternheit stieg in ihr auf, als sie sich dem nackten Mann vollends näherte. Ihr Blick wanderte über den prächtigen Körper und blieb immer wieder an Miaos prallem Gerät hängen. Der Anblick seines zitternd aufragenden Schafts versetzte sie in eine solche Erregtheit, dass sie nicht länger an sich halten konnte. Sie hob ihr Nachthemd über die Hüften hoch und stellte sich mit gespreizten Beinen über den Schläfer auf der Bank. Daraufhin zog sie die Schwellen ihrer Jadepforte auseinander, stülpte sie über seinen strammen Pfahl, schob ihren Körper tiefer und spürte, wie sein Stab ihren Blütenkelch mit heißer Härte erfüllte. Sie drückte vorsichtig nach unten, bis der lange Schaft vollständig in ihrer Lustgrotte verschwunden war. Siedend heiß stieg die Erregung in der erfahrenen Lüh Yo auf, in einer Heftigkeit, wie sie es seit ihrer Heirat mit dem alten Kaufmann nicht mehr erlebt hatte. Langsam, doch unablässig bewegte sie ihre Hüften über dem Jadestab, kostete seine ganze Männlichkeit genüsslich aus, bis ihr Liebestau überfloss und sogar ihre Schenkel nässte.

Nach und nach beruhigten sich ihre Sinne wieder und ihre Gedanken kamen wieder in Gang. Siedendheiß wurde ihr bewusst, dass der schlafende Lustspender jeden Moment erwachen und sie bei ihrem heimlichen Tun ertappen könnte. Ganz vorsichtig ließ sie deshalb seinen Jadestängel aus ihrer Pforte gleiten und machte sich daran, auf leisen Sohlen zu verschwinden.

Miao aber, der natürlich nur so getan hatte als schliefe er und auch gleich gemerkt hatte, wer ihn da als Dildo benützte, dachte bei sich: „Nein, nein, so einfach kommt sie mir sicher nicht davon!" Eine solch einmalige Gelegenheit wollte er sich keinesfalls entgehen lassen. „Denn", so überlegt er weiter, „lasse ich sie jetzt laufen, ist es fraglich, ob ich sie überhaupt jemals herumkriege. Ich werde sie durch eine List für mich gewinnen."

„Piän", rief er und tat, als erwachte er in diesem Augenblick. „Wie lange bist du schon hier?" Mit diesen Worten umfasste er ihre Hüften und bugsierte sie wieder genau an die Stelle zurück, die sie gerade hatte verlassen wollen. „Was hab ich nicht gerade für einen wunderbaren Traum erlebt! Pass auf, ich zeig dir was darin passiert ist." Und damit fing er ohne zu zögern an, sie von unten mit kräftigen Stößen zu versorgen.

Die Herrin des Hauses fand sich mit der überraschenden Wendung augenblicklich zurecht und tat ohne lange zu überlegen das einzig Richtige: Sie verhielt sich, als wäre sie ihre Dienerin und genoss den Ritt.

Als sie fühlte, dass er sie wieder zur Gänze erfüllte, stützte sie sich auf seiner Brust ab und begann, seine Stöße mit ihren weißen Hinterbacken zu erwidern. Dabei fühlte sie ein sich unablässig steigerndes, lustvolles Jucken in ihrer Jadepforte; die merkwürdige Situation trug das Ihre dazu bei.

Nachdem er fünfmal neun flache und jeweils einen tiefen Stoß nach oben geführt hatte, empfand Miao seine Lage auf einmal beengend und anstrengend. Er hob seine Reiterin aus dem Sattel, stand auf und legte sie an seiner Stelle auf der Holzbank nieder. Bereitwillig spreizte sie ihre Schenkel weit auseinander und streckte ihre goldenen Lilien seinen Schultern entgegen.

Der aufreizende Anblick der sich völlig hingebenden Frau machte ihn so wild, dass er sie voller Leidenschaft an den Hüften packte, sich zwischen ihre Schenkel drängte und wie ein brunftiger Stier auf sie losging. Wie ein Wahnsinniger ging er zu Werke, aber Lüh Yo ging bei jedem seiner harten Stöße mit, sodass ihre Pobacken einen wahren Tanz aufführten. Stöhnende Laute der Lust entrangen sich ihr, und Wogen der Erregung erschauerten ihren Körper.

„Meine Liebste, mein Herz", raunte er mit vor Lust rauer Stimme, „durch deine Leidenschaft entschädigst du mich überreichlich für die lange Wartezeit." Mit diesen Worten fasste er nach ihren Goldlilien, liebkoste sie eine Zeit lang und rief dann: „Wie ist es nur möglich, dass ich bis heute nicht bemerkt habe, welch wunderschöne Goldlotusse du hast! Am liebsten würde ich sie ganz und gar verschlingen!"

Lüh Yo sagte natürlich nichts zu diesen Huldigungen. Dann zog Miao seinen Liebesspeer aus ihrem Lusttempel heraus und begann, diesen mit den Fingern zu erforschen. Weich, feucht und warm wie das Innere einer vollreifen, sonnenwarmen Feige fühlte es sich an. Er tastete sich bis zu ihrem Allerheiligsten vor und berührte dieses zärtlich mit seinen Fingerspitzen. Dann ließ er von ihr ab und schob seinen noch immer prallen Schaft wieder in sie hinein.

Da Lüh Yo aber befürchtete, zuletzt doch noch erkannt zu werden, machte sie dem Spiel ein Ende. Sie entzog sich seiner Umarmung und erhob sich. Miao hatte nichts dagegen, da er damit rechnen musste, dass Piän doch noch käme. Allerdings hatte er nicht vor, nach solchen Erfolgen stillschweigend das Feld zu räumen.

„Piän“, flüsterte er deshalb, hielt sie am Arm fest und berührte in der Dunkelheit unter dem Baum mit seinem von ihren Säften feuchten Stab ihren Bauch, „es war heute so wundervoll mit dir, dass ich nicht aufhören kann. Wenn du nicht mehr kannst, brauche ich unbedingt noch eine andere Frau.“

„Dann suche dir doch jene aus, nach der es dir am meisten verlangt“, hauchte sie ihm leise wie das Schlagen eines Schmetterlingsflügels entgegen.

„Weißt du denn, wer das sein könnte?“ setzte er sein neckendes Spiel fort.

„Vielleicht die mit den kleinen Füßen?“ war sie um eine schlagfertige Antwort nicht verlegen.

„Es könnte wirklich sein, dass ich mich noch heute Nacht in aller Heimlichkeit bei ihr einschleiche“, flüsterte er.

„Wer weiß“, gab sie zurück, „vielleicht erwartet sie dich.“ Dann eilte sie davon und verschmolz mit den Schatten. „Ich bin ja gespannt“, dachte sie dabei, „ob er wirklich den Mut aufbringt und in meine Kammer kommt.“

Nachdem sie lautlos in ihr Schlafgemach gehuscht war, legte sie auch noch ihr Nachtgewand ab und legte sich erwartungsvoll nackt aufs Bett. Die Tür war nur angelehnt.

Miao war inzwischen ebenfalls bis zur Kammer seiner Herrin gelangt. Als er die halb offene Tür sah, ging er sofort hinein und erblickte im Mondschein die schöne, nackte Lüh Yo, die ihre willige Bereitschaft mit weit gespreizten Schenkeln offenkundig machte.

Sofort legte er sich dazwischen, drang heftig in sie ein und setzte fort, wo er kurz zuvor im Garten aufgehört hatte.

„Meine Güte, was ist das?“ ließ die Hausherrin in gespieltem Entsetzen hören. „Wer vergewaltigt mich – in meinem eigenen Bett?“ Mit einem lustvollen Ächzen quittierte sie den ersten gewaltigen Stoß.

„Sollte dir dieser Jadestängel wirklich fremd sein, verehrte Lüh Yo?“ fragte Miao scheinheilig zurück. „Zuvor im Garten schienst du mir schon recht vertraut mit ihm – und das sogar ohne mein Zutun!“

Er brach in Lachen aus, und auch seine Gespielin war vor lauter Heiterkeit nicht mehr in der Lage, ihre Rolle weiterzuspielen.

Dann meinte sie: „Eines musst du mir noch sagen: Woran hast du erkannt, dass ich es war und nicht Piän?“

„Piän hat weder eine so vollendete Figur wie du noch so wunderbar zierliche Füßchen“, erwiderte er offen. „Zudem fehlt es ihr an deiner Geschicklichkeit und deiner Leidenschaft beim Spiel von Himmel und Erde.“

„Bitte“, sagte sie ein wenig ängstlich, „du darfst es auf keinen Fall jemandem verraten. Du musst immer sehr vorsichtig sein!“

„Sei ganz beruhigt; ich werde vorsichtig sein“, versicherte er ihr. „Warum sollte ich riskieren, von dem alten Pang Hsing rausgeschmissen zu werden – und dich nicht mehr besuchen zu können!“

Lachend zog er eine Bettrolle unter ihrem Kopf hervor und schob sie unter ihren Hintern. Dann trieb er seinen Jadepfahl mit kurzen, kräftigen Stößen in ihre Grotte und tobte mit aller Leidenschaft darin herum, als wolle er die fruchtbare Frühjahrserde mit Pflanzlöchern versehen. Kurz vor seinem Höhepunkt zog er sich jedoch wieder aus ihr zurück, fiel auf die Seite wie ein nasser Sack und schnaufte vor Anstrengung. Sobald ihn aber die Leidenschaft erneut umarmt hatte und sein Jadestängel vor frischer Lust pulsierte, ging er erneut ans Werk. Das wiederholte er noch einige Male, bis Lüh Yo im Morgengrauen erschöpft einschlief und Miao sich aus dem Schlafgemach stahl, um sich rechtzeitig vor dem Erwachen der Dienerschaft auf sein eigenes Lager zu betten.

Jede Nacht kam nun Miao an Lüh Yos Lager, solange die Geschäftsreise des alten Pang Hsing andauerte. Niemand merkte etwas davon, nur Piän wunderte sich ein wenig: Warum war Miao nur auf einmal so zurückhaltend und anspruchslos geworden?

Die Mädchen waren der Erzählung mit beifälligem Lächeln gefolgt, manche hatten auch die geschilderten lüsternen Bewegungen selbst nachvollzogen. Nachdem die Erzählerin zum Ende gekommen war, erhielt sie von allen Seiten regen Beifall.

Auch die Dame Su-ngo sparte nicht mit Lob: „Deine Geschichte war ein guter Beginn unseres Erzählreigens. Der Lohn steht dir zu und du darfst ihn dir jetzt vergönnen, wenn du magst. Du aber“, sagte sie mit mahnendem Unterton an den Studenten gewandt, „sieh zu, dass euer Spiel von Himmel und Erde auch wirklich genau so verläuft, wie es in der Geschichte beschrieben worden ist!“

Wang hatte eine heftige Rötung im Gesicht angenommen und wirkte reichlich eingeschüchtert. „Ich werde alles daransetzen", sagte er leise, „euren Ansprüchen Genüge zu tun."

Begleitet vom lüsternen Gekicher der anderen Blumenhofmädchen trottete er hinter der ersten Erzählerin aus dem Raum. Sogleich wandte sich Su-ngo erneut an ihre verführerischen Blüten und verlangte nach der nächsten Geschichte. Eines der Mädchen ließ sich nicht lange bitten und setzte zu folgender Erzählung an:

Eine junge Schönheit
verschlägt es in ein
Kloster, doch dank
ihrer Fertigkeiten
muss sie auch dort
nicht ohne das Spiel
der Liebe leben.

Als Hsiang Ju, ein reicher Kaufmann, das Zeitliche segnete, ließ er seine Ehefrau mit zwei unmündigen Kindern zurück – einem Sohn, der noch gänzlich in den Kinderschuhen steckte, und einer halb erblühten Tochter. Bei dieser war bereits die Schönheit zu erkennen, zu der sie sich einst entwickeln würde, doch war sie von kränklicher Konstitution. Wohl kein Opfer wäre der besorgten Mutter zu groß gewesen, hätte sie damit nur ihrem Kind zu besserer Gesundheit verholfen.

Eines Tages kam die Äbtissin eines eine Tagesreise entfernt an einem Fluss gelegenen taoistischen Nonnenklosters zu Besuch. Das Kloster trug den Namen „Zu der lächelnden Gottheit" und stand bei der Witwe Hsiang in gutem Ruf: Sie hielt die Würdenträgerin für eine ehrbare und fromme Vertreterin ihrer Religion. Damit lag sie allerdings gänzlich falsch, wie sich zeigen sollte.

Nachdem die Nonne eingetreten war und ihre Gastgeschenke überreicht hatte, fiel ihr auf, um wie viel erwachsener Liän-Hsiang, die Tochter des Hauses, seit ihrem letzten Besuch geworden – und wie ungemein hübsch sie anzusehen war. Das brachte sie sofort auf einen Gedanken.

„Wie groß das Mädchen doch geworden ist", sagte sie. „Habt Ihr Euch denn schon über ihre Zukunft Gedanken gemacht?"

Traurig erwiderte die Mutter: „Das Kind ist kaum einen Tag bei guter Gesundheit, wie soll ich da Pläne schmieden? Ich bin doch ständig nur besorgt um sie."

„Und Ihr habt Euch bereits an sämtliche Götter und Ahnen um Hilfe gewandt?"

„Natürlich. Aber alles blieb ohne Erfolg", meinte

Liän-Hsiangs Mutter mit deutlichem Kummer in der Stimme.

„Ich denke, ich weiß dennoch von einer Möglichkeit, die Ihr noch nicht versucht habt“, deutete die Äbtissin daraufhin an. „Lasst mich zunächst einmal sehen, wie die Sterne für Eure Tochter stehen, danach wird sich etwas finden.“

Hocherfreut teilte die Witwe ihrer vermeintlichen Freundin die Geburtsstunde ihrer Tochter mit. Nach einer ganzen Weile des geschäftigen Herumrechnens rückte die Äbtissin mit ihrer Antwort heraus: „Es gibt tatsächlich eine Möglichkeit; dafür muss Eure Tochter jedoch ihr Heim verlassen.“

„Nun, wenn es ihr denn hilft, will ich dazu meine Einwilligung geben. Allerdings frage ich mich, wohin sie gehen könnte – Verwandte gibt es keine und für die Ehe ist sie noch nicht alt genug.“

„Das wäre auch verkehrt; laut Horoskop ist sie zum Alleinsein bestimmt und gerade nicht zum Heiraten. In einer Ehe würde es ihr noch schlechter ergehen. Mir schwebt etwas ganz anderes vor: ein taoistisches Kloster. Das wäre der rechte Platz für Euer Kind.“

„Dann gibt es also doch Grund zur Freude“, frohlockte die Witwe Hsiang. „Ihr könntet Sie in Eurem Kloster aufnehmen; das wäre mir das Liebste und der Abschied von meinem Mädchen fiele mir nur halb so schwer.“

„Das würdet Ihr einer bescheidenen Nonne zutrauen? Euer Vertrauen ehrt mich. Seid beruhigt: Unser Kloster ist dank der Zuwendungen von Gläubigen gut versorgt und es wird Eurem Kind an nichts mangeln.“

„Daran zweifle ich nicht“, besiegelte die Frau die Abmachung. „Schon bei der nächsten passenden

Gelegenheit wird sie sich auf den Weg zu Euch und Eurem Kloster machen."

Dieser Tag kam bald und Liän-Hsiang wurde in einer Dschunke flussaufwärts zum Kloster gebracht. Als Erstes lernte sie ihre Schwestern kennen; zwei waren noch ziemlich jung und sehr schön anzusehen.

In den nächsten Monaten wurde das Mädchen auf ihre neue Rolle vorbereitet; bedeutsam war vor allem der Tag, an dem ihr der Kopf kahl rasiert wurde. In den folgenden Jahren wuchs sie zu einer jungen Frau heran. Bei gelegentlichen Besuchen ihrer Mutter konnte sich diese von ihrem Wohlbefinden überzeugen und war über ihren guten Gesundheitszustand hocherfreut.

Einmal verschlug es einen Studenten namens Tsou Yen, der gemeinsam mit einem Freund den Fluss bereiste, in die Gegend um das Kloster. Sie hatten die Absicht, die Frühlingsblüte zu bestaunen, die in den Wäldern entlang des Ufers als besonders schön galt. Sie legten an und durchwanderten den Wald, bis sie plötzlich ein kleines Klostergebäude erblickten, dessen weiße Mauern zwischen den Bäumen leuchteten. Sie fanden die Tür verschlossen vor, jedoch schien es ihnen, als spähe jemand durch einen Spalt heraus.

Tsou Yen, das sei hier angemerkt, war mit vielen Talenten gesegnet und besaß überdies ein äußerst attraktives Äußeres; ja man konnte so weit gehen zu behaupten, dass er ein wirklich schöner Mann war.

Die beiden setzten ihren Weg durch den Wald fort, pausierten einmal um sich zu stärken und kehrten gegen Abend zu ihrer Dschunke zurück. Bei Sonnenuntergang setzten sie wieder Segel, um flussabwärts zu fahren.

Im darauf folgenden Herbst war es für Tsou Yen an der Zeit, seine erste Prüfung abzulegen. Also mietete er sich eine kleine Dschunke um in Begleitung des einzigen Dieners der Familie in die Hauptstadt zu segeln. Gerade als sie die Leinen lösen wollten, rief sie ein junger taoistischer Mönch an:

„Fährt Eure Dschunke zur Hauptstadt?"

„Ja", bestätigte der Bootsbesitzer, „das macht sie. Mein Passagier hat vor, dort zu einer Prüfung anzutreten."

„Könnte ich vielleicht mitkommen? Die Hauptstadt ist auch mein Reiseziel."

„Da muss ich den jungen Herrn fragen, was er von einem weiteren Passagier hält."

In diesem Moment trat Tsou Yens Diener an Deck und brüllte gleich los, wie es seine unangenehme Art war: „Mein Herr tritt zu einer schwierigen Prüfung an. Das Letzte, was er dafür braucht, ist ein kahlköpfiger Störenfried; er muss sich unterwegs in Ruhe vorbereiten können."

„Ich habe lediglich höflich gefragt", verteidigte sich der Mönch. „Ihr habt keinen Grund, gleich loszuschreien!"

Die lautstark geführte Unterhaltung war bis in die Kabine des Studenten zu hören. Tsou Yen öffnete sein Fenster und spähte hinaus. Angesichts der jugendlichen, schlanken Gestalt des Mönches dachte er bei sich, dass die Fahrt in Begleitung eines Gleichaltrigen sicherlich kurzweiliger verlaufen würde. Zudem mochte das Kloster des jungen Mönches in einer schönen Umgebung liegen, wie dies nicht selten der Fall war, und wenn es ihm gelingen sollte, mit dem Taoisten Freundschaft zu schließen, könnte er sich seinen Studien bisweilen umgeben von herrlicher Natur widmen. Mit solchen Überlegungen reifte rasch ein Entschluss heran.

Tsou ging an Deck und maßregelte seinen ungehobelten Diener: „Du legst wieder einmal dein schlechtestes Benehmen an den Tag – und das noch dazu gegenüber einem Mönch!“ An den Mönch am Ufer gewandt rief er: „Seid mir willkommen; es ist mir eine Freude, Euch als Reisegefährten begrüßen zu können.“

Unter vielen Danksagungen kam der Angesprochene an Bord. Dann aber erblickte er den Studenten und Erstaunen mischte sich in seine Züge. Tsou Yen wiederum war wie geblendet: „Das ist sicherlich der attraktivste Mönch, den ich je gesehen habe“, dachte er. „Wäre er ein Mädchen, es könnte nicht anziehender sein und würde mit den schönsten Frauen des Landes mithalten. Wie bedauerlich, dass er in Wahrheit nur ein Mönch ist; eigentlich eine Schande, wie die Geschenke der Natur hier verschwendet wurden.“

Mönch und Student tauschten Begrüßungen aus, danach lud Tsou den jungen Mann zu sich in die Kajüte auf eine Tasse Tee ein. Von Anfang an verstanden sie sich sehr gut; die Unterhaltung war zwanglos und angenehm und offenbarte zugleich den hohen Bildungsgrad des Mönches. Sehr auffallend war, dass er jedes Mal, wenn Tsou sich abwandte, die Gelegenheit nutzte und seinen Gastgeber diskret, aber genauestens in Augenschein nahm. Dem schlauen Studenten entgingen diese fortgesetzten Inspektionen jedoch trotzdem nicht, allerdings wurde er aus seiner Beobachtung überhaupt nicht klug.

Gegen Mittag wurde es unerträglich schwül, obwohl bereits der Herbst ins Land gezogen war, und

Tsou legte sein Obergewand ab; er animierte seinen neuen Freund, es ihm gleichzutun, was dieser jedoch mit freundlicher Bestimmtheit ablehnte. Er meinte, weder Hitze noch Schwitzen machten ihm das Geringste aus, beides vertrage er bestens.

Ebenso wies er nach dem Abendessen Tsous Vorschlag, doch noch ein Bad zu nehmen, entschieden zurück. Er sei dies auf Reisen nicht gewohnt, begründete er sein seltsames Verhalten. Also erfrischte sich nur Tsou und legte sich bald darauf auf seine Schlafmatten, da ihm bereits die Augen zufielen.

Der Mönch wartete ruhig ab, bis alle in tiefem Schlaf lagen, löschte dann die letzten Lichter und zog sich im Finsteren aus. Vorsichtig legte er sich neben Tsou Yen, der erhoffte Schlaf wollte und wollte sich aber nicht einstellen. Er richtete sich wieder auf und betrachtete eine Weile den Sternenhimmel, soweit dieser durch die kleine Luke zu erkennen war. Dann hielt er es nicht länger aus, beugte sich über den Studenten und begann ihn sachte zu streicheln. Da erfühlte er plötzlich ein stabförmiges Ding, das gerade von der Leibesmitte abstand und leicht pulsierte. Er zuckte zurück, überließ sich dann aber der Neugierde und beschloss, den Gegenstand gründlicher zu betasten. Davon wurde der Student wach; blitzschnell zog der Mönch seine Hand weg, doch Tsou hatte bereits erfasst, weshalb er aus dem Schlaf gerissen worden war. Er drehte sich auf die andere Seite und tat, als schliefe er, während er in Wahrheit die Situation überdachte.

„Also so was!“, durchfuhr es ihn. „Was hat meinen Speer dermaßen angespitzt? War es ein lüsterner Traum oder der Mönch mit seiner Hand? Ich werde ihm diese Ungehörigkeit auf jeden Fall vergelten. Ich tue so, als interessiere mich ein junger Mann, dann wird er solche Zudringlichkeiten in Zukunft wohl unterlassen."

Also drehte sich der schöne Jüngling erneut um und nahm den Mönch in Augenschein. Dieser lag ganz still am Rücken, die Augen geschlossen, aber Tsou wusste wohl, dass er nur so tat, als schliefe er. Er rückte näher heran und begann seinerseits, den Körper des jungen Mannes zu betasten. Dabei geriet er plötzlich an zwei rundliche, nachgiebige Hügel mit steifen Spitzen. Verwundert überlegte er, ob es sich bei seinem Reisegefährten am Ende um einen Eunuchen handeln könnte. Er hatte gehört, dass derlei bei diesen Halbmännern vorkäme. Jedenfalls gefiel ihm das Gefühl, über die so weiblich prallen und dabei samtigen Kuppeln zu streicheln, und er machte es gleich noch einmal. Der Mönch blieb weiterhin regungslos. Als Tsou jedoch tiefer drang, über die glatte, weiche Haut des Bauches hinweg in die Schenkelregion, und dort nicht den allerkleinsten Jadestängel vorfand, sondern stattdessen einen sanft gewölbten, von weichen Haaren bestandenen Hügel, und noch tiefer einen warmen, fleischigen Einschnitt, rückte der vermeintliche Mönch oder Eunuch hastig beiseite und drehte sich auf den Bauch.

Vollkommen verwundert rief Tsou: „Was hat das zu bedeuten? Wer seid Ihr?"

„Ich bin eine taoistische Nonne, habe mich aber als Mönch verkleidet, um unterwegs nicht ständigen Belästigungen ausgesetzt zu sein."

„Deshalb fand ich dich gleich so anziehend", sagte Tsou. „Du wirst verstehen", setzte er fort, „dass ich mir eine so einzigartige, vom Schicksal gewährte Gelegenheit nicht entgehen lassen kann. Das würde ich mein Leben lang bereuen."

Damit hatte er sich auch schon über sie gerollt, spreizte ihre Beine und zwängte sich dazwischen. Seinen Lustspeer steil aufgerichtet machte er sich zur Attacke auf ihr jungfräuliches Liebesnestchen bereit. Schon hatte er die Spitze angesetzt und war ein Stückchen eingedrungen, versuchte nun durch tastende Bewegungen die enge Pforte weiter zu öffnen um in die tiefste Tiefe zu gelangen, dort wo ihr Blütenherz der Eroberung harrte. Das Mädchen ächzte und stöhnte, halb im Schmerz und halb vor Lust, und grub ihre Finger fest und fordernd in seine Hinterbacken. Da verspürte sie plötzlich ganz tief in ihr drin etwas Unangenehmes, Schmerzvolles, das nicht zu ertragen war.

„Hör auf, bitte", rief sie leise. „Das tut mir weh!"

Tsou war jung und wenig erfahren, so viel jedoch wusste er: er war an ihr Blütenherz gestoßen. Also trat er den halben Rückzug an und erforschte den Lusttempel eine Weile mit flachen, langsamen Bewegungen seines Liebeszepters. Das schien der Nonne sehr zu gefallen, denn obgleich sie immer noch gewisse Schmerzen verspürte, wuchs ihre Erregung sichtlich, sie presste sich immer dichter an ihn heran und zwang ihn förmlich, ganz in sie zu dringen. Endlich durchbohrte er ihr Blütenherz und entlockte ihren geröteten, feuchten Lippen einen halb erstickten, lustvollen Schrei. Im selben Moment gestattete er auch sich die Erfüllung und verströmte seine Liebesessenz in ihrem Innersten. Die Nonne seufzte, erhitzt und ergeben, und er hielt sie noch eine Weile in zärtlicher Umarmung, bis er sich langsam von ihr löste.

Nachdem er seine überschäumende Lust gestillt hatte, besann sich der Student der guten Sitten und entschuldigte sich für den allzu heftigen Überfall. In blumigen Worten bedankte er sich überschwänglich für das erlesene Vergnügen, das er erleben durfte. Dann bat er sie, ihm ihren Namen und ihren Wohnort zu nennen.

„Als Nonne werde ich Tai Sung gerufen, doch zuvor hieß ich Liän-Hsiang; ich bin die Tochter des verstorbenen Hsiang Ju, des Kaufmanns. Früher war ich kränklich, weshalb meine Mutter mich ins Kloster geschickt hat. Ich meine das Nonnenkloster am Oberlauf des Flusses, mitten im Wald. Dorthin kommen immer wieder Männer, die mir aber allesamt nicht gefallen haben. Im letzten Frühjahr aber war ich zur Torwache eingeteilt und da habe ich dich gesehen, wie du in Begleitung eines Freundes im Wald spazieren gingst. Seither galten alle meine Gedanken dir und ich habe mir nichts sehnlicher gewünscht, als dich wieder zu sehen. Ernsthaft glauben konnte ich aber nicht daran; du kannst dir meine Freude deshalb kaum vorstellen, als ich dich beim Warten auf eine Bootspassage plötzlich auf einer Dschunke erblickte.

Als ich mich dir vorhin widerstandslos hingegeben habe, geschah dies nicht aus Lüsternheit, sondern weil ich auf diesen Augenblick monatelang sehnsüchtig gewartet habe. Es war für mich alles andere als ein bloßes Abenteuer – und ich hoffe, du siehst das ebenso."

Tsou beeilte sich, ihre tiefen und ernsthaften Gefühle zu bestätigen. „Ja, Liän-Hsiang, auch ich fühle für dich keinesfalls so, als wärst du eine Zufallsbekanntschaft, die kommt und wieder geht, sondern ganz tief in meinem Herzen. Es war kein Zufall, sondern eine Fügung des Schicksals, die uns zueinander geführt hat. Ich bin Junggeselle und niemandem versprochen, und du entstammst einer angesehenen Familie, gegen die meine Eltern keine Einwände erheben werden. Du brauchst nicht im Kloster zu bleiben. Ich möchte für dich da sein."

„Dies alles geschah so unerwartet und plötzlich; ich habe keine Idee, wie ich aus dem Kloster, dem ich ja von meiner Mutter versprochen worden bin, entlassen werden könnte, ohne dass es zu unangenehmen und komplizierten Verwicklungen kommt."

„Offen gestanden", erwiderte Tsou, „geht es mir nicht anders." Sanft berührte er die Geliebte am Arm. „Wir müssen uns die Sache sehr gut überlegen, damit dein neues Leben als meine Gemahlin nicht von Anfang an unter einem schlechten Stern steht."

Wie sie sich so unterhielten, verspürte er mit einem Mal erneut das Verlangen, seinen Jadestab zur Erkundung ihrer verborgenen Höhle einzusetzen; sie war dazu gerne bereit, bat ihn aber, mit Rücksicht auf ihre frische Jungfernwunde Vorsicht walten zu lassen, um die Schmerzen in Grenzen zu halten. Er willigte ein und hielt sein Versprechen.

Bei Sonnenaufgang schlüpften die beiden wieder in ihre Kleider und legten sich auf getrennte Lager, bevor irgendjemand Verdacht schöpfen konnte.

Nach dem Frühstück teilte Tsou Yen dem Bootseigner seine geänderten Pläne mit: Er solle flussaufwärts an der Hauptstadt vorbeisegeln, da er gedenke, die angebotene Gastfreundschaft des Mönchs in Anspruch zu nehmen und in dessen Kloster zu übernachten; die Ruhe und Abgeschiedenheit kämen ihm für die Prüfungsvorbereitungen gerade recht. Nachdem sie die Anlegestelle des Klosters erreicht hatten, sandte er den Diener zurück in sein Elternhaus.

Umsichtig wartete der Student, bis sich die Dschunke genügend entfernt hatte, bevor er zwei der hier wartenden Sänftenträger anwies, sie beide getrennt zum Kloster „Zu der lächelnden Gottheit“ zu tragen. Für das Gepäck fand sich ein Träger, ein ihm völlig fremder Mann, dem er auftrug, den beiden Sänften zu folgen.

Beim Kloster angekommen übernahm der Prüfling die Entlohnung der Bediensteten; Tai Sung, die Nonne wider Willen, betrat sogleich die Anlage, um den Studenten als einen hochwohlgeborenen jungen Herrn anzukündigen, der sie auf der Suche nach einem abgeschiedenen, ruhigen Ort für die Vorbereitung auf seine Prüfung angesprochen habe. Sie habe ihm das Kloster „Zu der lächelnden Gottheit“ vorgeschlagen und er sei gleich mit ihr gekommen. Es sei nun an der Äbtissin, in der Sache endgültig zu entscheiden. Damit kehrte sie auf ihr Zimmer zurück, wie es mit Tsou Yen abgesprochen worden war.

Die Vorsteherin war sofort sehr eingenommen für diese Neuigkeiten. Neugierig rief sie die beiden jungen und hübschen Schwestern herbei, mit denen sie ihre ganz und gar unfrommen Abenteuer zu erleben pflegte, und ging in deren Begleitung zum Tor. Als sie Tsou Yen, der wie die Idealvorstellung eines jungen Mannes aussah, ansichtig wurden, wäre es um ihre Selbstbeherrschung beinahe geschehen gewesen. Was sie sich sonst an Männern für den gemeinsamen Lustgewinn vergönnen konnten, war mit diesem Prachtexemplar, das ihnen ihr jüngstes Klostermitglied in aller naiven Unschuld präsentiert hatte, in keinster Weise zu vergleichen. Die drei wechselten kurze Blicke und wussten sich einer Meinung darin, dass dieser Tsou Yen schnellstmöglich geprüft werden sollte – auf ihre ganz spezielle Art.

Dem Studenten blieb diese stille Übereinkunft zwar verborgen, dennoch fielen dem mit scharfem Blick und wachem Verstand Gesegneten einige bemerkenswerte Details auf. Denn diese taoistischen Nonnen, die ihn da in aller Freundlichkeit in Empfang nahmen und ihm sofort und ohne Wenn und Aber den Aufenthalt im Kloster zur Vorbereitung auf seine Prüfung gewährten, entsprachen ganz und gar nicht seiner Vorstellung, obwohl Liän-Hsiang einige Andeutungen fallen gelassen hatte. Mit der unvergleichlichen Schönheit dieses Mädchens, der er vergangene Nacht die Jungfernschaft geraubt hatte, waren sie zwar nicht zu vergleichen, aber dennoch waren alle drei auffallend hübsche Frauenzimmer.

Eine zählte nicht mehr als zwanzig Lenze, besaß eine gertenschlanke, zierliche Statur und machte einen leicht schüchternen Eindruck. Ohne sich dagegen wehren zu können, wurde Tsou Yens Blick vom Anblick ihres kirschförmigen Mundes angezogen. Ihre Augenbrauen standen leicht zusammen, was ihrer Miene einen geheimnis und verheißungsvollen Ausdruck verlieh.

Die zweite, um einige Jahre älter, wirkte deutlich erfahrener im Umgang mit Männern. Sie hatte eine üppige, keineswegs übertrieben füllige Figur, die einen sehr geschmeidigen Eindruck machte. Ihr rosig frischer Teint kam einer Verlockung gleich.

Die Äbtissin schließlich war eine reife Frau, die dennoch nicht minder reizvoll anzusehen war als ihre beiden Begleiterinnen. Sie stellte erstaunlich pralle und bestens ausgepolsterte Rundungen zur Schau und unterstrich deren sinnliche Wirkung mit glühenden Blicken. Außerdem verstand sie es, ihre vollen Brüste und ihre üppigen Hüften durch aufreizende Bewegungen dezent, aber wirkungsvoll in den Vordergrund zu stellen.

Tsou Yens Gepäck wurde von einer alten Dienerin versorgt, während er selbst zum Tee gebeten wurde. Dabei wurde sehr munter geplaudert und manche verborgene Anspielung ließ bereits die Richtung erkennen, in welche die drei Damen das Geschehen lenken wollten. Als Tsou Yen schließlich das ihm zugeteilte Zimmer betrat, nahm das mittlerweile reichlich angeregte Trio die Sache in die Hand.

Zunächst blieb dem Studenten noch kurz Gelegenheit, das für ein Kloster viel zu luxuriös eingerichtete Quartier zu bestaunen: Es war mit Möbeln, Teppichen, Kissen, Wandbildern und Lampen auf das Vornehmste ausgestattet.

Sogleich aber schritten die Schwestern zur Tat, und da Tsou Yen nichts gegen die Erfüllung der Sehnsüchte seiner Gastgeberinnen einzuwenden hatte, gelangte man ohne langwierige Vorbereitungen zum Kern der Sache.

Der jüngsten der drei lüsternen Nonnen wurde der Vortritt überlassen. Während sie sich sofort entkleidete, nicht ohne anstandshalber schüchterne Blicke zu werfen, entledigten die beiden anderen den Studenten seines Gewandes. Das Mädchen legte sich nackt aufs Bett, mit weit gespreizten Beinen. Tsou Yen legte sich sanft über sie und begann mit einer Technik, die ihr viel Lust bereiten, ihn aber nicht vorzeitig erschöpfen würde – er wollte sich für die beiden anderen Nonnen bei Kräften halten. Er rieb also seinen Jadespeer über dem Eingang ihrer Lustgrotte, zart und leicht, als streife ein Schmetterling über eine Blüte. Bald vernahm er ihre leisen Laute der Lust, die von ihrer wachsenden Erregung kündeten. Schließlich war er des Reibespieles überdrüssig, und mit einem plötzlichen Stoß schob er seinen Rüssel tief in sie hinein; Sekunden später ließ er seine Dämme brechen. Es hörte sich so an, als geschehe ihr dasselbe.

Die andere junge Nonne hatte sich in der Zwischenzeit nackt auf einen Korbstuhl gesetzt, die Popobacken an den Rand gerückt und die Beine aufgestellt. Ungeduldig wartete sie in dieser Position, dass sie an die Reihe käme. Zu ihrem Glück benötigte ein junger Mann wie Tsou Yen, der in vollem Saft stand, nur eine kurze Verschnaufpause, um erneut das Spiel von Mond und Wind spielen zu können. Mit einem Blick auf das aufreizende Bild erfasste er die Situation; er trat hinzu, legte sich die Beine der Frau über die Schultern, stützte sich an den Stuhllehnen ab und versenkte seinen Jadestab mit kraftvollen Stößen in ihrer bereitwilligen Lustgrotte. Jeder seiner Stöße bewegte den Stuhl samt der Frau und Stück für Stück schob er sie durch das ganze Zimmer. Keine Überraschung also, dass nach einigem Stöhnen hier und Ächzen da beide Wolken rasch zum Bersten gebracht wurden.

Die Äbtissin hatte, im Übermaß angeregt durch das ihr gebotene Schauspiel und die lustvollen Geräusche, ohnedies keine Zeit mehr zu verlieren; sie hätte dem virilen Studenten am liebsten überhaupt keine Pause vergönnt. Sich ihrer Wirkung sicher, legte sie vorsorglich alle Kleidung ab und begab sich in ihre Lieblingsposition, um den jungen Mann sofort in Empfang nehmen zu können, sobald er wieder einsatzbereit sein würde. Sie kniete sich an den Rand eines Sofas und reckte ihre Hinterbacken empor; ihre Brüste drückten in die Polsterung.

Der Anblick ihres ausladenden, aber noch rosig frischen Hinterteils, so einladend zur Schau gestellt, machte aus dem schlaffen Wedel Tsou Yens schlagartig wieder einen kampfbereiten Jadespeer. Er attackierte auch sofort, packte die strotzenden Hüften und rammte sein Gerät mit wilder Leidenschaft, so tief es ging, in die rot und feucht glänzende Spalte zwischen den enormen Schenkeln. Die Äbtissin ließ nun endlich alle geheuchelte Zurückhaltung fahren und brüllte ihre brünstige Lust lauthals hinaus; heftig drängte sie sich dem Mann entgegen und saugte dessen pralles Gemächt beinahe ein.

Was nun begann, war kein gewöhnliches Spiel von Himmel und Erde, sondern ein Orkan, der über eruptierenden Vulkanen tobte, und die beiden Jüngeren folgten dem Geschehen mit weit aufgerissenen Augen und offenen Mündern. Dies war keineswegs die erste Gelegenheit, bei der sie die ehrenvolle Äbtissin im Liebeskampf erlebten, aber ein solch heftiges Gefecht hatten sie noch nie erlebt. Das Sofa knarrte und zitterte und drohte jeden Moment zusammenzubrechen; übertönt wurde all dies von den Brunstschreien der Vorsteherin, sodass die beiden besorgt nach außen lauschten, ob nicht womöglich andere Nonnen, im Glauben das Ächzen und Stöhnen geschehe in der Not, zu Hilfe eilten.

Wie es schien, befanden sich jedoch alle in tiefem Schlaf, denn nicht einmal der Höhepunkt, bei dem das ganze Zimmer zu beben schien und nicht bloß Wolken barsten, sondern ganze Gewitterfronten Blitze und Sturmfluten entfesselten und mächtige Donnerschläge verursachten, lockte ungebetene Besucher heran. Aus tiefster Kehle stöhnend sank die Äbtissin zur Seite und entließ den feucht glänzenden, bereits leicht eingesunkenen Yakwedel aus ihrem gierigen Schlund. Tsou Yen hatte sich rücksichtslos verausgabt bei diesem dritten Einsatz seiner Waffen und brach keuchend und nach Atem ringend neben seiner Kampfgefährtin zusammen. In den Gesichtern der beiden anderen standen Bewunderung und Neid geschrieben, als sie herbeieilten, um den Erschöpften zu neuen Kräften zu verhelfen.

Tsou Yen war nach den mehrmaligen Liebeskämpfen völlig ausgepumpt und benötigte einige Zeit zur Erholung; erst Stunden später waren in dem Zimmer wieder Lustgeräusche zu vernehmen. Fortan mühte sich der Student Nacht für Nacht, dreifach seinen Mann zu stehen – einen ganzen Monat lang.

Liän-Hsiang blieb all diesen Gefechten fern, was die drei Unersättlichen ihrer Scheu zuschrieben; freilich kam ihnen diese Zurückhaltung gerade recht. Das Mädchen hatte einmal die ihr zugedachte Rolle vollends erfüllt: Die Äbtissin hatte sie in der Absicht ins Kloster gelockt, ihr einmalig hübsches Gesicht als Köder für all die stattlichen Männer zu verwenden, die ihrem Lustgewinn dienen sollten. Zudem wäre Tsou Yen überfordert gewesen; die Befriedigung dreier derart liebesgieriger Frauen ging auch so schon langsam über seine wahrlich nicht geringen Kräfte. Das Nonnentrio tat zwar alles, um seine Manneskraft zu erhalten, insbesondere durch die reichliche Gabe stärkender Nahrungsmittel wie Ginseng-Lotoskernen, aber nichtsdestotrotz war ihm eine Pause sehr willkommen; er erhielt diese Gelegenheit, als seine drei Gefährtinnen für einige Tage zu einem taoistischen Fest reisen mussten. Die Äbtissin hätte es zwar vorgezogen, eine ihrer beiden jüngeren Lustgenossinnen im Kloster zurückzulassen, auf dass sie sich in jeder erdenklichen Weise um den Studenten kümmere und ihn ihren frivolen Spielen gewogen erhalte, aber da sich die beiden unnachgiebig um dieses Vorrecht stritten, war keine Einigung zu erzielen gewesen; letztendlich mussten beide mitkommen.

Es fiel nun Liän-Hsiang zu, sich der Bedürfnisse des jungen Mannes anzunehmen; großzügigerweise wollte man auch sie ein wenig in den Genuss der enormen Potenz des Studenten kommen lassen, immerhin war seine Anwesenheit ja ihr zu verdanken.

Sofort nachdem die drei abgereist waren, suchte Liän-Hsiang den Studenten auf und sagte: „Du wirst mit deinen Kräften bald am Ende sein. Außerdem frage ich mich, wie du deine Prüfung abzulegen gedenkst?“

„Du hast ja Recht“, pflichtete er ihr bei. „Denk aber immer daran, warum ich Nacht für Nacht das Spiel von Himmel und Erde mit diesen drei unersättlichen Nonnen getrieben habe: um dir nahe sein zu können und unsere Verbindung aufrechtzuerhalten.“

„Du denkst also noch daran, dass wir eigentlich gemeinsam von hier fort wollten?“

„Aber natürlich ist das nach wie vor meine Absicht! Ich habe dich gebeten, meine Frau zu werden, und so soll es sein; ein hinreißenderes Mädchen als dich werde ich mein Lebtag lang nicht finden.“

„Warum nützen wir dann nicht diese einmalige Gelegenheit und verschwinden von hier, während die drei abwesend sind?“

„Weil die Gelegenheit bei weitem nicht so gut ist, wie sie vielleicht erscheint“, erwiderte Tsou Yen. „Sobald sie wieder hier sind und entdecken, dass wir beide zur gleichen Zeit verschwunden sind, brauchen sie nicht viel Spürsinn, um sich das Geschehen zu erklären. Das wird ihnen ganz und gar nicht recht sein; sie werden sich zornig auf die Suche machen, um mich dir wieder abzunehmen. Zwar habe ich Vorsichtsmaßnahmen ergriffen und ihnen einen falschen Namen und einen erfundenen Heimatort genannt, aber dennoch wäre es nicht unmöglich, uns auf die Spur zu kommen und uns in ziemliche Schwierigkeiten zu bringen. Und dann ist da noch ein Problem: Ich kann dich nicht als flüchtige Nonne in mein Elternhaus bringen und als meine Zukünftige vorstellen; alle meine Verwandten wären entsetzt. Und mit deinem Kahlkopf wärst du überall sofort als Nonne zu erkennen.

Ich mache dir einen viel besseren Vorschlag: Nicht sehr weit von hier lebt eine Tante von mir, die mich gerne mag und mir bestimmt einen Gefallen erweisen wird. Ich werde einen Brief aufsetzen und dich zu ihr schicken; sie soll dich eine Weile bei sich aufnehmen, bis deine Haare ein wenig nachgewachsen sind. Sollten sie immer noch sehr kurz sein, kannst du dich auf eine gerade überstandene Krankheit ausreden, aufgrund derer es medizinisch notwendig geworden sei, sich den Kopf kahl zu scheren.

Ich selber bleibe noch eine Zeit lang hier und ziehe dann los, um meine Prüfung abzulegen, wie es ja von

Anfang an beschlossen war. Danach komme ich dich holen und nichts wird uns noch zu unserem gemeinsamen Glück fehlen."

Liän-Hsiang war klug genug, um den Plan als durchdacht und Erfolg versprechend zu erkennen, und stimmte daher unverzüglich zu. Bereits am nächsten Morgen verließ sie das Kloster, hatte jedoch keinen Brief dabei, sondern Tsou Yen persönlich an ihrer Seite. Der Student hatte sich die Sache noch einmal überlegt und war zu dem Entschluss gelangt, der Tante besser persönlich die Situation darzulegen. Er lag damit völlig richtig; seine Tante, erfreut über das Wiedersehen, fühlte mit den Liebenden und hieß ihr Vorgehen gut, obgleich sie eine gläubige Frau war. Sie empfing Liän-Hsiang mit offenen Armen und Tsou Yen konnte ruhigen Gewissens ins Kloster zurückkehren.

Er betrat das weiße Gebäude inmitten des Waldes ganz knapp, bevor auch die drei Nonnen von ihrer Reise heimkehrten. So konnte er ihnen weismachen, er sei immer hier gewesen; die Nonne Tai Sung aber, so erklärte er, sei zwei Tage zuvor abgereist, ohne ihm ihr genaues Ziel zu nennen. Sie habe auf ihn einen etwas kränklichen Eindruck gemacht, fuhr er fort, weshalb er annehme, sie sei zu ihrer Mutter in Pflege gefahren. Verlässliches wisse er aber nichts zu sagen.

Die Äbtissin schöpfte keinerlei Verdacht. All ihre Sinne und Gedanken waren bei dem schönen jungen Mann; er war dageblieben, hatte auf sie gewartet, was sonst sollte da noch eine Rolle spielen. Offenbar hatte er an ihnen und ihren lüsternen Spielen Gefallen gefunden; neben diesen erregenden Vorstellungen fanden Überlegungen zu einem raffinierten Plan zweier Liebender keinen Platz.

Es ging auch mit den Liebesgefechten im Bett, auf dem Sofa, dem Sessel und dem Teppichboden sogleich wieder los, mit der aufgestauten Leidenschaft mehrerer männerloser Tage, bis Tsou Yen nach Tagen erneut vollkommen ausgepumpt war. Schließlich erklärte der Student, er müsse sich nun ernsthaft der Vorbereitungen für seine Prüfung annehmen, er habe das immer vorgehabt und auch seinen Eltern versprochen; die drei Nonnen hatten ein Einsehen und stellten ihn für eine Zeit von seinen erotischen Verpflichtungen frei.

Er begab sich also in die Hauptstadt, nahm ein kleines, ruhiges Zimmer und lernte dort eifrig für seine Prüfung. Sein Jadespeer war völlig bedürfnislos, was nach den vergangenen Wochen der wilden und ungezügelten Leidenschaften auch nicht weiter verwunderte.

Tsou Yen absolvierte schließlich die Prüfung mit einem achtbaren Ergebnis, kehrte danach aber nicht nach Hause zurück, sondern fuhr zu seiner Tante und seiner Geliebten. Diese erschien ihm noch attraktiver und hinreißender, als er im Gedächtnis hatte, wozu mit Sicherheit ihre bereits ein beträchtliches Stück nachgewachsenen Haare beitrugen.

Sodann kehrte er zu seinen Eltern zurück; er war sehr lange fort gewesen, doch da er nun mit neuem Rang nach bestandener Prüfung und einer Braut an seiner Seite vor ihnen stand, nahmen sie daran keinen Anstoß. Im Gegenteil, sie waren von Liän-Hsiang überaus angetan, zumal sie auf eine ehrenhafte Herkunft verweisen konnte. Ihre Vergangenheit als Nonne blieb unerwähnt und würde dies wohl für alle Zeiten bleiben. Einer baldigen Eheschließung und einer glücklichen gemeinsamen Zukunft stand nichts mehr im Weg.

Die Vorsteherin des Klosters „Zu der lächelnden Gottheit" und ihre Lustgefährtinnen hatten einige Zeit in sehnsuchtsvoller Erwartung der Rückkehr des Studenten geharrt; schließlich mussten sie erkennen, dass es ihm wohl zu viel geworden war, sich fortwährend der Befriedigung dreier derart lüsterner Frauen zu widmen. Sie suchten und fanden anderweitig Trost. Der Gedanke, das ungeklärte Verschwinden von Tai Sung und das Fernbleiben des hengststarken Tsou Yen könnten in irgendeinem Zusammenhang stehen, kam ihnen nicht.

Trotz der recht langen Geschichte erhielt die Erzählerin regen Beifall. Der Gedanke, wie wohl dem einzigen zur Verfügung stehenden Mann die vielen erschöpfenden Übungen bekommen würden, brachen die Blumenhofmädchen in helles Gelächter aus.

Su-ngo aber erklärte nüchtern: „Eine unterhaltsame Geschichte, zweifellos, doch können wir von unserem Kandidaten nicht erwarten, dass er ähnliches zu leisten im Stande ist; für diese Runde darf er aussetzen, bei der nächsten muss er wieder bereitstehen.

Wer also will die nächste Geschichte erzählen?"

Ein Mädchen, dem der Schalk aus den Augen leuchtete, hob die Hand und begann auf ein Nicken Su-ngos zu sprechen.

Eine verheiratete Frau
wird beim
Seitensprung erwischt,
doch geschieht nicht
mehr, als dass
über Erfahrungen
gesprochen wird.

Huang Ti, ein Kaufmann, war mit einer wunderschönen jungen Frau verheiratet. Sie zog ihn mächtig an, war aber auch für viele andere Männer überaus attraktiv; zumal sie von der ehelichen Treue recht leicht abzubringen war, insbesondere als Strohwitwe über Nacht. Ihr Gatte übernachtete des Öfteren außer Haus.

Eines Abends, Huang Ti war wieder einmal nach Sonnenuntergang zu einem Geschäftstermin gegangen, wie er behauptete, schlich sich Nong Hun zum Haustor, um den erwarteten Galan einzulassen. Plötzlich umfing sie in der tiefen Dunkelheit des Vorraums eine Umarmung und jemand bedeckte sie mit Küssen. Ob sich da jemand auf ihre Kosten amüsieren wollte? Womöglich eine ihrer Dienerinnen, zu denen sie halb freundschaftliche Beziehungen pflegte? Um sicherzugehen strich sie mit der Hand am Arm der Person entlang und tastete sich nach unten vor, wo sie zu ihrer Erleichterung auf etwas Festes und doch Elastisches stieß, das von der Leibesmitte abstand.

„Mein Schatz“, flüsterte sie erfreut. „Du bist es! Wie ist es dir gelungen, hier hereinzukommen?“

„Ich bin über das Dach geklettert.“

„Na du bist mir vielleicht einer! Da hat es wohl jemand ganz besonders eilig. Dann komm, lass uns gleich in mein Schlafzimmer gehen!“

In völliger Dunkelheit gingen sie geräuschlos zu Nong Huns Kammer und legten dort ihre Kleidung ab. Der Mann konnte dabei mit der Strohwitwe nicht mithalten, denn als er endlich ausgezogen war, lag sie bereits splitternackt auf ihrem Lager. Er kletterte zu ihr, fand den Weg zwischen ihre Beine und wollte sich ihre Schenkel über die Schultern legen; aber Nong Hun war ihm zuvorgekommen und hatte ihre Beine schon weit gespreizt und hoch gestreckt.

„Von wegen Eile", dachte er bei sich. „Die kann's ja auch nicht mehr erwarten. Umso besser; wenn sie schon derart angeschärft ist, kann ich auf langwierige Vorspiele ja getrost verzichten. Ich komme ohne Umschweife zur Sache." Und damit ließ er seinen Jadestab mit einem einzigen mächtigen Stoß in ihr Liebesnest fahren.

Das war nun doch zu viel für Nong Hun; auf eine solche Heftigkeit ohne jede Vorbereitung war sie nicht gefasst gewesen. Sie versuchte, von ihm fortzurücken und klagte lauthals.

„Warte, halt ein!" rief sie. „Du tust mir weh!" Sie rang nach Atem. „Wir haben doch Zeit, also brauchst du es nicht gleich derart heftig anzugehen."

„Tu nicht so jungfräulich", erwiderte er. „Als ob du noch die ganze Einschmiererei brauchen würdest." Aber trotzdem tat er ihr den Gefallen und ging um einiges sanfter ans Werk. Er zog sich zurück und begann, seinen Stab an ihre Pforte zu schmiegen und ausgiebig ihren Hahnenkamm zu streicheln; mit den Fingern drängte er vorsichtig die beiden fleischigen Lippen auseinander und spürte, wie es in der Grotte langsam feuchter wurde. Ungeduldig schwang er sich sofort zu einem zweiten Anlauf auf. Doch wenn er dieses Mal auch ein wenig tiefer in sie dringen konnte, schien ihr sein Speer doch immer noch mehr Schmerz als Lust zu bereiten.

„Halt, halt", rief sie wieder. „Das ist noch immer nichts. Gib Spucke auf deinen Yakwedel, damit er besser rutscht."

„Du hörst dich ja schon wieder wie eine Jungfrau

an“, erwiderte er abfällig. „So eine Schmierung braucht doch eine erfahrene Frau nicht mehr.“

„Denkst du; aber wenn du nicht willst, mache ich es mir eben selbst.“ Damit entzog sie sich ihm, spuckte in ihre Hand und rieb seinen Stab mit ihrem Speichel ein. „Jetzt kannst du es noch einmal versuchen.“

Tatsächlich verschwand sein Rüssel bei dieser Attacke in seiner ganzen stattlichen Länge in ihrem Lusthäuschen und entlockte ihr ein wohliges Stöhnen. „Nicht schlecht“, gab er zu, begann aber sofort darauf, wie ein Irrer in sie zu stoßen, was wieder einige Schmerzlaute in ihr Lustgestöhne mischte. Aber nach und nach verschwanden diese und sie ließ nur noch wollüstiges Seufzen hören. Er hielt ihre Pobacken fest umklammert und versenkte einen mächtigen, tiefen Stoß nach dem anderen in ihrem Schoß. Ihre Wolke barst und dann gleich noch einmal, aber aus Rache für seine rüden Angriffe ließ sie ihn das nicht merken; deshalb schuftete er wie ein Berserker, rackerte sich heftig keuchend an ihr ab, obwohl sein Speer schon beinahe den Dienst verweigerte.

Endlich fragte sie mit zuckersüßer Stimme: „Mein wilder Liebling, bist du bald so weit?“

Er hatte sich alle Mühe gegeben, sein anfänglich so ungehobeltes Vorgehen wiedergutzumachen; schadenfroh bemerkte sie, wie nass geschwitzt er war. Aber sie hatte ihre kleine Rache gehabt und erbarmte sich jetzt seiner.

„Ja, ja“, stöhnte sie, „jetzt kommt es mir! Hör auf, ich bitte dich!“

Der völlig erledigte Mann zog sich sofort zurück, sank neben der zutiefst befriedigten Frau aufs Bett und fiel mit dem nächsten Atemzug in einen totenähnlichen Schlaf; nur seine leisen Schnarchgeräusche zeigten, dass noch Leben in ihm war.

Auch Nong Hun genoss die Ruhe nach dem Sturm und wollte sich ein Weilchen entspannen, bevor sie ihren Liebhaber zu einem neuerlichen Ritt antreiben würde; später erwartete sie ihren Mann zurück, bis dahin musste ihr stürmischer Galan natürlich das Haus verlassen haben. Mitten in diese friedliche Stimmung erscholl die Stimme ihres Gatten und erschreckte sie bis ins Mark! Er stand bereits am Eingangstor und wollte eingelassen werden.

Grob rüttelte sie den Schlafenden wach und raunte ihm zu: „Mein Mann ist schon zurück! Rasch, krieche in diesen Sack, damit er dich nicht findet!"

Bevor der stramme Stichling halbwegs erwacht war, fand er sich bereits, mit so gut wie nichts am Leibe, in einem großen groben Jutesack wieder. Die liebestolle Strohwitwe aber beeilte sich, um noch vor irgendwelchen Bediensteten ans Tor zu gelangen. Als sie es öffnete, setzte sie sogleich zu einer weitschweifigen Erklärung an.

„Lieber Mann, ich muss Euch um Verzeihung bitten, dass Ihr so lange vor der Türe ausharren musstet. Ich hatte Euch beileibe nicht so früh zurückerwartet und bin aus lauter Langeweile eingeschlafen. Jetzt habt Ihr mich geweckt, deshalb hat es etwas gedauert, bis ich an die Tür gekommen bin."

Ganz mit ihrem heuchlerischen Gerede beschäftigt nahm sie erst jetzt wahr, in welchem Zustand sich ihr Gatte befand.

Huang Ti war bleich wie ein Gespenst und zitterte am ganzen Körper. Ehrlich erstaunt fragte sie: „Um Himmels willen, was ist Euch widerfahren? Seid Ihr in einen Fluss gestürzt, dass Euch dermaßen kalt ist?"

Gekonnt spielte sie die fürsorgliche Ehefrau und bugsierte ihren Mann ins Haus. Dieser war so erschüttert, dass er ohne Vorrede sofort zu berichten begann: „Heute ging es wirklich um Haaresbreite; ich glaubte schon, es wäre um mich geschehen und du hättest mich zum letzten Mal lebend gesehen. Ich hatte gar nichts Geschäftliches zu erledigen, sondern bin zur Gemahlin des Kaufmanns Tschang Kiu gegangen. Sie war allein zu Haus, weil sich Tschang Kiu auf Geschäftsreise befand und erst zwei Tage später zurückerwartet wurde. Also konnte ich sie in aller Ruhe ausziehen und ihre herrlichen Brüste berühren.

Sie fühlten sich wunderbar prall und zugleich geschmeidig an, wie auch ihr Liebesnestchen, erregendes, festes, glattes Fleisch. Am liebsten hätte ich sie im Sturm genommen. Ich hielt mich aber zurück, legte mir ihre Beine über die Schultern und drang mit allem Zartgefühl langsam in sie ein. Ich verpasste ihr tiefe und flache Stöße, in einem guten Rhythmus und für ziemlich lange Zeit, aber das ließ sie anscheinend völlig unbeeindruckt. Schließlich nahm ich ihr den Kopfpolster weg und schob in unter ihren Hintern; eine hervorragende Idee, denn kaum empfing sie, mir entgegengereckt, meine nächsten Stöße, fing sie auch schon an zu seufzen und zu stöhnen, dass es eine wahre Freude war.

Von diesen Lustgeräuschen angefeuert verdoppelte ich mein Tempo und werkte in ihr, als wäre ich der Hammer und sie der Amboss. Das kam ihr wohl gerade recht; ihre Lustgemächer sind groß und weit gebaut und da braucht sie es stark und lang. Ich spürte, wie die Säfte der Lust alles rund um ihre Pforte befeuchteten und hörte ihr Lustgestöhne, das immer lauter wurde. Dennoch hätte ich gerne noch eine Weile weitergemacht, aber sie umklammerte mich heftig und raunte mir ins Ohr: „Die Erde wird jeden Moment erbeben; lass auch deinen Vulkan ausbrechen, sodass wir es zur selben Zeit erleben können."

Wenn sie es so wollte, würde ich ihr natürlich gerne entgegenkommen. Ich versenkte also die ganz tiefen Stöße in ihr und wirklich ließen unsere beiden Wolken zur gleichen Zeit ihren Regen ab. Ein köstliches Vergnügen, das kann ich dir sagen – aber danach begann die Katastrophe. Wir lagen gerade im schönsten Dämmerschlaf nachher und sammelten neue Kräfte, als es an der Haustür klopfte. Tschang Kiu war vorzeitig zurückgekehrt! Seine Frau versuchte, Zeit zu schinden, während ich hastig meine überall verstreuten Kleider zusammensuchte und mich dann hinter einem Brennholzstapel in der Küche verbarg.

Die List der Frau misslang; ich weiß nicht was, aber etwas muss Tschang Kiu verräterisch erschienen sein, jedenfalls zündete er eine Kerze an und schnüffelte eifersüchtig im ganzen Haus herum. Es war nur eine Frage der Zeit, wann er auch die Küche betreten würde.

Als dies geschah, verkroch ich mich noch tiefer hinter dem Holzstapel, stieß dabei aber an die Scheite. Sofort brüllte er los: „Da hat sich doch etwas bewegt! Ich bringe dich um!"

Damit schnappte er sich das größte und schärfste Küchenmesser, das er finden konnte, und machte sich daran, blindlings hinter den Holzstoß zu stechen. Ich erriet aber seine Absicht, sprang hoch und bekam eine Sekunde des Zögerns, als ich so plötzlich vor ihm stand. Die genügte, um ihm das Messer aus der Hand zu schlagen und, wie von Teufeln gehetzt, aus dem Fenster zu flüchten.

Die Todesangst hat mich nicht erstarren, sondern blitzschnell handeln lassen, und allein diesem Umstand verdanke ich mein Leben; andernfalls läge ich jetzt leichenstarr auf einer Bahre."

„Was für ein Unglück wäre das gewesen!" entsetzte sich Nong Hun. „Kein Wunder, dass Ihr ausseht, als hättet Ihr den Tod selbst gesehen." Ohne auch nur ein Wort zu seiner Geschichte anzumerken, gab sie sich fürsorglich und besorgt: „Bitte, tretet doch endlich ein und ruht Euch aus. Nein, wie fürchterlich!"

Huang Ti folgte der Aufforderung gerne und in der gewohnten Umgebung fiel der ärgste Schrecken rasch von ihm ab. Schon bemerkte er einen verdächtig großen Reissack. „Den hatte ich aber nicht an dieser Stelle deponieren lassen", überlegte er ein wenig verwundert. Sein Erstaunen wuchs, als der Sack sich leicht bewegte. Nach den Erlebnissen des Abends dachte er erst gar nicht an eine Maus, sondern vermutete sofort eine ähnliche Geschichte wie seine eben erlebte.

„Hast du gesehen, wie sich der Sack bewegt hat?" rief er aufgeregt an seine Frau gewandt. „Da hat sich bestimmt ein Mensch versteckt." Er riss den Sack auf und behielt recht – mit einem reichlich unsicheren Gesichtsausdruck kam der Mann zum Vorschein, der kurz zuvor noch Nong Hun so eindrucksvoll beglückt hatte.

„Na wie finde ich denn das!" schrie der Kaufmann empört. „Was hast du mitten in der Nacht in meinem Haus zu suchen – versteckt in einem Sack? Ich will sofort eine Erklärung!"

Der Liebhaber seiner Frau überlegte fieberhaft und sagte dann: „Ich habe den Reis heute geliefert und war gerade dabei, alle schlechten Körner und Kieselsteine und dergleichen auszuklauben."

„Was für eine Frechheit, so etwas zu behaupten!" brüllte Huang Ti erneut los. „Kein Mensch macht diese Arbeit mitten in der Nacht – und im Sack drin. Wer soll dir das glauben? Ich glaube dir jedenfalls kein Wort; dir werde ich's geben, dieser Sack wird dein Leichensack!"

Der gehörnte Ehemann blickte sich nach irgendetwas um, mit dem er den Mann attackieren könnte, und schnaufte dabei vor Zorn. Doch da sagte der Strohwitwentröster: „Es ist ausgesprochen unfair von Euch, ehrenwerter Huang Ti, mir nicht zu glauben, dass ich zu dieser nachtschlafenden Zeit den Reis ausklaubte; Ihr habt Euch schließlich zur selben Zeit beim Kaufmann Tschang Kiu mit dem Schlichten eines Holzstoßes beschäftigt."

Mit diesen Worten entstieg der vorgebliche Reiskontrolleur zur Gänze dem Sack und verließ das Haus, ein breites Grinsen im Gesicht. Huang Ti aber hatte die Farbe von Mohnblumen angenommen, hielt den Kopf gesenkt und wagte es nicht, seiner Frau auch nur ein böses Wort zu sagen. Stumm wie ein Fisch ging er zu Bett.

Das war nun eine Geschichte ganz nach dem Geschmack der Blumenhofmädchen gewesen, und sie lachten aus vollem Herzen und konnten sich gar nicht mehr beruhigen. Su-ngo war es zufrieden –

sie hatte die Langeweile vertrieben und die Mädchen von ihrer Angst erfolgreich abgelenkt.

„Die Erzählerin hat sich ihre Belohnung redlich verdient", sagte sie. „Junger Mann, beglücke sie wie zumindest eine der Ehefrauen in der Geschichte."

Unter beifälligem Gemurmel und freundlichem Applaus ging die Erzählerin hinaus; Wang Dsiau folgte ihr ergeben.

Schon hatte sich ein Mädchen für die nächste Geschichte gefunden; sie machte aber eine Vorbemerkung: „Meine Erzählung wird sehr lang und voller Verstrickungen sein; ich möchte sie nicht zur Gänze alleine vortragen. Wenn es gestattet ist, sollen meine Freundinnen sie fortsetzen und zu Ende bringen."

„Es sei dir gestattet", sagte Su-ngo. „Achte nur darauf, die Geschichte gut und vor allem unterhaltsam zu erzählen."

Das Mädchen sah sich kurz in der Runde ihrer Zuhörerinnen um und hob dann an.

Kein Mann ist einem
allzu stolzen Vater
als Bräutigam recht,
dann erscheint doch
ein Heiratskandidat.

In der Provinz Wu liegt, rund dreißig Meilen von Wu-lün entfernt, der Tai-hu-See. Er ist an die zweihundert Meilen lang und rund hundert Meilen breit; wollte jemand herumgehen, müsste er über fünfhundert Meilen zurücklegen. Inmitten des Sees befinden sich genau zweiundsiebzig Inseln.

Kao San, ein wohlhabender Kaufmann, hatte sich auf einer dieser Inseln niedergelassen; sie trug den Namen Tung-ting und wies eine besondere Form auf – zwei Inseln, über eine schmale Landbrücke miteinander verbunden.

Kao San hatte in seinen jungen Tagen Reishandel betrieben und war dabei viel auf Reisen gewesen. Nach Hause zurückgekehrt, hatte er zwei Lagerhallen errichten lassen, deren Verwaltung er allerdings vertrauenswürdigen Partnern überließ, um sich selbst vom Geschäftsleben zurückziehen zu können.

Kao San lebte fortan in aller Ruhe von seinem Vermögen; er genoss sein stattliches Haus und seine Familie. Seine Frau aus gutem Haus hatte ihm zwei Kinder geschenkt: die Erstgeborene Tschü Fang und ihren Bruder, Kao Piao. Als sie in das richtige Alter kamen, stellte Kao San einen betagten, aber noch sehr guten Hauslehrer ein, der in dem Mädchen ein großes Talent erkannte. Mit dreizehn konnte sie bereits alles lesen und beherrschte die unterschiedlichen Schriftstile; ihre Allgemeinbildung war ausgezeichnet. In diesem Alter begann sie auch, sich mehr und mehr in den Gemächern der Frauen aufzuhalten, wo sie weibliche Fertigkeiten wie Sticken und Malen erlernte.

Tschü Fang war aber nicht nur klug, sondern auch im selben Maße anmutig und hübsch anzusehen. Mit sechzehn galt sie als das bezauberndste Mädchen in der ganzen Gegend. Unweigerlich kamen jedem, der sie sah, folgende Zeilen aus einem bekannten Werk der Dichtkunst in den Sinn:

Der Blüte des Pfirsichs, benetzt vom Tau,
gleicht ihr Gesicht,
weiß und vollkommen wie die Flocken des Schnees
ist ihr Körper,
wie herbstliches Wasser so klar, wie Mandeln geformt,
sind ihre Augen,
die Brauen darüber schwarzblaue Anmut und
schimmernder Schwung.
Zehn Finger hat sie, so schlank und spitz wie
Bambussprossen im Frühjahr,
eine Taille, die den Betrachter in Staunen verstummen
lässt,
und Füßchen denen eines Kindes und goldenen Lilien
gleich.
Sie schreitet auf ihnen im Einklang mit himmlischen
Harmonien,
und erklingt ihre Stimme, ruft der Goldpirol im Mai.

Es war also nicht weiter verwunderlich, dass Kao San mit stolzgeschwellter Vaterbrust auf seine so wohl geratene Tochter blickte. Sein Entschluss, sie keinesfalls irgendeinem gewöhnlichen Mann zur Frau zu geben, war unumstößlich. In seiner Vorstellung dachte er an einen gelehrten jungen Mann aus bestem Haus, der mit exquisiten Manieren zu glänzen verstand. Viel Besitz musste der geplante Bräutigam nicht sein Eigen nennen, davon hatte er selbst mehr als genug. Nur der Charakter sollte entscheiden, die Mitgift an seine Tochter würde ihr alle weltlichen Sorgen nehmen.

Beinahe jeden Tag wurden nun Freier vorstellig; junge Männer aus bestens gestellten Familien und von vornehmer Abkunft strebten nach einer Verbindung mit dem Hause Kao Sans. Dieser forschte stets nach, und wenn auch an der Herkunft der Ehewilligen nichts auszusetzen war, so konnte doch kein einziger mit erstaunlichen Begabungen oder einem überdurchschnittlich guten Aussehen punkten. Allesamt waren sie Kao San zu gewöhnlich und er lehnte einen Antrag nach dem anderen ab.

Die erteilten Körbe stapelten sich gewissermaßen bereits, dennoch gaben die Heiratsvermittlerinnen sich nicht geschlagen. An den See grenzten drei Provinzen, und aus allen diesen Regionen strömten sie auf die Insel Tung-ting um ihre Kandidaten für eine Ehe mit Tschü Fang vorzuschlagen. Insgeheim rechneten sie damit, von dem reichen Kaufmann in jedem Fall für ihre Mühen entschädigt zu werden, sollte auch aus einer Vermittlung nichts werden.

So standen die Heiratsvermittlerinnen also Schlange, und eine nach der anderen lobpreiste ihre Kandidaten über jedes erträgliche Maß hinaus und flehte förmlich um eine Gelegenheit für diese Wundermänner, ihre Talente unter Beweis zu stellen.

Der erfahrene und weltgewandte Kao San ließ sich von derlei wohl gesetzter Geschwätzigkeit jedoch nicht im Geringsten beeindrucken, sondern zog stets eigenhändig Erkundigungen ein. Dabei gelangte er ein ums andere Mal zum selben Ergebnis: Kein Einziger ragte aus der Menge hervor, allesamt waren sie bestenfalls Durchschnitt. Als ihm der Ansturm der Vermittlerinnen schlussendlich doch zu viel wurde, legte er seine Meinung in aller Deutlichkeit dar:

„All diese Schwärmereien werden mich niemals überzeugen. Sollte sich unter den Bewerbern ein Mann befinden, der tatsächlich über besonderes Talent und außergewöhnliche Manieren verfügt, dann möge seine Vermittlerin erscheinen – und zwar in seiner Begleitung. Ich werde mir den Freier gerne sehr genau ansehen und im Anschluss daran frank und frei meine Meinung kundtun. Nur auf diese Weise könnte ich eine Entscheidung treffen."

Auf diese Worte hin ebbte die Begeisterung der Vermittlerinnen deutlich ab. Wenn sie gezwungen waren, ihre Kandidaten persönlich mitzubringen, wurde es ungleich schwieriger, auch nur einen Fuß auf Kao Sans Insel zu setzen.

Zur selben Zeit lebte Wan Süen, ein junger, sehr fleißiger und sehr belesener Gelehrter, der in seiner Heimatstadt Ping-weng wegen seiner ausgezeichneten Bildung bereits einen guten Ruf genoss. Des Öfteren ließ er den nächtlichen Schlaf einfach ausfallen, um sich mehr seinen Studien widmen zu können; er neigte aber auch zu Träumereien, in denen es zumeist um eine perfekte Schönheit und deren zauberhafte Reize ging. Mit den Worten des Dichters lässt Wan Süen sich folgendermaßen beschreiben:

Seine Lippen gleichen geöffneten Rosenblättern,
seine Augen sind klar und weit sein Blick.
Seine Manieren sind ein vorzüglicherer Schmuck als
die prunkvollste Kleidung,
und mit Pinsel, Tusche und Worten verfährt er
mit meisterlichem Geschick.
Seine Talente bestimmen ein Schicksal,
an Prüfungen reich.

Leider hinderte ein misslicher Umstand den jungen Mann daran, seine Fähigkeiten richtig zur Geltung zu bringen: er hatte kein Geld. Er entstammte einer über viele Generationen berühmten Familie von Gelehrten, doch seine Eltern waren allzu früh verstorben und hatten ihn derart mittellos zurückgelassen, dass selbst an eine Heirat nicht zu denken war. Er überlebte großteils dank der Bemühungen seines alten Dieners, mit dem er die Wohnung teilte; dennoch blieb das Nagen am Hungertuch nicht selten die einzige Mahlzeit des Tages.

Wan Süen hatte einen Cousin mütterlicherseits namens Yen Tsün. Dieser besuchte dieselbe Schule wie er. Mit der Zeit kamen die beiden sich näher, und schließlich lud Yen Tsün seinen armen Verwandten ein, doch in sein Haus zu ziehen und dort seine Studien fortzusetzen. Auch Yen Tsün hatte seine Eltern früh verloren und war deshalb in jungen Jahren bereits Hausherr; anders als Wan mangelte es ihm aber nicht an Geld. Verheiratet war er dennoch nicht. Yen bildete sich nämlich ein, ihm stünde eine Braut von überwältigender Schönheit zu, und solche sind bekanntlich nicht leicht zu finden. Außerdem war er äußerlich geradezu das Gegenteil von Wan – ausgesprochen hässlich nämlich. Auch für Yen gibt es ein Zitat aus den Schriften, mit dem er sich vortrefflich beschreiben lässt:

Dunkel wie der rußige Boden des feuerverbrannten
Topfes war sein Gesicht,
und daraus glotzten Augen, groß und rund
wie die einer Kuh.
Seine Haut war unrein und entstellt von pockigen
Narben,

von seltsamer gelbroter Farbe sein gekräuseltes Haar.
Die Zähne, so gelb, so schief oder gar nicht vorhanden,
passten zu einem Körper so roh wie unverhüttetes Erz.
Seine Faust war mächtig, geformt aus fünf Fingern aus
härtestem Holz.

Zum Ausgleich für seine groteske Hässlichkeit hüllte Yen sich in die farbenfrohesten, prunkvollsten und teuersten Gewänder. Seine prahlerische Natur und seine völlig übersteigerte Selbstzufriedenheit waren überdeutlich aus seinem aufdringlichen Lachen herauszuhören, das er bei allzu vielen Gelegenheiten ertönen ließ.

Seine Studien interessierten ihn nicht sonderlich, weshalb er nicht viel wusste, mit dem Wenigen aber umso besser anzugeben verstand. In seinem Vetter fand sich ein gezwungenermaßen vorbildlicher Zuhörer: Da er dem eitlen Gecken zu großem Dank verpflichtet war, blieb ihm nichts anderes übrig, als das unschöne Spiel mitzumachen. Yen erkundigte sich häufig danach, wie Wan seine Ansichten einschätzte, und der arme kluge Bursche gab dem hässlichen Angeber, der sich zu allem Überfluss auch noch gerne als „älterer Bruder“ anreden ließ, in allem Recht.

An einem Abend im Herbst kam ein Obsthändler zu Besuch, ein gewisser Schao Mei, der direkt von der Insel Tung-ting angereist war; er hatte dort Orangen gekauft. Der Mann war ausgesprochen redselig und sparte nicht mit Neuigkeiten von der Insel; natürlich kamen auch die Heiratsvermittlerinnen zur Sprache und ganz besonders die Person, die zu deren vielfacher Anwesenheit geführt hatte – die kluge, schöne, anmutige, vollkommene Tschü Fang.

Wie hätte der Obsthändler ahnen sollen, in welches Ungemach er sich in Folge seiner weitschweifigen Reden begeben würde müssen? Yen Tsün, der sich alles in scheinbarer Gelassenheit angehört hatte, war innerlich heftig aufgewühlt. Nachdem Schao Mei gegangen war, ließ er seinen Überlegungen freien Lauf: „Alle meine Anstrengungen, eine passende Braut zu finden, sind bisher gescheitert", dachte er bei sich. „Nachdem ich aber jetzt von der Unvergleichlichkeit der Schönen von der Insel Tung-ting erfahren habe, kann es wohl nur so sein, dass mich das Schicksal für meine Bestimmung aufgespart hat. Ich habe ein beachtliches Vermögen und bin nicht hässlicher als so mancher andere. Was ich benötige ist ein tüchtiger Vermittler, der weiß, wie er mich ins rechte Licht rücken muss, und dann wird sich alles nach meinen Vorstellungen entwickeln."

In dieser Nacht fand Yen keinen Schlaf. Bei Tagesanbruch erhob er sich, wusch sich rasch und machte sich auf den Weg zur Wohnung des Schao Mei. Der Händler hatte gerade seinen Laden aufgesperrt und bot die frischen Orangen von Tung-ting feil. Als er Yen Tsün ansichtig wurde rief er:

„Kann es denn wahrhaftig der ehrenwerte Mandarin sein, der hier vor mir steht? Was mag ihn dazu gebracht haben, sich derart früh von seinem Lager zu erheben?"

„Eine bedeutende Angelegenheit", sagte Yen Tsün, „die ich gerne in die Hände meines älteren Bruders legen würde. Daher wollte ich sichergehen, ihn noch zu Hause anzutreffen."

„Nun, dann darf ich Sie bitten, mein Gast zu sein; kommen Sie doch herein. Ich kann mir zwar nicht vorstellen, womit ich Ihnen dienlich zu sein vermag, aber ich bin begierig darauf, Eure Anordnungen entgegenzunehmen."

Schao Mei bedeutete ihm eilfertig, seine Wohnung zu betreten, aber nachdem Yen Platz genommen hatte, wirkte er verlegen und wollte das Wort nicht ergreifen. Also setzte Schao erneut an:

„Ich will Ihnen gerne und eifrig in jeder Weise zu Diensten sein, sobald ich erfahren habe, worum es geht. Ich befürchte allerdings, dass ich den in mich gestellten Erwartungen möglicherweise nicht gerecht werden kann."

„Ich möchte Sie als meinen Vermittler", erklärte Yen Tsün daraufhin unverwandt. „Es geht um eine Eheschließung."

„Das ist ausgezeichnet", erwiderte Schao erfreut. „Damit wird es keinerlei Probleme geben; nennt mir einfach den Namen Eurer Auserwählten und ich werde die Sache sofort in die Hand nehmen."

„Vermögen Sie ihn nicht zu erahnen? Es geht natürlich um die junge Dame auf der Insel Tung-ting, von der Sie gestern so beredt zu berichten wussten. Sie scheint alles in sich zu vereinen, was ich von meiner Zukünftigen erwarte. Der große ältere Bruder möge die Verhandlungen zu einem guten Ende führen und er kann sich meiner Großzügigkeit sicher sein."

Der Orangenhändler blickte überrascht, verbarg aber seinen aufkommenden Widerwillen hinter einem falschen Lächeln und erklärte stockend:

„Dies nun ist ein ungünstiger Umstand. Der große Mandarin kann sich meiner ehrlichen Bereitschaft, ihm zu dienen, absolut sicher sein, und ich würde mich liebend gerne zu jeder anderen Familie auf den Weg machen. Da es aber um die Familie Kao geht, bin ich leider gezwungen, die mir erwiesene Ehre zurückzuweisen."

„Weshalb denn?" fragte Yen. „Wie soll ich das verstehen? Zuerst malen Sie mir die Vorstellung an eine Hochzeit ganz nach meinen Wünschen aus, und jetzt wollen Sie in dieser Angelegenheit die Rolle des Unterhändlers ablehnen?"

„Es ist nicht so, dass ich nicht will, großer Mandarin. Das Familienoberhaupt, der alte Kao, hat einen äußerst widerborstigen Charakter. Ihm gegenüberzutreten erforderte einen Mut, den ich leider nicht mein Eigen nennen kann."

„Ginge es darum, eine schlechte Nachricht überbringen oder gar einen Rechtsstreit aushandeln zu müssen, könnte ich Verständnis für derlei Ängste aufbringen. Die Rolle des Heiratsvermittlers aber ist hoch geachtet, die Angelegenheit eine erfreuliche, da kann ich mir Eure Befürchtungen beim besten Willen nicht erklären. Falls die Dame selbst keine Heirat wünscht, zieht man unverrichteter Dinge wieder ab; falls doch, wird der alte Kao Sie wohl oder übel anhören müssen, wie seltsam gelaunt er auch immer sein mag. Welche ernsthafte Gefahr droht Ihnen von diesem Mann? Es verhält sich wohl eher so, dass Sie mir einfach nicht zu Gefallen sein wollen. Ich werde mir also einen willigeren Vermittler suchen, und sofern die Sache ein günstiges Ende findet, würde ich es begrüßen, wenn Sie sich heuchlerische Glückwünsche einfach ersparen würden."

Schon hatte Yen Tsün sich erhoben und war im Begriff, die Wohnung zu verlassen. Schao Mei aber eilte hinzu und hielt ihn zurück; um des Friedens willen hatte er beschlossen, auf Yens Verlangen einzugehen.

„Überhasten Sie nichts, Herr Yen Tsün. Nehmen Sie bitte wieder Platz und lassen Sie uns die ganze Sache gut durchdenken."

„Was gibt es da groß zu überlegen?" erwiderte Yen noch immer erbost. „Sie haben eine einfache Entscheidung zu treffen, nämlich ob Sie willens sind, auf die Insel zu fahren, oder nicht."

Dennoch ließ Yen sich wieder auf seinem Stuhl nieder.

In ruhigerem Tonfall erklärte sein Gastgeber: „Ich will Sie um keinen Preis erzürnen und werde, so Sie dies wünschen, auf die Insel Tung-ting fahren. Bedenken Sie aber, mit welch eigensinnigem Kopf ich es zu tun haben werde! Kao will nichts weniger als dem Beispiel jener Mütter zu folgen, die darauf bestehen, die Brautkandidatin für ihren Sohn mit eigenen Augen zu sehen, bevor sie sich entscheiden. Er schenkt den Worten der Vermittler keinen Glauben mehr, sondern will sich selbst von Angesicht zu Angesicht von der Ansehnlichkeit des Schwiegersohns überzeugen."

„Und wenn schon", fiel im Yen Tsün ins Wort. „Das soll alles sein? Dann erscheine ich eben persönlich, stelle mich vor ihn hin und lasse mich so lange prüfen, wie es dem Herrn beliebt. An mir ist nichts verwachsen, kein Glied fehlt, was also sollte er an mir auszusetzen haben?"

Schao Mei brach in lautes Gelächter aus und versuchte nicht einmal, es zu verbergen.

„Ihr habt schon Recht", sagte er dann, „Ihr seid nicht von Geburt an missgestaltet, keineswegs. Wollte der große Mandarin aber mit modischen Herren in den Wettstreit treten, müsste er sich wohl geschlagen geben. Meine gänzlich aufrichtige Meinung ist, dass unsere Chancen mehr als gering sind, wenn Ihr Euch nicht zeigt, aber alles verloren ist, wenn Ihr es doch tut."

Yen Tsün steckte diese Ohrfeige ein, ohne mit der Wimper zu zucken. Er sagte:

„Gewiss ist Ihnen das Sprichwort geläufig: Ein guter Vermittler weiß der Wahrheit nachzuhelfen. Genau das werden auch Sie machen. Machen Sie meine schwachen Verdienste größer und bedeutender, schreiben Sie mir ein Maß an Ehrungen zu, das dem anderer nicht nachsteht. Wenn die Vorsehung auf meiner Seite ist, wird für den Beschluss der Hochzeit meine Anwesenheit vor Kao San nicht erforderlich sein."

„So sei es. Was aber machen wir, wenn Kao auf Ihr persönliches Erscheinen besteht?"

„Warten wir es ab. Fahren Sie auf diese Insel; wenn es an der Zeit ist, werden wir uns beratschlagen."

„Somit ist der Befehl erteilt und ich werde ihm Folge leisten. Ich kann Ihnen versichern, dass es mein einziger und innigster Wunsch ist, erfolgreich zu sein."

Überaus zufrieden damit, seinen Willen erreicht zu haben, schärfte Yen seinem Botschafter nun wiederholt ein, zu handfesten Übertreibungen zu greifen und erinnerte ihn mehrmals daran, welch große Verantwortung er übernommen habe und dass der glückliche Ausgang des Auftrags allein in seinen Händen lag. Er stellte auch die großzügigste Entlohnung in Aussicht, um sich seines vollen Einsatzes zu versichern: einen Schuldenerlass sowie eine hohe Belohnung am Tag der Hochzeit.

Dann kehrte er nach Hause zurück, füllte eine Börse mit etwas Geld für Schaos Auslagen, und ließ es zu seinem Vermittler bringen.

In seiner Ungeduld schien Yen Tsün die Zeit still zu stehen. Er brachte eine weitere aufgeregte und schlaflose Nacht zu, in der die Gedanken in seinem Kopf einander jagten.

Zweifel an der ehrlichen Gesinnung des Obsthändlers kamen ihm in den Sinn. Dieser Kaufmann war gewiss ein Mensch, der im Stande war, ihm etwas vorzugaukeln? Er könnte seinen Vorschlag halbherzig vortragen und hinterher seine Niederlage in blumigen Worten beschreiben.

Zum Glück fiel ihm ein Mittel ein, um sich abzusichern: Siao Yi war ein aufgeweckter Bursche in seinen Diensten, dessen treuer Ergebenheit er sich sicher sein konnte. Er rief ihn also bei Tagesanbruch zu sich und gab ihm den Auftrag, Schao Mei zu begleiten und ihn auf Schritt und Tritt genau zu beobachten und auszuhorchen. Schao solle er bestellen, ein geschickter Diener würde in vielen Belangen von großem Nutzen sein.

Bei gutem Wetter und ruhigem Wasser gelangten die beiden um die Mittagsstunde zur Insel Tung-ting. Sie legten an den Gärten an, über denen das Haus des Kao San thronte. Der Diener eilte hinein und überbrachte das Schreiben, das ihre Ankunft bekannt gab. Der Hausherr erschien auch nach kurzer Zeit und fragte nach dem Grund ihres Besuches. Schao Mei wollte den ungeliebten Auftrag rasch hinter sich bringen und kam ohne Umschweife zur Sache.

„Ich bin gekommen, um für einen jungen Mann zu sprechen, der mit Ihrem Haus eine Verbindung einzugehen erhofft. Er ist mit mir verwandt und entstammt derselben Gegend wie ich. In seinen Studien ist er gut vorangekommen und sein Vermögen kann sich mit dem Ihren messen.“

„Ich will auch Einzelheiten über seine Gestalt und sein Aussehen erfahren. In diesem Punkt habe ich ganz bestimmte Vorstellungen. Ich habe mein Wort gegeben, keinem Bewerber eine Zusage zu erteilen, den ich nicht zuvor mit eigenen Augen gesehen habe."

Ein peinlicher Moment entstand, da Schao Mei sichtlich zögerte, aber unter dem wachsamen Blick Siao Yis, der dem Gespräch aufmerksam gefolgt war, brach sein Wunsch nach Ehrlichkeit in sich zusammen. Er zeichnete das Bild eines wahren Schönlings, und einmal auf den Pfad der Lüge gekommen, konnte ihn nichts mehr aufhalten. In den prächtigsten Farben schilderte er die enormen literarischen Verdienste, die der Bewerber bereits errungen habe, und berichtete ausufernd über die zahlreichen erfolgreichen Prüfungen, die der junge Mann bereits hinter sich gebracht hätte, wäre ihm nicht der allzu frühe Tod seines geliebten Vaters dazwischengekommen.

Mit bewegter Stimme beschloss er seine flammende Rede mit den Worten: „Mein Beruf ist der eines Händlers, nicht der eines Vermittlers. Besondere Umstände haben mich heute in dieser Eigenschaft zu Ihnen geführt; durch meine Geschäfte bin ich auf Ihre Insel gekommen und habe dabei von Ihrer Tochter erfahren, die dem Gerücht nach alles in sich vereint, was eine junge Dame begehrenswert und eine Verbindung mit ihr erstrebenswert machen kann. Ich habe auch gehört, dass es Ihr Wunsch ist, einen Mann für Ihre Tochter zu finden, der in ebenso mannigfaltiger Hinsicht außergewöhnlich ist. Dabei kam ich nicht umhin, sofort an meinen Verwandten zu denken, und welch vollkommenes Paar die beiden doch miteinander bilden würden."

„Tatsächlich scheint es mir Bestimmung zu sein, die unsere Wege sich kreuzen ließ“, entgegnete Kao San hoch erfreut, „denn wenn Eure Beschreibung des jungen Mannes der Wahrheit entspricht, dann ist er genau der Schwiegersohn, den zu finden ich schon beinahe nicht mehr zu hoffen wagte. Leiten Sie alles in die Wege, damit er mir einen persönlichen Besuch abstattet und ich die große Freude erleben darf, ihn kennen zu lernen. So wollen wir in dieser Angelegenheit auf das Beste und in aller Schicklichkeit verfahren.“

Schao Mei glaubte noch ein Schäuflein nachlegen zu müssen und sagte: „Der große Mandarin halte mich nicht für fähig, anders als vollkommen aufrichtig zu sein! Er wird mit Bestimmtheit jeden Beweis erhalten, den er benötigt. Jedoch dürfte es nicht einfach werden, meinen Verwandten zu einem solchen Schritt zu überreden. Zum einen ist er ein strebsamer Student, der sich nur äußerst ungern von seinen Schriften trennt; zum anderen bedenken Sie die enorme Verantwortung, die Sie mir aufbürden, sollte er doch bereit sein für einen persönlichen Besuch. Sollte, aufgrund welch unwahrscheinlich widrigen Schicksals auch immer, die Heirat doch nicht stattfinden, er hätte sein Gesicht verloren und würde mir die allerschwersten Vorwürfe machen.“

„Wenn es um die Talente und Eigenschaften des jungen Mannes so ideal bestellt ist, wie Ihr sagt, aus welchem Grund sollte dann eine Verbindung dennoch nicht zu Stande kommen? Aber gut, da ich nun mal ein allzu vorsichtiger, uneinsichtiger und anspruchsvoller Dickschädel bin, will ich auch dafür gerade stehen. Ich werde mich auf den Weg machen und meinerseits den Bewerber besuchen.“

Schao Mei brach alleine bei dieser Vorstellung der kalte Schweiß aus. Sofort stimmte er zu:

„Dem Willen des großen Mandarins muss entsprochen werden“, formulierte er, „da er in diesem Punkt unbeugsam zu sein scheint. Jedoch wäre es vollkommen unentschuldbar, ihn einer solchen Mühe zu unterziehen. Ich werde Ihre Gastfreundschaft ein weiteres Mal in Anspruch nehmen, und dieses Mal werde ich in Begleitung sein.“

Nach diesen wohl gesetzten Worten machte Schao Mei Anstalten, die Insel wieder zu verlassen; aber Kao San gestattete dies nicht. Dem Vermittler wurde ein opulentes Mahl aufgetragen, an dem er sich bis spät in die Nacht delektierte. Selbst dann musste er regelrecht darum ringen, nicht auch noch zum Schlafen bleiben zu müssen; er behauptete, ein Bett auf dem Boot zu haben und am nächsten Morgen sehr früh abfahren zu wollen. Also vergalt ihm Kao San seine Bemühungen mit einem kleinen, in Seidenpapier eingeschlagenen Goldbarren, den Schao Mei liebend gerne entgegennahm. In bestem Einvernehmen trennte man sich unter wiederholten Beteuerungen, sich demnächst wieder zu treffen.

Die Erzählerin endete und erntete für ihren Anfang dieser Geschichte von allen anderen viel Beifall. Auch Su-ngo schien sehr angetan; sie meinte: „Diese wunderbar moralische Geschichte erinnert auch mich an einige alte Verse.
Hört zu:

Ein Entenpaar quakt wechselnd laut,
auf einem Eiland hat's gebaut.
Tugendhaft ist die zücht'ge Maid,
der edlen Abkunft angemess'ne Braut.

Und nun wollen wir hören, wie es weitergeht!"
Sofort hob das nächste Mädchen zu sprechen an.

Das Schöne weist
einen Pfad, auf dem
das Hässliche listig
sein lustvolles Ziel
erreichen will.

Bei Tagesanbruch wurden die Anker des Bootes gelichtet. Eine frische, stetige Brise ließ sie gute Fahrt machen; noch vor der Mittagsstunde erreichten sie wieder ihren Ausgangshafen Wu-kiang.

Yen Tsün wartete dort auf sie, vor Ungeduld entlang des Ufers auf und ab stapfend. Als er das Boot mit Schao Mei und seinem Diener an Bord erblickte, stürmte er sofort auf die beiden zu und überfiel seinen Vermittler mit einem Frageschwall.

Schao gab ihm fast wörtlich die gesamte Unterhaltung wieder, die er mit dem alten Kao San geführt hatte; er betonte, wie hartnäckig dieser Mann an seinem einmal gefassten Entschluss festhielt.

„Er besteht darauf, Sie zu sehen“, schloss er seinen Bericht. „Wie lautet Euer Vorschlag, um aus dieser verzwickten Situation das Beste zu machen?“

Yen Tsün aber antwortete nicht, also hielt Schao die Unterredung für beendet und machte sich auf den Weg zu seiner Wohnung. Er war kaum außer Hörweite, da wandte sich Yen bereits an seinen mitgesandten Diener, um eine Bestätigung für das Gesagte zu erhalten.

Siao Yi berichtete ihm wahrheitsgemäß, dass Schao nichts unversucht gelassen habe und sich alles genau so zugetragen hatte wie er behauptet hatte. Darauf verfiel Yen in brütendes Schweigen, und sein hässliches Gesicht wurde auch noch von Traurigkeit überschattet. Nach Schaos unverblümter Äußerung über sein Aussehen hatte er versucht, sich einmal unvoreingenommen vor einen Spiegel zu stellen; seither war ihm klar, dass er sich nie und nimmer den kritischen Blicken des Kao San aussetzen durfte, wollte er sein Ziel erreichen.

Endlich hellte sich seine Miene auf: Eine ausgezeichnete, ebenso kühne wie Erfolg versprechende Idee war ihm gekommen. Sofort ging er wieder zu seinem Vermittler und teilte ihm mit:

„Ich hab's! Alle unsere Probleme werden beseitigt werden."

„Aha", erwiderte Schao Mei nicht ohne zweifelnden Unterton. „Wie also sieht Ihr Plan aus?"

„Mein Plan hat einen Namen: Wan Süen. Mein Cousin, Studienkollege und ständiger Gast des Hauses ist von guter Abkunft, hat eine edle Gestalt, ein schönes Gesicht und die besten Manieren. Ich werde ihn ersuchen, Sie auf die Insel zu begleiten. Dort werden Sie ihn als mich ausgeben. Kao San wird einverstanden sein und sind die Eheversprechen erst einmal ausgesprochen und mit dem Tausch von Pfändern besiegelt worden, wird der alte Dickkopf nichts mehr gegen mich als Schwiegersohn unternehmen können."

„Ich hege keinen Zweifel daran, dass Wan Süen den allerbesten Eindruck machen würde; allerdings kann ich mir nicht vorstellen, dass er in Ihren Plan einwilligt."

„Wan Süen ist mit mir verwandt, ich biete ihm Quartier und wir sind befreundet; wenn ich ihn um diesen kleinen Gefallen bitte, wird er schon einverstanden sein. Er braucht ja nur eine kleine Reise zu unternehmen und persönlich zu erscheinen, welches Ungemach sollte ihm daraus erwachsen? Sicher wird er mir diese kleine Bitte nicht verweigern."

Damit beendet Yen Tsün das Gespräch und kehrte eilig in sein Haus zurück; er wollte sobald wie möglich mit seinem Vetter sprechen und sah das nächste Abendessen als ideale Gelegenheit dazu an. Er ließ ein besonders üppiges und erlesenes Mahl auftragen, begleitet von den besten Weinen; einmal mehr bedankte sich Wan Süen in beredten Worten für die großherzige Gastfreundschaft, die ihm im Hause Yen völlig unverdient und unerwartet zuteil werden würde.

„Das ist gar nicht der Rede wert“, meinte Yen, „trink einfach darauf. Übrigens – ich wollte dich um einen kleinen Gefallen bitten. Ich fürchte allerdings, du wirst dich weigern mir zu Hilfe zu sein.“

„Wie kannst du an meiner diensteifrigsten Ehrerbietung zweifeln?“ beschwerte sich Wan Süen. „Nenne mir die glücklichen Umstände, die mich dir zu Diensten sein lassen werden.“

„So sei es; wahrheitsgetreu und ohne etwas zu verheimlichen werde ich dir die Sache erläutern, denn der ältere kann dem jüngeren Bruder mit vollstem Vertrauen begegnen. Es verhält sich so, musst du wissen, dass ich den Obsthändler Schao Mei mit der Vermittlung meiner Heirat mit dem Mädchen von der Insel Tung-ting betraut habe.

Er ist diesem Auftrag mit Übereifer nachgekommen und nicht davor zurückgeschreckt, mich dem Vater der jungen Dame, Kao San, gegenüber als einen Bewerber von angenehmstem Äußeren hinzustellen. Der gute Kao San besteht darauf, mich persönlich kennen zu lernen; ich soll ihn besuchen, bevor die Eheschließung endgültig beschlossen wird. Wir, ich meine Schao Mei und mich, fürchten nun, dass ich einen enttäuschenden Eindruck machen könnte, wenn Kao San sieht, wie weit die schmückenden Schilderungen von der pockennarbigen Wahrheit entfernt sind. Alles könnte allein daran scheitern. Also habe ich mir überlegt, dich, meinen jüngeren Bruder, um Hilfe zu bitten.

Nimm für eine kurze Zeit meinen Namen an und bestreite diese uns aufgenötigte Reise an meiner Stelle; so würde alles zum Besten bestellt sein. Die Hochzeit würde beschlossen werden und mein großzügiger Dank wäre dir gewiss."

Wan Süens sonst so freundliche Miene war einem betrübten Ausdruck gewichen. Nach einigen schweigsamen Momenten sagte er leise:

„Mit der größten Freude wäre ich Euch in jeder erdenklichen Angelegenheit zu Diensten, älterer Bruder, dieses Vorhaben jedoch birgt ein allzu großes Risiko. Würde der Betrug auffliegen, wäre der Schaden an unserem Ruf niemals wiedergutzumachen."

„Die Täuschung würde nur für eine kurze Zeit benötigt werden. Sobald das Eheversprechen durch den Austausch der Pfänder besiegelt wäre, würde ich sofort die Wahrheit offenbaren, ungeachtet möglicher Anschuldigungen seitens Kao San.

Dir droht keine Gefahr, denn da dich Kao San nicht kennt, kann er dich auch nicht verfolgen. Ein zufälliges Aufeinanderstoßen ist auszuschließen, dafür liegt die Insel Tung-ting zu weit von hier. Wollte er irgendjemanden beschuldigen, bliebe ihm nur der Vermittler Schao Mei. Du kannst also unbesorgt sein und ohne Bedenken in meinen Plan einwilligen und mir zur Seite stehen."

Wan Süen blickte zu Boden und dachte nach; sein innerer Kampf spiegelte sich auf seinem Gesicht wider. Vom Wohlwollen seines Verwandten hing seine gesamte Existenz und seine Zukunft ab: nur dessen Gastfreundschaft und Großzügigkeit ermöglichten ihm, seine Studien fortzuführen. Auf der anderen Seite stand die geforderte Gefälligkeit zu allem im Widerspruch, was ihm sein Gewissen als rechtes Verhalten diktierte.

„Besondere Umstände erfordern besondere Taten“, unterbrach Yen Tsün entschlossen seine Überlegungen. „Ich betone es noch einmal: dem jüngeren Bruder wird nichts Schlechtes widerfahren. Die Verantwortung liegt allein beim älteren Bruder, und dieser wird sie auch vollständig übernehmen.“

„Aber wie sollte ich dort erscheinen?“ wandte Wan Süen in einem letzten, schwachen Versuch, sich noch aus der Sache herauszureden, ein. „Ich habe für einen solchen Anlass nichts Passendes anzuziehen.“

„Damit wird es keine Probleme geben“, versicherte ihm sein Vetter. „Ich habe bereits entsprechende Vorkehrungen getroffen.“ Im Hinausgehen wünschte er Wan noch eine erquickliche Nachtruhe.

Tatsächlich fand Wan Süen am nächsten Morgen etliche Kleidungsstücke in seinem Quartier vor, allesamt von erlesener Qualität und in elegantem, modischem Stil. Die Kleider waren parfümiert und schmeichelten der Nase. An alles war gedacht worden: hauchzarte Strümpfe, seidenes Schuhwerk und sogar eine offenbar eigens angefertigte Kappe, die farblich genau auf die übrigen Gewänder abgestimmt war.

Während Wan noch die ganze Pracht bestaunte, trat bereits sein Vetter ein. Er hatte zwei Unzen Silber dabei, die er Wan überreichte. Dazu sagte er:

„Dies ist nicht mehr als eine kleine Entschädigung für kleinere Unkosten; ich bitte dich, sie anzunehmen. Später werde ich mich dir in gänzlich anderem Maßstab erkenntlich zu zeigen haben. Fürs Erste hoffe ich, die bereitgestellte Kleidung trifft deinen Geschmack? Ich lasse dich jetzt allein; ich muss mich noch mit

Schao Mei über alles, was die Reise betrifft, in Einklang setzen."

Wan Süens Widerstand war bereits gebrochen; es entsprach seinem Naturell, sich der Macht eines Überlegenen zu unterwerfen. Er sagte seufzend:

„Es bleibt mir offenbar nichts anderes übrig, als dir deinen Willen zu erfüllen. Ich werde diese prächtigen Kleidungsstücke für den bevorstehenden Dienst anlegen und sie dir nachher wieder übergeben. Das Silber steht mir nicht zu."

„In unserer Tradition wurden Pferde, Wagen und Rauchwerk mit Freunden geteilt. Sei versichert, dass ich diesen Brauch der Alten fortführen würde, selbst wenn ich mich nicht in deine Schuld begeben würde. Was ich dir heute überreiche, die Kleider und das wenige Silber sind nichts im Vergleich zu dem, was ich von dir erbitte. Du triebst mir die Schamesröte ins Gesicht, verweigertest du selbst die Annahme von solchen Kleinigkeiten."

„Da dies, älterer Bruder, deine Ansicht zu sein scheint, werde ich nicht länger widersprechen."

Damit gestand Wan Süen seine endgültige und vollständige Niederlage ein.

Mit Schao Mei hatte Yen Tsün weniger leichtes Spiel, da der Obsthändler über weitaus mehr Lebenserfahrung verfügte. Die Bürde, die er zu tragen hätte, erschreckte den Mann zutiefst; aber im Grunde war der Kampf bereits von vorneherein entschieden, denn Schao stand bei Yen Tsün in der Schuld, und der Gläubiger hat in der Auseinandersetzung stets die weitaus bessere Position.

Zwangsläufig fügte er sich und Yen Tsün konzentrierte sich sofort auf die umfangreichen Vorbereitungen, die für das geplante Unternehmen noch zu treffen waren.

Er mietete ein stattliches Boot und sorgte für die angenehmste und prächtigste Ausstattung; Schlafzimmer wurden eingerichtet, Teppiche und Möbel an Bord geschafft und die Vorratskammern bis zum Rand gefüllt. Drei Diener, darunter Siao Yi, sollten die Reisegesellschaft begleiten. Er wandte größte Sorgfalt darauf auf, seinen Untergebenen unmissverständlich einzubläuen, Wan Süen mit der allergrößten Ehrerbietung zu begegnen, ganz so als wäre er der hohe Herr selbst, und ihn keinesfalls aus Unachtsamkeit mit seinem richtigen Namen anzusprechen.

Danach setzte er sich mit seinem Cousin noch zu einem opulenten Frühstück und schmauste ausgiebig. Als die Zeit der Abfahrt näher rückte, wies er Wan Süen an, die teuren Kleider anzuziehen. Als dies geschehen war, war er von dem Anblick überaus angetan: Das angeborene edle Wesen des jungen Mannes wurde durch die prächtigen Gewänder auf das eleganteste unterstrichen. Wenn Kao San einen solchen Bewerber nicht akzeptierte, dann musste er unerfüllbar hohe Ansprüche stellen.

Da die Abreise erst kurz vor Mittag erfolgt war, erreichten Schao Mei und Wan Süen die Insel Tung-ting trotz der günstigen Winde, der ihr Boot rasch beförderte, erst, als sich bereits die Dämmerung herabsenkte. So beschlossen die beiden Herren, diese Nacht noch an Bord des Bootes zu verbringen und Kao San erst am nächsten Tag ihre Aufwartung zu machen.

Als sich die Sonne also am nächsten Morgen einige Handbreit über den Horizont erhob, wurde der Diener Siao Yi ausgeschickt, um Kao San die Visitkarte zu überbringen, durch die Wan Süen um Erlaubnis bat, sich als Yen Tsün vorstellen zu dürfen. Da man Siao Yi im Hause Kao bereits kannte, wurde er überaus freundlich empfangen und seine Botschaft eiligst dem Herrn des Hauses überbracht. Als Kao das Begrüßungsbillett gelesen hatte, setzte er seinerseits eine Einladung auf, in der er den Absender mit den freundlichsten Worten in sein Haus einlud.

Bald nachdem Siao Yi die Einladung auf das Boot zurückgebracht hatte, überschritt Wan Süen, der als Yen Tsün auftrat, die Schwelle des Hauses Kao. Kao San fiel sofort sein angenehmes Äußeres auf und er gewann gleich zu Beginn einen sehr positiven Eindruck. Nach den höflichen Begrüßungsfloskeln lud der Hausherr seinen Gast ein, sich doch auf dem Ehrenplatz niederzulassen, er selbst würde den zweiten nehmen. Wan Süen aber verwies auf seine Jugend und weigerte sich beharrlich, sich auf den Ehrenplatz zu setzen. Dieses bescheidene Zieren gefiel Kao San über alle Maßen, sodass er dachte: „Dieser junge Mann ist nicht nur vornehm, sondern auch überaus gut erzogen."

Schao Mei begann die Unterhaltung, indem er seinem Gastgeber für die freundliche Aufnahme dankte, die ihm vor kurzem zuteil geworden war. Dieses Kompliment erwiderte Kao San mit einer anderen Höflichkeit. Dann wandte sich der Herr des Hauses dem vermeintlichen Bewerber zu, tauschte mit ihm freundliche Worte aus und befragte ihn schließlich nach seiner Familie und seinem Werdegang.

Wan Süen erzählte die Geschichte der Vorfahren seines Vetters Yen Tsün mit so gewandten, gesetzten Worten, dass der ältere Mann überaus positiv beeindruckt war. „Ich habe wirklich den Eindruck", dachte er bei sich, „dass sich in diesem Jüngling angenehmes Äußeres mit wachem Geist und vorbildlicher Tugend verbindet. Wenn er nun auch noch seine literarische Bildung unter Beweis stellt, so bleibt mir nichts mehr zu wünschen übrig. Wollen wir uns also schnell daran machen, diesen Umstand zu überprüfen."

Während die Herren also in freundlicher Atmosphäre Tee tranken, schickte Kao San nach dem Hauslehrer seines Sohnes, um gemeinsam mit seinem Schüler seine Gäste zu kennen zu lernen. Bereits nach kurzer Zeit kam Professor Tschin, ein ehrbarer Gelehrter, dessen Haar sich an den Schläfen bereits leicht grau verfärbte, in Begleitung von Kao Piao, dem Sohn des Hausherrn. Der Knabe hatte schulterlanges, feines Haar, das ein lächelndes, offenes Gesicht umrahmte. Wan Süen fiel auf, wie gut erzogen der Junge war und wie schön sein Antlitz, der Schwung seiner Augenbrauen, die feine Linie seines Kinns waren. „Wenn man von der Schönheit des Bruders auf die der Schwester schließen kann", so dachte Wan Süen, „dann kann sich mein Vetter wahrlich nicht über sein Los beschweren."

Kao San setzte den Professor neben Wan Süen, der von dem Gelehrten geprüft werden sollte. Zu diesem Zweck lobt Kao San die herausragende Bildung des jungen Mannes mit so überschwänglichen Worten, dass der Lehrer den Hinweis sofort verstand und die dahinter stehende Absicht erriet. Er verwickelte den Jüngling in eine Unterhaltung über literarische Themen, die bald zu einer Art Prüfung ausartete. Doch der Schüler war einer jener begabten Studenten, welche die Bücher tatsächlich eingehend studierten und deren

Inhalt auch mühelos behielten. Der Lehrer war jedoch selbst nur ein durchschnittlicher Gelehrter, der in dem Prüfungsgespräch bald an seine Grenzen stieß, denn der Prüfling konnte nicht nur alle Fragen problemlos beantworten, sondern bracht selbst immer neue interessante Diskussionspunkte ein. Der Professor sah sich bald in die Enge getrieben und konnte nur noch sagen: „Welch erstaunliches Wissen! Was für detaillierte Kenntnisse!“

Kao San, der diese Unterhaltung interessiert und aufmerksam verfolgte, freute sich insgeheim über alle Maßen. Er begann sogar, unter dem Tisch mit den Füßen zu zappeln wie ein kleines Kind und wies seine Bediensteten an, ein opulentes Mahl vorzubereiten.

Sogleich wurde der Tisch festlich geschmückt, mit Matten belegt und mit Schüsseln und Stäbchen gedeckt. Dann lud Kao San seine Gäste ein, Platz zu nehmen. Die Gänge – fünf Fruchtsorten, dreierlei Suppen, zehn Gemüsesorten und eine unglaubliche Vielzahl an zarten Delikatessen – wurden nacheinander aufgetragen, als ob sie von Zauberhand in solcher Windeseile hergestellt worden wären.

Tatsächlich war für dieses scheinbare Wunder jedoch Frau Kao verantwortlich. Da sie ihre Tochter ebenso innig liebte wie ihr Mann, hatte sie sich, sobald sie von der Ankunft des Bewerbers erfahren hatten, hinter einem Vorhang versteckt, um ihn mit eigenen Augen zu sehen. Und was sie von ihm sah, schlug sie sofort in seinen Bann: sein hübsches Äußeres, seine vornehme Art, sich zu bewegen und seine elegante Art, sich auszudrücken waren für sie ein reiner Genuss und sie war sich völlig sicher, dass ihr Mann ebenso eingenommen war von dem Jüngling wie sie. Daher hatte sie sofort Vorkehrungen für ein großes Festmahl treffen lassen, viel früher schon, als es von ihrem Gatten angeordnet worden war, sodass die prächtige Tafel nun wie ein Wunder erscheinen konnte.

Zwar war die Zahl der Teilnehmenden klein, doch während nahtlos Speise auf Speise und Wein auf Wein folgte, versiegte die angeregte Unterhaltung keine einzige Sekunde. Erst als die Sonne zu sinken begann, ging das Mahl dem Ende zu.

Kao San wollte seine Gäste nicht gehen lassen, sondern bot ihnen an, in seinem Hause zu übernachten, am besten gleich für mehrere Tage. Doch Schao Mei und noch viel mehr der vorgebliche Yen Süen wollten möglichst rasch aus dieser peinlichen Lage entkommen. So gaben sie vor, dass sie noch am selben Tag nach Hause zurückkehren mussten, und lehnten das großzügige Angebot dankend ab.

Bevor sie aber das Haus verließen, nahm Kao San Schao Mei beiseite und sagte zu ihm: „Der junge Mann findet in jeder Hinsicht meine Zustimmung, er ist gebildet und charmant. Daher gebe ich hiermit mein Wort, dass ich die Heirat zwischen meiner Tochter und dem jungen Mann gutheiße. Sorgen Sie nur dafür, dass alles reibungslos abläuft, dann dürfen Sie auf meine großzügige Erkenntlichkeit rechnen."

Darauf antwortete Schao Mei: „Gut, dann ist die Hochzeit also beschlossene Sache."

Dann begleitete Kao San seine Gäste noch bis zu ihrem Boot, wohin Frau Kao bereits reichlich Reiseproviant hatte bringen lassen sowie einen Umschlag, in dem der Vermittler seine Reisekosten ersetzt fand.

Nach einer herzlichen Verabschiedung legte das Boot ab und Kao San kehrte mit seiner Frau nach

Hause zurück. Den ganzen Abend konnten sie über nichts anderes mehr sprechen als über den bezaubernden und beeindruckenden jungen Mann und in ihrer Fantasie war er bereits ein Sohn ihres Hauses geworden.

Bei der Heimfahrt erwies sich der Wind, der die Reise des Bootes zur Insel Tung-ting so begünstigt hatte, als eher hinderlich. Sie verbrachten einen ganzen Tag auf See und kamen erst in ihrem Heimathafen an, als es bereits dunkel war. Yen Tsün hatte sich jedoch noch lange nicht schlafen gelegt, dazu erwartete er ihrer Rückkehr mit viel zu großer Aufregung. Als die Ausgeschickten nun endlich an seine Tür klopften, öffnete er ihnen erwartungsvoll und hörte voller Freude die gute Nachricht vom Zustandekommen der Verlobung. Lautstark gab er seiner Begeisterung Ausdruck und gab aus lauter Überschwang Schao Mei sogar den Schuldschein zurück, den dieser ihm vor geraumer Zeit unterschrieben hatte.

Stattdessen gab Yen Tsün seinem Unterhändler den Auftrag, zu vereinbaren, dass als Tag für die Hochzeit der dritte Tag des zwölften Monats festgesetzt werde. Gegen diese Übereinkunft hatte Kao San, der ja ohnehin von seinem vorgeblichen zukünftigen Schwiegersohn völlig hingerissen war, nichts einzuwenden. Im Gegenteil, er hatte schon vor langer Zeit damit begonnen, die Aussteuer seiner Tochter vorzubereiten, und wartete nur noch darauf, aktiv zu werden.

In der Provinz Kiangnan pflegte man allerdings andere Hochzeitsbräuche als im Rest Chinas, auch andere, als sie seit Jahrhunderten traditionell überliefert wurden. So war es zum Beispiel nicht üblich, dass der Bräutigam seiner Braut entgegenging, sondern er wartete in seinem Haus darauf, dass die Eltern der Braut diese zu ihm brachten. Diese Gepflogenheit kam Yen Tsüns Täuschungsplan natürlich entgegen.

Doch Kao San entwarf aus lauter Freude über die bevorstehende Verbindung einfach völlig neue Pläne. Es war ihm überaus wichtig, den Bewohnern der Insel Tung-ting seinen so wunderbaren, perfekten zukünftigen Schwiegersohn vorzustellen. Daher änderte er kurzerhand die örtlichen Gebräuche und erklärte, dass er den aus dem Altertum überlieferten Sitten huldigen wollte. Das bedeutete, dass der Bräutigam auf die Insel kommen sollte, um seine Braut abzuholen, und dass das große Hochzeitsfest auf der Insel stattfinden würde. Kao San leitete bereits alles Notwendige in die Wege, lud alle seine Nachbarn ein und ließ Schao Mei sein geplantes Vorhaben übermitteln.

Man kann sich vorstellen, wie groß der Schrecken war, als Schao Mei von den geänderten Plänen hörte! Er eilte sofort zu Yen Tsün, um ihn von dieser neuen Komplikation zu unterrichten, und erwartete, dass dieser ebenso entsetzt reagieren würde wie er selbst. Doch weit gefehlt! Als Yen Tsün die Botschaft vernommen hatte, sagte er in aller Ruhe und Gelassenheit: „Das lass nur meine Sorge sein. Ich werde die Braut holen und Kao San wird hochzufrieden sein."

„Wie soll den das gehen?", fragte Schao Mei verzweifelt. „Kao San und seine Familie sind von dem Bewerber, den ich ihnen vorgestellt habe, begeistert. Sie haben ihn so genau betrachtet und durchleuchtet, dass sie ihn vermutlich blind porträtieren könnten. Und Sie glauben, sie würden sich nicht wundern, wenn sie ein völlig neues Gesicht sehen? Sie meinen wirklich, man würde mich nicht mit Schimpf und

Schande überwerfen sowie dem Vorwurf, ich hätte sie unlauter getäuscht?“

„Von Anfang an habe ich Sie darauf hingewiesen, dass ich überzeugt bin, dass die Vermählung zustande kommen wird, da es mir bestimmt ist, Kaos Tochter zur Frau zu nehmen. Wäre ich doch selbst mit Ihnen zu ihm gefahren, um mich vorzustellen, dann wären wir heute nicht in dieser Verlegenheit. Ich glaube fest, dass Sie mich mit Ihrem Gerede über die hohen Ansprüche dieses Herrn nur verwirrt haben und dass es durchaus gereicht hätte, ihm meine Person vorzuführen anstatt ihn mit der meines Vetters zu täuschen. Vermutlich kann man mit Herrn Kao sehr gut verhandeln und er ist nicht halb so schwierig, wie sie ihn geschildert haben. Die Sache war sicherlich bereits bei den ersten Worten, die gewechselt wurden, ausgemacht. Ich weiß, Sie glauben, mein Vetter hätte dabei eine bedeutende Rolle gespielt, aber ich bin anderer Meinung. Die Hauptrolle spielte einfach die Vorsehung, und deshalb hätte ich nicht nur selbst gehen sollen, sondern werde dieses Mal selbst erscheinen, um meine Braut heimzuführen. Sie werden ja sehen!“

„Das wird so nicht funktionieren!“, rief Schao Mei. „So hören Sie doch auf mich! Im Haus ihrer Eltern ist die Tochter in Sicherheit. Ich kann mir nicht vorstellen, was Sie tun wollen, wenn Kao San sie nicht in die Sänfte steigen lässt.“

„Ganz einfach! Ich nehme eine Anzahl stattlicher Männer mit. Wenn nötig, werden wir gewaltsam in Kaos Haus eindringen, um meine Braut zu holen, wenn er sie nicht herausgeben will. Und dann wollen wir doch mal sehen, ob er es wagt, vor Gericht zu gehen, wenn ich doch die von ihm unterzeichneten

Verlobungspapiere vorweisen kann. Wer von uns beiden wird dann sein Wort gebrochen haben? Wer von uns beiden muss fürchten, verurteilt zu werden?“

„Es ist schwieriger, als Sie glauben“, sagte Schao Mei, „Menschen auf ihrem eigenen Grund und Boden anzugreifen. Unter Kao Sans Dienern können ebenso stattliche und entschlossene Männer sein, die den ihrigen heftigen Widerstand entgegensetzen können, und dann könnte die ganze Angelegenheit sehr schlecht ausgehen.

Was das Gericht betrifft, so bin ich ganz anderer Ansicht als Sie, denn Kao San muss nur sagen, dass der Brautwerber, der ihm vorgestellt wurde und dem er seine Tochter versprochen hat, eine ganz andere Person war als derjenige, der kam, um die Braut abzuholen. Dann würde der Richter sicherlich den Vermittler zu sich bestellen, um ihn zu befragen und die Wahrheit ans Tageslicht zu bringen. Dadurch wäre ich gezwungen, alles zu gestehen – worüber Sie sich sicherlich nicht freuen würden. Das ist ein gefährlicher Pfad, glauben Sie mir! Beschreiten Sie ihn nicht!“

Nun schwieg Yen Tsün einige Zeit vor sich hin und überlegte. Schließlich schien er zu einem Entschluss gekommen zu sein.

„Nun gut, wenn die Sache sich so darstellt, dann werde ich meinen Plan nicht weiter verfolgen“, sagte er. „Doch Sie werden noch einmal zur Insel Tung-ting zurückkehren und Kao San erklären müssen, dass die Hochzeit nicht umgekehrt stattfinden kann. Da ich mich seinem Wunsch gebeugt und ihm vor der Vermählung einen Besuch abgestattet habe, soll er nun meinem Begehren nachgeben und seine Tochter in mein Haus bringen.“

„Das wäre ein guter Plan," jammerte Schao Mei, „doch Kao San wird sich Ihnen niemals beugen. Er hat seinen zukünftigen Schwiegersohn derart blumig beschrieben und so sehr über alle Maßen gelobt, dass ihn all seine Verwandten und Nachbarn unbedingt kennen lernen wollen. Daher wird er nicht von seinen Vorstellungen abweichen. Es sieht so aus, als müsste man die Dame abholen, wenn man sie wirklich haben will."

„Aber was sollen wir dann tun? Wie gedenken Sie, uns aus dieser schwierigen Situation herauszubringen?"

„Das Einzige, was uns wirklich helfen kann, ist, dass wir uns noch einmal an Ihren Vetter Wan Süen wenden. Nachdem wir nun schon einmal damit begonnen haben, Kao San zu täuschen, sollten wir auch bis zum bitteren Ende dabei bleiben. Wenn Ihr edler Cousin noch einmal die Rolle des Verlobten übernehmen würde, könnte er die Dame hierher in Ihr Haus bringen, und wenn sie erst einmal hier ist und nach dem Gesetz Ihre Frau geworden ist, dann hätten Sie sie in Ihrem Haus, in Ihrer Gewalt, so wie Kao San sie derzeit hat. Dann könnten Sie wohl verhindern, dass man Ihnen Ihre Frau wieder wegnimmt. Sie müssten sich nur mit dem Gejammer der Dame abfinden, das sie sicherlich anstimmen wird, doch wenn die Ehe erst einmal vollzogen ist, wird sie schon verstummen."

„Nun denn", meinte Yen Tsün, „dieser Plan erscheint mir nicht übel. Doch er hat den großen Nachteil, dass ich meinen Vetter noch einmal bitten muss, meine Stelle zu übernehmen, was sicherlich nicht leicht sein muss. Überdies muss er diesmal nicht nur einen kleinen Besuch absolvieren, sondern sich in der Öffentlichkeit zeigen, was sicherlich schwieriger ist."

„Leider sehe ich keinen anderen Weg“, sagte Schao Mei, „wie wir die Sache, die doch schon so weit gediehen ist, auf andere Weise zu einem erfolgreichen Ende bringen könnten.“

So beendeten Yen Tsün und Schao Mei ihre Unterhaltung. Bereits kurz danach klopfte Yen Tsün an das Zimmer seines Vetters und bat ihn, eine ernste Angelegenheit mit ihm besprechen zu dürfen.

„Worum geht es, wenn ich fragen darf“, fragte Wan Süen, der sogleich nervös wurde, als sein Cousin auf ihn zutrat.

Nicht ohne Verlegenheit antwortete Yen Tsün: „Es geht noch immer um diese eine große Sache, bei der du mir schon so großmütig behilflich gewesen bist, meine Verheiratung. Heute beginnt bereits der zwölfte Monat und für übermorgen ist bereits die Vermählung angesetzt. Leider ist es dafür nötig, die Braut von der Insel Tung-ting abzuholen, wie es sich der Brautvater Kao San wünscht. Deshalb ersuche ich dich, bereits morgen abermals an meiner Stelle zu der Insel zu reisen und mir diesen Dienst zu tun. Ich verspreche, es wird der letzte sein, um den ich dich bitte.“

„In deinem Namen habe ich bereits einen Besuch absolviert, was zwar nicht ganz korrekt war, aber doch ohne ernstliche Folgen abgegangen ist. Was du nun von mir verlangst, ist die Durchführung einer großen rituellen Zeremonie, eines der großen alten Rituale. So eine Sache ist viel zu gewichtig, als dass wir hier denselben Tausch vollziehen könnten.“

„Du hast ja völlig Recht mit deiner Anmerkung“, erwiderte Yen Tsün. „Wenn wir gewusst hätten, wie weit dies alles gehen würde, hätten wir von Anfang an anders gehandelt.

Doch da Kao San nun möchte, dass man zu seiner Insel zurückkehrt, wo er dich unter meinem Namen kennt, müssen wir das Spiel weiterführen. Denn wenn er mich als Bräutigam sieht, besteht die große Gefahr, dass er die Hochzeit nicht durchführen lässt und stattdessen einen Prozess gegen uns anstrengt. Dabei könntest auch du bloßgestellt werden!

Dürfen wir diese große Gefahr eingehen?

Du musst auch bedenken, dass wir von dem Zorn des Kao San nichts mehr zu befürchten haben, wenn die junge Frau erst einmal die Schwelle meines Hauses überschritten hat. Leider hat sich die Situation nun zugespitzt. Du allein kannst sie retten oder alles verderben.

Aber ich bitte dich, mich nicht just in jenem Augenblick zu verlassen, in dem mein Glück, ja mein gesamtes weiteres Wohlergehen auf dem Spiel steht."

Solcherart ging das Bitten und Betteln noch einige Zeit und immer drängender weiter, bis sich Wan Süen auch dieses Mal überreden ließ.

Danach sorgte sich Yen Tsün nur noch darum, dass alle Vorkehrungen für die bevorstehende Abfahrt getroffen wurden und dass alle Ausstattung bereitlag. Die Diener, die diese Reise mitmachen sollten, wurden zu äußerster Verschwiegenheit verpflichtet und Yen Tsün versprach ihnen großzügige Geldgeschenke, wenn die Boote mit der jungen Frau zurückkehrten.

In aller Frühe, unmittelbar vor der Abfahrt, gingen Yen Tsün und Schao Mei nochmals alles durch. Die kleinen Pakete mit Geschenken und Umschläge mit kleinen Geldbeträgen, die an diesen und jenen verteilt werden sollten, wurden beschriftet und zurechtgelegt. Auch die Gewänder des Bräutigams wurden geprüft:

Gelehrtenmütze, seidener Gürtel, schwarze Stiefel aus Satin.

Zum Schluss wurden noch reichlich Lebensmittel an Bord der Schiffe gebracht. Es waren insgesamt zehn: eines für den Vermittler und den Bräutigam, eines für die Braut, das waren die zwei größten. Dann gab es noch vier mittelgroße Boote für die Verwandten und Nachbarn sowie vier Boote für die Dienerschaft. Als alles fertig war und das Zeichen zum Ablegen gegeben wurde, fuhren die Boote auf den See hinaus, begleitet von Musik und Feuerwerk. Wer diese Szene sah, dachte: Was für ein Glück verheißender Anfang!

Als nun dieser Teil der Erzählung zu Ende war, spendeten die Mädchen der Erzählerin ebenfalls Beifall. Die ehrenwerte Su-ngo war beim Rezitieren offensichtlich auf den Geschmack gekommen, denn sie konnte sich nicht zurückhalten, noch weiteres Zeugnis von ihrer literarischen Bildung abzugeben. Sie begann mit den Worten: „Hört her, Ihr Mädchen, das Gedicht von vorhin geht folgendermaßen weiter:

Tugendhaft ist die zücht'ge Maid,
er begehret sie zu jeder Zeit,
so furchtbar, furchtbar, ach so sehr,
er wälzt sich hin und wälzt sich her."

Das Mädchen, das die Geschichte als nächste fortsetzen sollte, wartete gar nicht erst auf die ausdrückliche Aufforderung der Vorsteherin, sondern machte sich gleich eifrig ans Werk.

Enthaltsamkeit
war angesagt, doch den
vom Schicksal
gesandten Wind
kümmert dies wenig.

Nach einer kurzen Fahrt von einem halben Tag kamen die Boote gegen Mittag an der Insel Tungting an. Die Passagiere gingen an Land und beeilten sich, den Zug zu formieren, der bis zum Haus von Kao San nur eine kurze Strecke zurückzulegen hatte. Ganz zuvorderst ging der Vermittler, gefolgt von der Dienerschar, welche die Brautgeschenke, vergoldete Laternen und Wachsfackeln, die zur richtigen Zeit feierlich entzündet werden sollten, trug. Mitten unter ihnen trugen einige besonders geschmückte Lakaien die Sänfte, in welche die Braut steigen sollte. Dahinter kam Wan Süen in einer prächtigen, mit blauer Seide ausgeschlagenen Sänfte, die von vier Dienern getragen und von vier weiteren begleitet wurde. Neben und hinter ihnen marschierten Trommler und Flötenspieler.

Als Wan Süens Sänfte an den Wartenden vorübergetragen wurde, strömten rasch noch mehr Neugierige herbei, die einen Blick auf den vielgerühmten Schwiegersohn des Kao San werfen wollten. Manche stellten sich auf die Zehenspitzen, andere drängten sich mit groben Schulterstößen weiter nach vorne. Doch als sie den schönen, sanft lächelnden jungen Mann sahen, verstummten alle in Ehrfurcht. Er war der Held und Mittelpunkt dieser Feier und erntete einstimmige Beifallsrufe. Einige der anwesenden Frauen kannten die Braut und verkündeten unisono, dass es nie ein passenderes Brautpaar gegeben hätte, so gut wären die beiden aufeinander abgestimmt. Alle beglückwünschten Kao San, dass er so geduldig Bewerber um Bewerber abgewiesen hatte, um diesen perfekten Ehemann für seine Tochter zu finden.

Im Haus von Kao San war die Aufregung indessen um nichts geringer als außerhalb. Sämtliche Vorbereitungen wurden zu Ende geführt, rote Wachskerzen entzündet, obwohl der Tag noch nicht dem Ende zuging, und eine leichte Musik erklang durch alle Räume. Als die Nachricht kam, dass der Zug am Tor eingetroffen war, legten Eltern und Freunde rasch ihre roten Schärpen um und steckten Blumen an ihre Kopfbedeckungen. Dann stieg der Bräutigam auf Einladung aus seiner Sänfte und man rezitierte für ihn passende Komplimente in Versform.

Durch ein Spalier betrat er schließlich das Haus und schritt zum großen Saal, wo er der Reihe nach allen Mitgliedern der Familie vorgestellt wurde. Dann wurden Tee und Früchte gereicht, die Gesellschaft durchmischte sich und ein allgemeines angeregtes Geplauder setzte ein. Aus allen Mündern kamen ähnliche Worte des Lobes für den jungen Mann wie sie schon draußen während des Umzuges zu hören gewesen waren. Als endlich die Zeit gekommen war, um an die Tafel zu schreiten, fanden all die vielen Gäste Platz, um an dem delikaten und in reicher Fülle dargebrachten Mahl teilzuhaben.

Der Bräutigam bekam einen Platz, der nach Süden gerichtet war, von dem aus er alle Anwesenden überblicken und von allen gesehen werden konnte.

Der Wein floss in großen Mengen und die Musik spielte immer fröhlichere Weisen, während in den Nebensälen die Dienerschaft und die Mannschaften der Boote von den Dienern des Hauses bewirtet wurden. Überall herrschte gute Laune, man freute sich und feierte, während die Stunden wie im Flug vergingen.

Kein einziger unter den vielen Gästen hätte vermutet, was sich in dieser Zeit tatsächlich in Wan Süens

Herz abspielte. Seine Gefühle waren jedenfalls ganz andere als die, welche jeder vermutet hätte.

„Die ganze Gesellschaft hier", dachte er, „ist in einem Traum gefangen. Schade nur, dass er durch das Erwachen nicht ganz verscheucht sein wird. Heute erscheine ich hier wie ein guter Geist, doch morgen schon werden sie mich mit einem Dämon vergleichen. Werde ich in meiner Armut jemals so viele Mittel anhäufen können, um selbst einmal die Rolle des glücklichen Gatten eines bezaubernden Mädchens zu erleben, die ich hier für einen anderen spiele? Werde ich diese Illusion von Glück, die mich hier und jetzt beseelt, jemals vergessen können?"

Unbeabsichtigt zauberten diese Gedanken einen Hauch von Traurigkeit auf sein schönes Antlitz. Das Mahl schien ihm unendlich lang zu werden, auch wenn Kao San selbst und auch dessen Sohn sich um ihn bemühten und ihm immer wieder Wein einschenkten – allein, er hatte Mühe, die Tasse überhaupt an die Lippen zu führen.

Er war nur erfüllt von dem einen Gedanken, die festliche Tafel zu verlassen, sein Boot zu besteigen und seinen Auftrag zu vollenden. Als er sich anschickte, sich zu erheben, kam ihm der treue Diener Siao Yi zu Hilfe und berichtete ihm, dass die Dienerschaft gesättigt sei und es Zeit zum Aufbruch wäre. Wan Süen stand also auf, wies Siao Yi an, die mitgebrachten Geschenke zu verteilen, und ließ Kao San benachrichtigen, dass er nun aufbreche.

Kao San veranlasste noch weitere Verzögerungen, doch schließlich wurden die Koffer herbeigebracht, in welchen die Ausstattung und die Mitgift enthalten waren.

Nun fehlte nur noch, dass die Braut ihre Sänfte bestieg. Doch plötzlich eilten einige der Bootsleute herbei und riefen: „Ein Unwetter! Ein Unwetter! Es ist unmöglich, jetzt noch in See zu stechen! Wir müssen warten, bis der Wind sich gelegt hat!" Tatsächlich war um Mitternacht herum ein Sturm losgebrochen, den man wegen der Musik im Inneren des Hauses kaum wahrgenommen hatte.

Auf Kao Sans Geheiß wurden einige Diener ausgeschickt, um die Aussage der Bootsleute zu bestätigen, was sie nach kurzer Zeit auch taten.

Langsam wurde Wan Süen nervös. Kao San beteuerte, wie leid ihm dieses Pech täte, und bekundete seine Anteilnahme. Dann lud er seine Gäste ein, doch wieder am Tisch Platz zu nehmen, während er abermals Leute ausschickte, die am Hafen die Wetterlage beobachten sollten.

Als der Morgen langsam dämmerte, pfiff der Wind noch wilder als zuvor und trieb dichte, rötliche Wolken vor sich her, aus denen bald kleine, stechende Schneeflocken herabgewirbelt wurden.

Auch die Stunde des Frühstücks brachte keine Veränderung, der Sturm tobte heftiger denn je und der Schnee fiel immer dichter. Es war auf keinen Fall daran zu denken, an diesem Tag den See zu überqueren. Darüber fiel Kao San in einen tiefen Kummer, der auch seiner Umgebung nicht verborgen blieb. Was sollte den geschehen, wenn nun dieser für die glückliche Hochzeit bestimmte Tag tatenlos vorüberging? Wann könnte man einen neuen, ebenso Glück verheißenden Tag finden, wann das Band der Verwandtschaft endlich knüpfen? Und wie sollte er diese Leute, die gekommen waren, um die Braut mitzunehmen, nun unverrichteter Dinge verabschieden, ohne sie zu erzürnen? Wie ihnen beibringen, dass sie ihre Reise umsonst gemacht hatten? Dass sie nun wieder heimkehren konnten, aber ohne die Braut? Kao San war verzweifelt.

Einer seiner Gäste war jedoch sein guter Nachbar und bester Freund Tscheu, ein betagter ehrwürdiger Herr, der dafür bekannt war, Streitigkeiten geschickt friedlich beizulegen und Prozesse zu vermeiden. Dieser hatte die Klagen des Kao San mitangehört. Er trat nun auf seinen Freund zu und sprach:

„Wenn ich die Sache richtig sehe, so sind deine Probleme relativ einfach zu beheben, lieber Freund!"

„Wie denn das?", fragte Kao San ungläubig.

„Indem du einfach die Umstände ausnützt, die sich ohne dein Zutun eben so ergeben haben", antwortete der ehrwürdige Greis. Sieh doch, dies ist der für die Hochzeit bestimmte Tag und daher ist es absolut notwendig, dass die Vermählung heute stattfindet. Du hast sowohl deinen Schwiegersohn als auch deine Tochter zur Hand, darüber hinaus einen reich gedeckten Tisch und das Haus voll mit Verwandtschaft. Was zögerst du noch? Zünde noch heute Abend die mit Blumen geschmückten Lichter an. Vergessen seien Sturm und Schnee! Lass die Hochzeit doch in deinem Haus stattfinden, hier und heute! Wenn sich der Himmel aufgeklärt hat, können die Jungvermählten immer noch nach Hause fahren."

Kao San nahm den Vorschlag begeistert auf, weil er insgeheim bereits an so etwas Ähnliches gedacht hatte, und auch unter den Anwesenden, die Tscheus Rede mit angehört hatten, erhob sich zustimmendes Gemurmel.

Sofort ordnete Kao San an, das Brautzimmer angemessen zu schmücken und Blumenlichter zu bringen.

Wan Süen war noch ganz in seinen Träumereien versunken und auch Tscheus Vorschlag brachte ihn nicht aus der Ruhe, da er dachte, dass Kao San so einer raschen Änderung aller Pläne ohnehin nicht zustimmen würde.

Wie erschrak er aber, als er merkte, dass er sich ganz und gar geirrt hatte und Kao San Feuer und Flamme für die neue Idee war. Er musste schnell etwas dagegen unternehmen, doch er konnte es natürlich nicht selbst tun, also begab er sich auf die Suche nach dem Vermittler. Als er ihn endlich fand, war dieser absolut nicht mehr in der Lage, ihm in irgendeiner Weise hilfreich zur Seite zu stehen. Er hatte intensiv dem Wein zugesprochen: zuerst, um sich zu wärmen, dann, um sich zu betäuben, und zuletzt, weil ihm das Trinken schließlich so großen Spaß gemacht hatte. Nun lag er wie ein alter Sack in einer Ecke und schlief seinen Rausch aus.

So schwierig ihm das auch war, musste Wan Süen nun selbst gegen die drohende Verwicklung vorgehen. Er versuchte, Kao San davon zu überzeugen, dass es unschicklich wäre, den wichtigsten Akt im Leben so zu überstürzen; man könne mit Leichtigkeit einen anderen günstigen Tag für die Hochzeit bestimmen lassen und er würde an jenem Tag der Braut mit ebenso großem Wohlwollen entgegentreten wie jetzt.

Kao aber war bereits auf seine Linie eingeschworen und antwortete, dass eine Verschiebung nur unnötig viel Mühe machen würde. Einzig der Respekt vor dem Vater des Bräutigams hätte alles noch verhindern können, wenn dieser sich dagegen ausgesprochen hätte, doch da es einen solchen nicht mehr gab und der Bräutigam selbst bereits Familienoberhaupt war, stünde der sofortigen Hochzeit nichts mehr im Wege. Damit war für ihn die Sache erledigt und er eilte von dannen, um die Vorbereitungen zu überwachen.

In seiner Verzweiflung wandte sich Wan Süen an die anwesenden Nachbarn und Verwandten, in der Hoffnung, einen Verbündeten für seine Ansichten zu finden, doch wer hätte sich dem so deutlich kundgemachten Willen des Hausherrn widersetzen mögen? Alle machten ein freundliches Gesicht und entschuldigten sich. Als Wan Süen gar nicht mehr wusste, was er tun sollte, fiel ihm der treue Diener Siao Yi ein. Mit ihm wollte er sich besprechen.

Nun hatten der Diener und der Stellvertreter Yen Tsün ein langes Gespräch. Siao Yi bestand darauf, dass sich Wan Süen weiterhin hartnäckig einer Vermählung widersetzen sollte. Wan Süen brachte dagegen vor, wie weit er dies schon erfolglos versucht hatte und dass er befürchtete, dass es zu einem Zwist und zur Aufhebung der Verlobung kommen könnte, wenn er weiterhin insistierte und so das Misstrauen des Brautvaters erregte. Mitten in dieser Diskussion näherte sich eine Gruppe von Gästen, die schon von weitem riefen:

„Nun hör doch auf, dich wie ein unschlüssiger Feigling zu benehmen! Alles ist bereits fertig vorbereitet!“

Sie nahmen Wan Süen in ihre Mitte und schleppten ihn mit sich fort. Der arme junge Mann rief Himmel und Erde als Zeugen dafür an, dass ihm Gewalt angetan worden war und er nun keine Möglichkeit mehr hatte, die Dinge aufzuhalten.

Er wurde zum prächtig gedeckten Mittagstisch gebracht, wo er abermals über den Anwesenden thronte, während sich die Gäste wieder rote Schärpen umbanden. Wan Süen schwor bei sich, sich an die Pflichten eines anständigen jungen Mannes zu halten; dann senkte er den Kopf und ließ alles Weitere über sich ergehen.

Nun wurde die Braut in den Ehrensaal geführt. Sie war wunderschön geschmückt und verschleiert. Das Brautpaar stellte sich gegenüber auf und vollzog sämtliche Riten pünktlich und gewissenhaft. Zum Schluss wurden noch die mit Blumen geschmückten Kerzen zusammengebunden, dann war die Eheschließungszeremonie vollendet.

Das Festmahl dauerte an diesem Abend nicht bis in die späten Nachtstunden hinein. Als die Tafel aufgehoben wurde, brachten Herr und Frau Kao ihren frischgebackenen Schwiegersohn an die Tür des Brautgemachs. Die Ehrendame der Braut hatte dieser bereits den Schleier und den Kopfschmuck abgenommen und lud nun Wan Süen mehrmals ein, doch als Erster in das Brautgemach zu treten. Doch der junge Mann stand stocksteif vor der Schwelle und rührte sich nicht. Daher entschloss sich die Ehrendame schließlich, die Braut zu Bett zu bringen und sich dann sittsam zurückzuziehen, obwohl sie das Verhalten des Bräutigams überhaupt nicht verstand.

Die weniger zurückhaltenden Dienerinnen drängten den jungen Herrn, seinem merkwürdigen Benehmen ein Ende zu bereiten, doch er stand bloß da und war bis ins innerste Mark verunsichert, wie ein junger Hirsch, der sich rundum das Geweih angestoßen hatte. Nach einiger Zeit verließen ihn endlich auch die zudringlichen Dienerinnen. Völlig niedergeschlagen setzte er sich auf einen Stuhl, auf dem er gedachte, den

Morgen zu erwarten, doch als die Kerzen niedergebrannt waren, streckte er sich der Länge nach auf dem harten Boden aus.

So dachte er, den Versuchungen widerstehen zu können, die von seiner Leibesmitte ausgingen. Es war nämlich mittlerweile nicht mehr zu leugnen, dass sich dort ein wahrhaft mächtiges Werkzeug aufgebäumt hatte. Obwohl er sich fest darauf konzentrierte, nur keusche Gedanken zuzulassen, begann sein Gerät beim leisesten Gedanke an die Zimmergenossin schon zu beben und zu zittern. Irgendwann fiel er endlich in einen unruhigen Schlaf, in dem er aber von wollüstigen Träumen heimgesucht wurde. Man kann sich gut vorstellen, wie froh er war, als es endlich Morgen wurde.

Beim ersten Tageslicht begab sich Wan Süen heimlich in die Bibliothek, um Toilette zu machen, und setzte dann eine freundliche Miene auf, so gut es ihm eben gelang. Seine neuen Schwiegereltern waren über das seltsame Geschehen in der vorigen Nacht bereits unterrichtet, doch sie waren nicht beunruhigt, da sie das Vorgefallene der großen Jugend und Schüchternheit des Schwiegersohnes zuschrieben.

Schnee fiel nun zwar keiner mehr, doch der Sturm wütete mit unverminderter Härte. An diesem Tag wurden die Glückwünsche für das Paar gefeiert und Wan Süen, der sonst nur mäßig trank, trank bei jedem Trinkspruch, den man auf ihn und seine junge Frau ausbrachte, mit, um sich zu betäuben. Tatsächlich gelang es ihm zunächst vortrefflich, seinen Körper zu betäuben und seinen Geist in einen überaus schlafbedürftigen Zustand zu versetzen, und als er spätnachts in das gefürchtete Gemach eintrat, streckte er sich abermals auf dem Boden aus, um zu schlafen. Doch die wollüstigen Bilder kehrten zurück, stärker noch als in der Nacht zuvor, obwohl er verzweifelt versuchte, an alte Philosophen zu denken. Schließlich gab er auf und meinte, dass es wohl besser wäre, sich der gefürchteten Bettstatt zu nähern, vielleicht würde das sein Mütchen kühlen.

Im Dunkeln tappte er zum Bett, wo er eine Kerze entzündete, weil ihm das sicherer erschien. Was er dort jedoch sah, war alles andere als geeignet, ihn abzukühlen, im Gegenteil: Das Gesicht seiner Gemahlin war leicht gerötet und glühte förmlich vor Verlangen. Auf ihrem zarten Näschen hatten sich bereits winzige Schweißtröpfchen gebildet und als sie den Mund zum Sprechen öffnete, versagte ihr die Stimme.

Auch Wan Süen brachte kein Wort heraus. Sein Blick lag auf den rosigen Brustwarzen, die aus dem Ausschnitt ihres dünnen Nachthemdchens hervorlugten. Es schien ihm, als warteten sie nur darauf, geküsst zu werden und das tat er dann auch.

Er beugte sich zu ihr, nahm die süße Knospe in den Mund und saugte sanft daran, während seine Hände über ihren Leib tasteten und ihre festen, jugendlichen Brüste umfassten. Sie schloss ihre Augen und atmete heftiger. Da konnte er sich nicht mehr halten. Er warf sein Nachthemd ab und kniete sich vor ihr ins Bett. Wie von Zauberhand öffneten sich ihre Schenkel vor seinen Augen und eine rosige, samtig schimmernde Lustknospe leuchtete ihm entgegen. Was konnte er da anderes tun als seinen strammen Jadespeer in ihre Lustgrotte zu versenken? Langsam und gleichmäßig stieß er zu und gelangte schließlich immer tiefer, Stoß um Stoß.

Sie umfasste seine Schultern mit ihren Händen und verschränkte ihre Füßchen hinter seinem Rücken, um ihn noch tiefer in sich zu pressen. In ihrem Stöhnen hörte er auch Schmerz, doch deutlicher war ihre Lust zu vernehmen. Auch er wurde von den Wogen der Wollust erfüllt und stieß nun hemmungslos in ihre Jademuschel, bis beide unter nie gekannten Empfindungen in Ekstase vergingen.

In dieser Nacht plagten Wan Süen immer wieder Gedanken der Reue zwischen seinen Ritten, die er allerdings nichtsdestotrotz hingebungsvoll genoss. Am Morgen kletterte er wortlos aus dem Bett und legte seine Kleider an.

Nun, da sich der Sturm endlich gelegt und die Luft geklärt hatte, wollte Wan Süen die Heimreise antreten. Allein, Kao San hatte es sich in den Kopf gesetzte, dass das junge Brautpaar drei Nächte unter seinem Dach verbringen sollte, und es war nicht möglich, ihm diese fixe Idee wieder auszureden.

Mit verzweifelter Entschlossenheit ergab sich der Bräutigam wider Willen also in sein scheinbar unabwendbares Schicksal. Seiner Frau entging es nicht, dass er sich nicht äußerte, außer in Stöhnen und Seufzern, doch sie war noch sehr unerfahren in solchen Dingen. Darüber hinaus erschien ihr die Tätigkeit seines Jadespeers in ihrer feuchten Lustgrotte doch weitaus wesentlicher und einer akustischen Untermalung nicht unbedingt bedürftig. Und in Bezug auf diese Art des Zeitvertreibs blieb ihr in dieser dritten Nacht kaum etwas zu wünschen übrig.

Am vierten Tag war nun keine Ausrede für eine weitere Verzögerung der Abreise zu finden. Es wehte sogar eine steife Brise, welche die Heimfahrt begünstigte. Kao San führte seine Ehefrau und seine Tochter auf eines der großen Boote. Er selbst bestieg mit Wan Süen und Schao Mei das zweite große Boot. So begab sich die kleine Flotte endlich mit geblähten Segeln auf den Heimweg, begleitet von Musik und Feuerwerk.

Diesem so romantischen Teil der Geschichte applaudierten die Blumenhofmädchen besonders begeistert. Die ehrenwerte Vorsteherin konnte nicht darauf verzichten, ihrem Gedicht einen weiteren Vers hinzuzufügen, der ihr in der Zwischenzeit eingefallen war:

Üppig ist die Seerosenpracht,
die man durchfahret links und rechts
Er suchte sie und fand sie nicht,
von der er träumte im Mondeslicht."

Nun machte sich ein viertes Mädchen bereit, um das Ende der Geschichte zu erzählen, in welcher der kluge Gelehrte sich trotz aller guten Vorsätze von seinen Leidenschaften übermannen hatte lassen.

Laut werden
Ansprüche kundgetan,
doch
ein weiser Richter
achtet auf die
Menschen.

Nicht jeder freute sich auf die Rückkehr, vor allem nicht der treue Diener Siao Yi, dem Yen Tsün die Überwachung der Geschehnisse anvertraut hatte. Er fürchtete sich vor der Reaktion seines Herrn, wenn er ihm sämtliche Details dessen erzählte, was sich in der Zwischenzeit alles ereignet hatte. Dennoch wollte er der Erste sein, der einen Bericht abgab, um Yen Tsün auf den Empfang der Hochzeitsgesellschaft vorzubereiten. Deswegen bestieg er eine kleine, schnelle Schaluppe und traf noch vor allen anderen Booten am Ziel ein.

Als der Sturm losgebrochen war und es am Morgen des festgesetzten Hochzeitstages auch noch zu schneien begonnen hatte, hatte sich Yen Tsün große Sorgen gemacht, da er zuerst gemeint hatte, man würde die Überfahrt vielleicht trotz des ungünstigen Wetters und aller damit verbundenen Gefahren wagen. Die Tafel war jedenfalls vorbereitet, die Gedecke aufgelegt und die mit Blumen geschmückten Kerzen zurechtgelegt. Doch der Tag verging und auch die Nacht, ohne dass er Nachricht erhalten hätte.

Hatte es vielleicht ein Unglück auf See gegeben? Oder hatte man die Überfahrt aus Vorsicht doch nicht angetreten, dann war der günstige Tag völlig ungenützt verstrichen! Wann würde wieder ein günstiger Tag sein? Würde Kao San dann nicht neue Ansprüche stellen, würde es vielleicht neue Probleme geben? Es war zum Aus-der-Haut-Fahren! Immerhin bestand noch die Möglichkeit, dass Schao Mei den Schwiegervater dazu überreden konnte, die Boote gleich mitsamt seiner Tochter zu besteigen, um bei der Ankunft gleich über die Regelung der Angelegenheiten verhandeln zu können. Dann würde er, Yen Tsün, nicht mehr auf irgendeinen vielleicht günstigen Tag warten, dann würde der folgende Tag einfach der günstigste sein.

Diese Gedanken machten Yen Tsün vollständig unruhig. Wie ein Tiger im Käfig strich er in seinem Haus hin und her, konnte nicht sitzen, nicht stehen, nicht liegen, ging in den Garten und an das Tor, nur um dort sich umzudrehen und ins Haus zurückzukehren.

Als die Sonne am vierten Tag strahlend hell am Himmel erschien, deutete er das gleich als gutes Zeichen. Kurz vor Mittag hielt er bereits Ausschau und konnte tatsächlich schon nach kurzer Zeit Siao Yi heraneilen sehen, der ihm schon von weitem zurief: „Die neue Herrin des Hauses kommt in nicht einmal mehr einer halben Stunde!"

„Wie kommt es, dass die Eltern in ihre Abfahrt eingewilligt haben, wo doch der glückliche Tag ohne mich verstrichen ist?", fragte Yen Tsün, als der Diener ihn erreicht hatte.

„Herr Kao San wollte den glücklichen Tag nicht ungenützt verstreichen lassen, daher bestand er darauf, die Hochzeitszeremonie in seinem Haus abzuhalten. Wohl oder übel musste Wan Süen die Rolle des Bräutigams übernehmen."

„Und in welchem Zimmer hat er seitdem geschlafen? Immerhin ist die Vermählung demnach ja bereits drei Tage her!"

„Nun, äh, natürlich musste er in diesen drei Nächten das Zimmer mit der jungen Herrin teilen. Doch Wan Süen ist ein ehrenhafter Mann, auf den man sich verlassen kann."

Da wurde Yen Tsün rot vor Zorn und schrie seinen Diener an: „Unseliger! Was hast du getan? Habe ich dir nicht befohlen, alles genauestens zu überwachen? Warum hast du Wan Süen nicht zurückgehalten?“

„Das habe ich ja versucht“, gab der Diener verzweifelt zurück, „doch der Herr hat nur geantwortet, dass er seine große Mission zu Ende führen müsste und sich im Übrigen so benehmen würde, dass der Himmel und die Geister mit ihm zufrieden wären.“

Yen Tsün war fassungslos vor Wut. Er versetzte seinem Diener eine Ohrfeige, sodass dieser mehrere Meter zurücktaumelte. Dann eilte er zum Hafen, Wan Süen entgegen. Die Boote hatten soeben angelegt und Wan Süen stieg mit einem Lächeln im Gesicht an Land, denn er war überzeugt, dass seine Mission nun erfüllt war, und freute sich darauf, seinen Vetter über alles zu informieren.

In seinem Zorn sah Yen Tsün jedoch nichts von der wohlmeinenden Gesinnung im Gesicht seines Cousins. Er stürzte auf ihn zu, warf ihn zu Boden und begann, auf ihn einzuschlagen.

„Du elender Verräter!“, schrie er, „du verfluchter Verräter! Mit meinem Geld und meiner Mühe erschleichst du dir dein Vergnügen!“

Jeder Erklärungsversuch von Wan Süen war sinnlos, er kam nicht einmal zum Reden, so heftig schlug sein Vetter auf ihn ein.

Als nun Kao San hinzutrat und eine Erklärung für diese merkwürdige Szene verlangte, da sahen die umstehenden Diener ein, dass die Heimlichtuerei nun wohl nicht mehr aufrechtzuerhalten war und enthüllten ihm die Wahrheit.

Während er diese hörte, entflammte in Kao San eine Wut, wie man ihn einem Mann seines Alters gar nicht mehr zugetraut hätte, und er packte seinerseits

Schao Mei, den Vermittler, der seiner Meinung nach für den ganzen Betrug verantwortlich war, mit dem man ihm seine Tochter entrissen hatte.

Nun begannen sich auch die Verwandten der Braut in das Geschehen einzumischen und bald gab es mitten auf der Straße eine wilde Schlägerei, die unzählige Neugierige anlockte und den Verkehr völlig zum Erliegen brachte.

Zur gleichen Zeit hatte der Gouverneur der Provinz einen seiner Besucher zufällig bis an das große Tor begleitet, sodass er von dem Tumult betroffen wurde, der ihm den Rückweg zu seiner Residenz versperrte. Er befahl, diese Leute, die die Ruhe auf so lautstarke Weise störten, zu verhaften. Sofort setzte eine Flucht in alle Richtungen ein, sodass am Schluss nur noch die vier Hauptkontrahenten übrig blieben: Yen Tsün, der noch immer nicht von Wan Süen lassen wollte, und Kao San mit Schao Mei, den er immer noch am Kragen gepackt hielt.

In der aufgeregten Lage wäre es nicht möglich gewesen, die Dinge so weit zu klären, dass sich der Gouverneur ein Bild davon hätte machen können. So gab er Befehl, die vier Männer in seinen großen Audienzsaal zu bringen, damit er sie nacheinander befragen und sich daraus ein Urteil bilden konnte.

Da er der Älteste war, wurde Kao San als erster einvernommen, wobei er Folgendes aussagte: „Mein Name ist Kao San und ich wohne auf der Insel Tung-ting. Für meine überaus liebreizende und gebildete Tochter wollte ich einen ebensolchen Schwiegersohn, den ich auch auswählte. Als derjenige, dem ich meine Tochter versprochen hatte, auf die Insel kam, um sie abzuholen, brach ein solcher Sturm los, dass er die Rückfahrt über den See am nächsten Tag nicht antreten konnte. Um den günstigen Tag aber nicht ungenutzt verstreichen zu lassen, bestand ich darauf, die Hochzeit eben in meinem Hause zu feiern, und in der Nacht darauf wurde die Ehe vollzogen. Doch als wir heute nach der Überführung meiner Tochter in das Haus ihres Ehemannes anlegten, stürzte sich dieser hässliche Mann" – er zeigte auf Yen Tsün – „auf meinen neuen Schwiegersohn und schlug ihn. Dabei erfuhr ich, dass man meine Tochter und mich auf das Schändlichste betrogen hatte. Dieser Mann dort hat die Beteiligung eines skrupellosen Vermittlers erkauft, der mir in seinem Namen diesen jungen Mann" – er zeigte auf Wan Süen – „vorstellte. Man hat mir also einen falschen Schwiegersohn unter einem falschen Namen untergejubelt. Wenn Eure Exzellenz den Vermittler befragen wollte, werden Sie die Richtigkeit meiner Worte bestätigt finden."

„Wie heißt dieser und wo ist er?", fragte der Richter.

„Er heißt Schao Mei und steht hier vor Ihnen", antwortete Kao San.

Der Gouverneur bedeutete Kao San, sich zurückzuziehen, und wandte sich mit strengem Tonfall an Schao Mei:

„Du hast gehört, was gegen dich vorgebracht wird. Rede! Und ich rate dir, aufrichtig zu sein, in deinem eigenen Interesse!"

Zunächst versuchte Schao Mei trotz dieser Warnung, die Sachlage durch allerlei verfälschende Ausschmückungen und weitschweifige Ablenkungen zu verschleiern, doch als der Richter ungeduldig wurde und ihm mit Folter drohte, hielt sich der eingeschüchterte Vermittler streng an die Wahrheit, schilderte die

Geschehnisse in allen Einzelheiten und gab die Täuschung zu.

„Nun drückst du dich endlich klar und deutlich aus", sagte der Richter. „Sicherlich ist Yen Tsün schuldig, doch angesichts seiner Mühen und finanziellen Aufwendungen ist auch sein Zorn verständlich, als er erfuhr, wie weit sein Stellvertreter seine Rolle ausgeweitet hat. Wir wollen nun herausfinden, wie der Plan überhaupt zustande gekommen ist. Man bringe Yen Tsün zu mir."

Dieser kam und verstand sofort, dass ihm jeder Versuch der Leugnung oder Abschwächung zum Nachteil gereichen würde. Daher bestätigte er im Wesentlichen den Bericht, den bereits Schao Mei abgeliefert hatte.

Als Letzter wurde Wan Süen hereingerufen. Der Richter betrachtete sein hübsches, nun aber durch die Schläge von Yen Tsün arg zugerichtetes Gesicht und fragte ihn in wohlwollendem Tonfall:

„Wie kommt es, dass jemand wie du, der du die Werke des Konfuzius in all ihrer Moral studiert hast, deine Aufgaben so schlimm verkannt hast? Wie konntest du nur in die Rolle eines Verlobten schlüpfen, um ein junges Mädchen abzuholen, das eigentlich ein anderer heiraten wollte?"

„Ehrenwerter Richter", antwortete Wan Süen, „ich habe mich zuerst auch geweigert, an dieser schlimmen Täuschung mitzuwirken. Doch ich bin arm und liege meinem Vetter schon seit geraumer Zeit auf der Tasche, da er mir Unterkunft und Essen gibt. Deshalb konnte ich seine eindringlichen Bitten nicht abschlagen."

„Wenn du aus Schwäche, wie du sagst, die Mission übernommen hast, die Braut abzuholen, wieso hast du dann noch den verbrecherischen Akt begangen, die Ehe zu vollziehen?“

„Es war ausschließlich meine Absicht, die Braut abzuholen und nicht mehr. Doch als das schlechte Wetter eine Heimfahrt unmöglich machte, wollte der ehrenwerte Kao San die Hochzeit unbedingt am festgesetzten Tag abhalten und ließ die mit Blumen geschmückten Kerzen entzünden.“

„Dann hättest du jedoch die Folgen dieser Sitte erkennen und das Entzünden verhindern müssen!“

An dieser Stelle rief Yen Tsün dazwischen: „Sehr richtig! Hier zeigt sich die Untreue meines Vetters!“

Der Richter wies in streng zurecht, still zu sein, und wandte sich wieder Wan Süen zu:

„Du hattest also keinerlei Hintergedanken, als du die Dinge so weit entwickeln ließest?“

„Der Himmel und Kao San sind meine Zeugen“, flehte Wan Süen, „dass ich mehrmals den Vorschlag, die Hochzeitszeremonie an Ort und Stelle zu vollziehen, abgelehnt habe. Erst als ich fürchten musste, ihn ernsthaft zu beleidigen, beugte ich mich seinem Wunsch. Dadurch war ich genötigt, drei Nächte im Brautgemach zu verbringen. In der ersten Nacht gelang es mir noch, standhaft zu bleiben, doch in der zweiten konnte ich die Leidenschaften nicht länger beherrschen. Und in der dritten Nacht war ich so beschämt über mein Versagen, dass ich wenigstens ein guter Wind-und-Mond-Spieler sein wollte.“

„Wirklich wahr?“, rief der Gouverneur aus und in seiner Stimme klang ein wenig Erheiterung mit, „du hast vollbracht, was bislang nur dem alten Eremiten Liu-Hia-Hwei gelungen ist und dessen leidenschaftsloses Beispiel selbst von den großen Gelehrten für unnachahmlich erklärt worden ist, und sei es auch nur für eine Nacht? Welch schwieriges Unterfangen für dich als jungen Mann im Vollbesitz seiner Frühlingskräfte! Doch wie sollte ich dir das glauben?"

„Dies ist die volle Wahrheit, Exzellenz", antwortete Wan Süen. „Doch wenn es Ihnen beliebt, kann der ehrenwerte Kao San sicherlich eine Unterredung mit seiner Tochter halten, in der die Zweifel an meiner Aufrichtigkeit zerstreut werden."

Der Gouverneur, der keinesfalls vorhatte, einer jungen Frau delikate Fragen zu stellen, war von der Festigkeit, mit der Wan Süen sich behauptete, sehr angetan und willens, ihm Glauben zu schenken. Er fragte Kao San: „Welchem dieser beiden Männer möchtest du deine Tochter zur Frau geben?"

„Wan Süen ist der Schwiegersohn, den ich mir ausgesucht hätte", gab Kao San zur Antwort. „Außerdem ist er derjenige, mit dem sie bereits die Ehebräuche und die Ehe vollzogen hat. Mit Yen Tsün wären weder meine Tochter noch ich zufrieden."

„Ganz meine Meinung", erwiderte der Gouverneur.

Als er dies hörte, fand in Wan Süen ein mächtiger Kampf statt. Als der Richter ihn drängte, die Verbindung, die nun auch von Kao San gutgeheißen wurde, anzunehmen, antwortete er:

„Was werden denn die Leute sagen, wenn ich nun aus diesen ganzen Verwicklungen mit einer wunderschönen Ehefrau hervorgehe? Es wird besser sein, wenn sich Kao San einen anderen Schwiegersohn erwählt und mir dafür die Achtung der anständigen Leute erhalten bleibt."

„Ganz so einfach ist das nicht", antwortete der Gouverneur. „Wenn die junge Frau nicht deine Frau bleibt, dann hättest du dich durch die Überfahrt schwer verdächtig gemacht und dieser Makel würde ewig an dir haften bleiben und deinem beruflichen Fortkommen schaden. Die Heirat hingegen deckt deinen Fehler hingegen wieder zu und alle werden dir verzeihen. Außerdem bist du es, den die Tochter und der Vater haben wollen. Darum höret nun mein Urteil und unterwerft Euch demselben!“

Er nahm den Pinsel und schrieb auf das vor ihm liegende Papier das von ihm verfügte Urteil:

„Kao San hat sehr vernünftig gehandelt, als er den Schwiegersohn, der ihm gefallen würde, selbst auswählen wollte.

Yen Tsün hat dadurch, dass er sich von einem schöneren Mann vertreten ließ, eine amüsante Geschichte für die Nachwelt geschaffen.

Durch die Mitwirkung einer himmlischen Kraft wurde der Betrug vereitelt, denn der Gott des Windes und der Wolken sorgte dafür, dass sich zwei für einander bestimmte Menschen vereinigten.

Ich erkläre also die zwischen Wan Süen und der Tochter des Kao San geschlossene Ehe für gültig.

Yen Tsün hat sich zweifach schuldig gemacht, indem er zum einen die unlautere Unternehmung überhaupt in Gang brachte, und zum zweiten, indem er denjenigen schlug, dessen einziger Fehler es war, sich von ihm zu diesem Betrug überreden zu lassen. Daher wird er zum Verlust all seiner Ausgaben verurteilt und sämtliche von ihm geleistete Geschenke werden Wan Süen und seiner Frau als Entschädigung zugesprochen.

Der Vermittler Schao Mei, der sich als Werkzeug dieser Intrige zur Verfügung gestellt hat, wird im Sinne der öffentlichen Moral eine gerechte Strafe erhalten."

Letztere wurde sofort nach der Urteilsverkündung in Form von zehn Stockschlägen ausgeführt. Schao Mei tröstete sich über die erlittenen Schläge aber rasch hinweg, denn immerhin waren ihm als Folge aus dieser Geschichte seine alten Schulden erlassen.

Der Schwiegervater und sein Schwiegersohn zogen sich gemeinsam zurück, während auch Yen Tsün das Gebäude verließ – schweigsam und zornig, aber ganz in sich zurückgezogen. In den nächsten Monaten wagte er es nicht mehr, sich in der Öffentlichkeit blicken zu lassen.

Kao San bereitete seinem Schwiegersohn an Bord seines Bootes einen völlig unerwarteten Empfang, denn aus lauter Angst, dass seine Tochter fast dem unangenehmen Yen Tsün gehört hätte und vor Freude über das freundliche Auftreten Wan Süens vor Gericht, vergaß er dessen Mitwirkung an der ganzen Betrugsgeschichte und nahm ihn herzlich in der Familie auf – als den vollendeten Schwiegersohn seiner Wahl.

Ergriffen und zugleich belustigt lauschten die Bewohnerinnen des Blumenhofes dem Ende der Erzählung. Danach sprach die ehrenwerte Dame Sungo den letzten Vers ihres Gedichtes:

Still, tugendhaft ist die junge Maid,
Mit Laute und Harfe wird sie gegrüßt.
Still, tugendhaft ist die junge Maid,
Mit Glocke und Pauke wird sie verzückt.

Dann ließ sie ihren Blick durch die Runde wandern.

„Wer weiß nun eine kurze Geschichte, die uns mit ebenso viel Einfallsreichtum unterhält? Und wo ist überhaupt unser lieber Student? Mir scheint, er vergnügt sich noch immer und sollte doch schon längst bereit sein für seine nächste Aufgabe!“

Sie gab dem Mädchen, das bereitwillig seine Hand gehoben hatte, ein Zeichen, dass es nun mit seiner Erzählung beginnen konnte. Und das Mädchen berichtete Folgendes:

Eine merkwürdige
Erscheinung tritt auf,
doch dem Jadespeer
bleibt sie
ganz sicherlich
in Erinnerung.

Eines Nachts logierte der Diener des Präsidenten des Kaiserlichen Bankettamtes in einem prächtigen und noblen Haus. Er lag schon in seinem Bette, als er plötzlich im ersten Stockwerk eine strahlend helle Laterne leuchten sah. Er betrachtete sie eine Zeit lang, bis sie auf einmal zu schwanken begann, sich drehte und schließlich zu Boden fiel, wo sie zu laufen begann. Der Diener blinzelte mehrmals, doch seine Augen sahen zweifelsfrei, wie aus dem Licht ein Hund wurde, der nach hinten lief. Rasch erhob sich der Diener und folgte ihm verstohlen. Als der Hund den Garten erreichte, verwandelte er sich in ein Mädchen. Da wusste der Diener, dass es sich um einen Fuchsgeist handelte. Er kehrte in seine Kammer zurück und legte sich wieder in sein Bett.

Da hörte er, wie das Mädchen, das ihm nachgekommen war, an sein Bett trat. Er stellte sich schlafend, damit er sie bei ihren Verwandlungen beobachten konnte. Das Mädchen jedoch beugte sich über ihn und schüttelte ihn sanft am Arm.

Der Diener tat so, als sei er eben erwacht, und fragte sie erstaunt, wer sie denn sei. Als das Mädchen nicht antwortete, fragte er weiter, ob sie vielleicht das Licht der Laterne aus dem oberen Stock sei.

„Wenn du es ohnehin weißt, wieso fragst du dann?“, gab das Mädchen zurück.

Der Diener sah das Mädchen nun genauer an und entdeckte, dass sie wunderschön war. Ihre Augen waren abwechselnd unergründlich tief, als würde sich das Licht einer kleinen Lampe darin spiegeln, und dann wieder so klar wie Quellwasser. Da begann sich in ihm die Lust zu regen, ein heftiges Brennen durchzog seine Lenden und seine Männlichkeit fing an zu zucken und zu wachsen. Sein Luststab wuchs weiter und weiter und hörte gar nicht mehr auf, bis er eine nie gekannte Dicke und Länge erreichte hatte.

Wortlos griff der Diener nach dem Mädchen und zog sie zu sich ins Bett, wo sie sich rasch ihrer Kleider entledigten.

Ohne zu zögern legten sich das Mädchen aus der Lampe auf den Rücken, hob ihre zarten Füße an und spreizte einladend ihre Schenkel. Dann schlang sie ihre Arme um den Nacken des Dieners und zog ihn zu sich heran, während ihre kleinen Füße sanft über seinen Rücken strichen. Der Duft ihres Körpers war betörend wie der von feinstem Räucherwerk, er berauschte die Sinne des Dieners, der nun nicht länger an sich halten konnte und in einem Rausch der Wollust seinen gewaltigen Liebesspeer in ihrer feuchten Lustgrotte versenkte. Mit seinen schnellen, abwechselnd flachen und tiefen Stößen bereitete er ihnen beiden ein solches Vergnügen, dass sie sich gegenseitig im Stöhnen und Seufzen übertrafen.

Nach einer geraumen Zeit, in der er seinen Jadestängel auf diese Weise in sie hineingetrieben hatte, zog er ihn ganz heraus und ließ sich neben sie gleiten. Sein Speer ragte als prächtige, auffordernde Erhebung in die Luft und das Mädchen ließ sich nicht lange bitten, sondern erhob sich, erklomm den Gipfel und versenkte den Pilzkopf in ihrer Liebesröhre.

Langsam senkte sie sich darauf nieder und trieb ihn immer tiefer, bis ihre Liebesmuschel den Pfahl bis zur Wurzel verschluckt hatte. Mit beiden Händen umfasste er ihre weiß leuchtenden Hinterbacken und so vereint begannen sie zunächst langsam und sanft, dann immer schneller und härter auf- und abzustoßen.

Auch mit diesem wollüstigen Spiel verbrachten sie eine Weile, dann stieg das Mädchen wieder ab und legte sich auf den Rücken. Nun erhob sich der Diener, legte Kissen unter ihr Gesäß und kniete vor ihrer Lustgrotte nieder, um seinen Speer zart auf und ab, hinein und hinaus gleiten zu lassen. Dabei beobachtete er genussvoll, wie ihre rosigen Schamlippen vor Lust immer heftiger erbebten und als schließlich ihrer beiden Schleusen bis zum Überlauf gefüllt waren, vollzog er ein paar schnellere Stöße und öffnete dann mit einem feurigen Rammstoß, begleitet von einem wilden Aufschrei, die Schleusentore, so dass sich beide in einer wilden Sturzflut gemeinsam ergossen.

Dieses Liebesspiel setzten die beiden nun Nacht für Nacht fort. Der Diener konnte es am Abend jeweils kaum noch erwarten, bis das Mädchen eintraf.

Nach einer gewissen Zeit erfuhr davon jedoch sein Herr. Er schickte zwei seiner Männer aus, die den Diener, wenn er schlief, zu ihm bringen sollten. Doch als sie bei ihm eintrafen, lag der Hausdiener unter dem Bett und wusste nicht, wie er dahin gekommen war. Nun wurde der Herr zornig und er sprach: „Du wirst mir das Mädchen bringen, und zwar bald. Wenn du es nicht tust, werde ich dich auspeitschen lassen!“

Eingeschüchtert wagte der Diener nicht, etwas zu erwidern; er nickte nur und kehrte in seine Kammer zurück, wo er über die Strafe nachdachte, die ihm drohte, wenn er das Mädchen fing, was ihm zugleich zutiefst widerstrebte. So schwankte er einige Zeit hin und her, bis ihm einfiel, dass das Mädchen stets ein kleines, rotes Hemdchen getragen hatte, das sie nie abgelegt hatte. Er vermutete, dass ihr das Unglück bringen würde.

Wenn er dieses Hemdchen erst hatte, so dachte er, könnte er sie auch zwingen, mit ihm zu gehen.

Wie jede Nacht, so kam auch in dieser das Mädchen Schlag Mitternacht zu ihm. Sie durchschaute ihn sofort und fragte: „Dein Herr hat dir befohlen, mich zu ihm zu bringen, nicht wahr?"

„Ja, meine Liebste, das hat er getan. Doch wie kann ich das tun, wir beide lieben uns doch!?"

Danach schliefen sie zusammen ein, doch der Diener tat nur so. Als er dachte, sie würde tief und fest schlafen, griff er nach dem Hemdchen, um es ihr auszuziehen. Sie aber bemerkte ihn sofort, schrie auf, sprang aus dem Bett und lief davon. Ihr wunderbares nächtliches Liebesspiel hatte damit ein Ende.

Einige Zeit später, als der Diener von verschiedenen Aufträgen seines Herrn in anderen Gegenden heimwärts reiste, sah er schon von weitem das Mädchen am Wegesrand sitzen. Als er sie erreichte, verbarg sie das Gesicht in ihrem Ärmel. Daher stieg er ab und fragte sie, warum sie das täte. Sie aber fasste ihn an der Hand und sagte: „Mein Herr, Ihr habt unsere Liebe bereits vergessen. Doch ich kann Euch verzeihen, denn es war nicht Eure Schuld, sondern die Eures Herrn. Heute vollendet sich das Schicksal, das uns zusammengeführt hat. Ich habe ein kleines Festmahl vorbereitet und bitte Euch, es mit mir zu teilen, damit wir voneinander Abschied nehmen können."

Da es Anfang Herbst war, stand die Hirse dicht und sehr hoch. Das Mädchen führte ihn in ein großes Hirsefeld, wo plötzlich ein großes Haus vor ihnen stand. Der Diener band sein Pferd an und sie betraten die Halle, wo bereits Wein und erlesene Speisen aufgetragen waren. Sie ließen sich auf einer Matte nieder und sofort begannen unzählige Sklavinnen, geschäftig für sie hin- und herzulaufen.

Bei Sonnenuntergang erinnerte sich der Diener daran, dass er noch Aufträge seines Herrn zu erledigen hatte, die er erfüllen wollte. So nahmen die beiden für immer voneinander Abschied.

Und als der Diener aus dem Haus getreten war, war plötzlich alles wieder wie vorher, nur noch ein weites, wogendes Hirsefeld.

Als diese Geschichte zu Ende war, spendeten die Blumenhofmädchen abermals Beifall. Auch diesmal kramte die ehrenwerte Su-ngo in ihrem poetischen Schatzkästlein und brachte folgende Zeilen zu Tage:

Als der Wind von Osten wehte
folgten Stürme ihm sogleich.
Ob bei Sorgen oder Ängsten
Deine Brust war, ach, mein Reich.
Nun ist Frieden, nun herrscht Glück, doch
Du verlässt, vergisst mich gleich.

Gleich begann das nächste Mädchen mit seiner Erzählung.

Im Winter sät
die Güte arglos aus,
was die Wolke
im Sommer
am Mond vorübertreibt.

In Wu, einem Dorf am großen Kanal, etwa 200 Meilen von der Hauptstadt Peking entfernt, lebte zur Zeit der Mingdynastie ein alter Mann namens Liu Te.

Jeder, der in die Hauptstadt reisen oder diese verlassen wollte, musste dieses Dorf passieren. Im Hafen legten täglich unzählige Schiffe und Boote an und Tag und Nacht hörte man das Geknarre der Reisewagen und das Geklapper von Pferdehufen. Deshalb war das Dorf, in dem etwa 100 Familien wohnten, zu einigem Wohlstand gelangt.

Der Wirt Liu Te und seine Frau hatten beide schon längst 60 Lenze auf dem Buckel, jedoch weder Geschwister noch Kinder, an denen sie sich auf ihre alten Tage erfreuen konnten. Die beiden besaßen etwa zehn Tagewerk Felder und ein Haus, in dem sie eine kleine Gastwirtschaft eingerichtet hatten. Liu Te war ein zutiefst ehrlicher Geschäftsmann, dem es zur größten Freude gereichte, anderen in Not zu helfen.

Eines Tages brach eine große Kälte herein, zuerst von heftigem Wind, dann von dichtem Schneefall begleitet. Der Alte hatte sich guten Wein kochen lassen und saß nun behaglich zusammen mit seiner Frau am Feuer in der Stube, wo sie ein paar Tassen des warmen Getränks genossen.

Als Liu Te aufstand, um nach dem Schneegestöber zu sehen, sah er durch das Fenster einen Mann, der einen Jungen an der Hand führte und ein Bündel auf dem Rücken schleppte. Der Fremde war so an die sechzig Jahre alt, der hübsche Knabe um die zwölf. Erschöpft wandte sich der Alte an den Jungen: „Meine Kräfte lassen nach, ich bin schon ganz erfroren, und dabei wird der Schneesturm immer heftiger. Komm, lass uns dort in diesem Gasthaus ein Glas warmen

Wein trinken, das wird uns für den weiteren Weg stärken."

So betraten die beiden Reisenden die Schenke des Liu Te, wo sie sich müde niederließen, der Knabe an der Seite des Alten, der seinen Sack abgelegt hatte. Rasch ließ der Wirt Wein kochen, den er den ermatteten Fremden zusammen mit einer Schale Reis und einer Schale Fleisch vorsetzte.

Artig schöpfte der Junge zuerst für den Alten etwas in eine Schale, dann erst nahm er für sich selbst. Das gefiel Liu Te und er fragte den Alten: „Verzeiht mir die Frage, Herr, aber ist das hier Euer Sohn?"

„Ja", erwiderte der Alte. „Er heißt Jou Kien."

„Und darf ich auch nach Eurem Namen und dem Ziel eurer Reise fragen? Es müssen wohl ganz besondere Umstände sein, die Euch bei diesem schrecklichen Wetter zwingen, eine Reise zu unternehmen."

„Mein Name ist Fang Yung. Ich komme aus der Hauptstadt, wo ich bei den kaiserlichen Palasttruppen gedient habe. Nun wollte ich in meine Heimat Shantung zurückkehren, als wir vom Schneesturm überrascht wurden. Doch sagt mir nun auch, wie Ihr heißt, werter Herr!"

„Ich heiße Liu Te. Bis nach Shantung ist der Weg noch weit. Ihr solltet Euch einen Reisewagen mieten."

„Dazu fehlt es uns leider an Geld, werter Herr."

Da bemerkte Liu Te, dass seine Gäste zwar den Reis gegessen, die Schüssel mit dem Fleisch aber nicht angerührt hatten.

Als er sich mit aller Zurückhaltung erkundigte, warum sie nicht auch vom Fleisch nehmen würden, erwiderte der Alte: „Ich will Euch die Wahrheit sagen, mein Herr. Um bis nach Hause zu gelangen, müssen wir mein Geld gut einteilen, denn wir haben nicht sehr viel."

Da wurde der gutherzige Liu Te vom Mitleid gepackt.

„Nehmt Euch unbesorgt vom Fleisch und vom Wein, mein Herr. Das kräftige Essen wird Euch bei dieser furchtbaren Witterung stärken und ich werde kein Geld dafür von Euch verlangen."

„Tausend Dank, mein Herr, für Eure Großzügigkeit! Ich hoffe, ich kann sie Euch eines Tages vergelten!"

Nachdem sie tüchtig gespeist hatten, brachte ihnen Liu Tes Frau noch zwei Tassen heißen Tee. Als Fang Yung seine Zeche bezahlen wollte, schob Liu Te das Silberstück wortlos über den Tisch zurück.

Dann schulterte der Fremde wieder seinen Sack, nahm seinen Sohn bei der Hand und verabschiedete sich höflich. Doch kaum waren die Reisenden über die Schwelle getreten, mussten sie feststellen, dass der Schneesturm an Stärke noch zugenommen hatte. Mühsam kämpften sie sich einige Schritte voran, erkannten dann jedoch, dass an eine Fortsetzung ihrer Reise an diesem Tag nicht zu denken war.

Liu Te, der ihnen von der Tür aus nachgesehen hatte, rief: „Kommt doch zurück! Ich habe noch ein Zimmer in meinem Haus frei, wo Ihr heute Nacht rasten könnt. Bis morgen klärt sich der Himmel sicherlich wieder auf!"

„Das ist ein willkommenes Angebot!", sagte der Alte und dankte dem freundlichen Wirt. Er kehrte um und betrat neuerlich mit seinem Sohn das gastfreundliche Haus des Liu Te.

Dieser ließ rasch ein Zimmer herrichten und trug selbst das Bündel des Fremden hinauf. Außerdem legte er auf das Bett des Alten noch ein paar zusätzliche Decken.

Da es noch recht früh war, begaben sich Fang Yung und sein Sohn noch in die Schenke, wo sie Liu Te hereinkommen sah und sie einlud, sich zu ihm und seiner Frau an das Feuer zu setzen. Dort plauderten sie noch bis spät in die Nacht.

Der Alte nahm eine Kerze und führte den Jungen hinauf in ihr Zimmer.

„Glücklich sind wir, mein Sohn, dass wir so freundliche Leute gefunden haben. Ohne ihre Hilfe hätten wir wohl in diesem Unwetter den Tod gefunden. Morgen jedoch werden wir auf das Wetter keine Rücksicht mehr nehmen und unseren Weg fortsetzen."

„Ja, mein Vater," sagte der Junge. „Doch nun lass uns zu Bett gehen und uns ausruhen, denn es ist spät geworden."

In der Nacht wurde der Alte von einem starken Fieber ergriffen. Mit rasselnden Atemzügen verlangte er nach Wasser. Obwohl der Junge leise die Treppe hinunter stieg, um das Wasser zu holen, bemerkte ihn Liu Te, dem der Knabe sogleich von dem schlechten Gesundheitszustand seines Vaters berichtete. Daraufhin weckte Liu Te sofort seine Frau, die Tee kochen und dem Alten ins Zimmer bringen sollte. Behutsam hob der Junge den Kopf seines Vaters an und flößte ihm ein, zwei Schluck warmen Tee ein. Dann packte Liu Te den Kranken fürsorglich in warme Decken und sagte:

„Ich werde einen Arzt holen lassen. Er soll seine ganze Kunst aufwenden, um deinem Vater zu helfen."

„Werter Herr", antwortete der Junge, während ihm Tränen über die Wangen liefen. „Wir haben nicht genügend Geld, um einen Arzt oder Medizin zu bezahlen."

„Ach was, darum brauchst du dich nicht zu kümmern, mein Junge", beruhigte ihn Liu Te.

Nun fiel zwar kein Schnee mehr, doch es hatte bereits Tauwetter eingesetzt und die Wege waren morastig und unpassierbar geworden. Deshalb bestieg Liu Te sein Maultier und ritt zum Arzt im Nachbardorf. Als er mit diesem zurückkehrte, wurde er sogleich informiert, dass der Kranke in eine tiefe Ohnmacht gefallen war.

Der Arzt untersuchte den Fiebernden sorgfältig und schüttelte anschließend resignierend den Kopf. „Ich fürchte, diese Krankheit ist tödlich."

Da warf sich der Knabe dem Arzt zu Füßen und flehte ihn an, seinen Vater zu retten. Der Arzt hieß den Jungen aufstehen und sagte: „Mein lieber Junge, das Leben deines Vaters liegt nicht mehr in meiner Hand. Doch wenn wird es schaffen, ihn zum Schwitzen zu bringen, kann vielleicht noch ein Fünkchen Hoffnung bestehen. Wenn dies aber nicht gelingt, so kann auch ich nichts mehr für ihn tun."

Mit diesen Worten öffnete er seine Arzneitasche und holte ein Päckchen Pulver heraus. „Kocht dieses Pulver und gebt dann dem Kranken davon zu trinken", sagte er zu Liu Te gewandt, der die Arznei entgegennahm und dafür mit hundert Kupfermünzen bezahlen wollte. Doch der Arzt wollte keinen Lohn annehmen und verließ mit freundlichen Grüßen das Haus.

Sechs Tage lang pflegte das alte Ehepaar hingebungsvoll den kranken Fang Yung, doch es war vergebens. Am siebten Tag tat er seinen letzten Atemzug. Jou Kien weinte zum Gotterbarmen und alle Bemühungen von Liu Te und seiner Frau, ihn zu beruhigen, waren vergebens.

Als er wieder ruhiger wurde, warf er sich vor Liu Te zu Boden und flehte ihn an: „Ihr habt uns bereits so viel Gutes getan, Herr, doch nun bitte ich Euch, mir noch eine letzte Gnade zu erweisen. Gebt mir bitte ein bescheidenes Fleckchen, wo ich meinen Vater zur letzten Ruhe betten kann. Ich will Euch mein ganzes Leben lang dienen, um meine Schuld abzutragen."

Also kaufte Liu Te einen Sarg und Totenkleider und ließ auch zwei Totengräber kommen. Zu Ehren des Verstorbenen verbrannte er bei der Begräbnisfeier Figuren aus goldenem Papier. Dann wurde der Sarg neben dem Haus des Liu Te bestattet. Auf einen kleinen Grabstein ließ Liu Te die Worte meißeln: „Hier ruht Fang Yung, Soldat der Leibwache des Kaisers".

Nach zwei Tagen fragte der Wirt den Jungen, ob er nicht in seine Heimat zurückkehren wollte, um seine Verwandten vom Tod des Vaters zu verständigen. „Wenn du das willst, dann warte, bis ein zuverlässiger Freund meines Hauses vorbeikommt, dem ich dich anvertrauen kann, damit er dich auf deiner Reise begleitet."

Da warf sich Jou Kien abermals zu Boden und rief: „Oh, werter Herr, ich habe in der Heimat weder eine Mutter noch andere Verwandte! Ich bitte Euch, lasst mich hier bleiben und Euer Knecht werden. Ich will Tag und Nacht für Euch arbeiten und alle Gebote des kindlichen Gehorsams gegen Euch erfüllen."

„Aber nein", meinte nun Liu Te, „niemals würde ich es dulden, dass du Knecht in meinem Hause bist! Aber wenn du mein Sohn werden möchtest, dann werde ich dem Himmel für diese große Freude danken! Wenn es dir also recht ist, dann wollen wir uns von heute an gegenseitig Vater und Sohn nennen."

„Diesem Wunsch gehorche ich nur zu gerne“, freute sich der Junge und kniete zwischen zwei Stühlen nieder. Auf diesen bat er Liu Te und scinc Frau Platz zu nehmen, dann vollzog er viermal den Kotau vor ihnen. Von diesem Tag an widmete sich der Junge Tag und Nacht der Verehrung seiner neuen Eltern und war ihnen ein ergebener Sohn.

Abermals applaudierten die Bewohnerinnen des Blumenhofes, als die Geschichte zu Ende war. Und auch die Vorsteherin wusste wieder einen Vers hinzuzufügen:

Als der Wind von Osten wehte
ließ den Regen er hinter sich.
Ob bei Sorgen oder Ängsten
Ganz allein für dich war ich.
Nun ist Frieden, nun herrscht Glück, doch
kehrst du um, verlässt du mich.

Gleich machte sich ein weiteres Mädchen daran, die Erzählung fortzusetzen.

Die Gewohnheit hat
die Augen abgestumpft,
doch ungekannte
Gefühle lassen sie
im Frühling
wieder Tal und Hügel
sehen.

Zwei Jahre lang war Jou Kien nun bereits bei seinen neuen Eltern, als ein Sommer kam, der mit Regenfällen und Gewittern den Kanal zum Anschwellen gebracht hatte. Die jäh dahinstürzenden Fluten hatten schon so manches Schiff in Schwierigkeiten gebracht und andere sogar untergehen lassen. Die Not und der Schrecken in der Region waren groß.

Eines Tages, als Jou Kien in der Schenke war, vernahm er einen Hilferuf. Um herauszufinden, was los war, eilte er nach draußen, wo er sah, wie alle Leute zum Fluss liefen. Dort erblickte er in den wilden Wassern ein Kaufmannsschiff, das mit letzter Kraft gegen Wind und Wellen kämpfte. Ein Großteil der Passagiere war bereits ertrunken, doch einige klammerten sich noch an Taue und Planken und schrien nach Leibeskräften um Hilfe. Doch keiner wagte, in die tosende Gischt zu springen und den Schiffbrüchigen zu Hilfe zu kommen.

Plötzlich legte sich der Sturm, sodass man das Schiff nun mit langen Haken an das Ufer ziehen konnte. Unter den wenigen Überlebenden befand sich auch ein etwa 20 Jahre alter Mann, der mit den Händen krampfhaft ein Bambuskästchen umklammerte. Durch die Haken schwer verletzt, lag er auf dem Boden und bewegte sich kaum noch.

Bei diesem Anblick fühlte sich Jou Kien daran erinnert, in welch unglücklicher Lage er selbst vor zwei Jahren hier angekommen war, und er beschloss, dem Fremden zu helfen. Zuerst lief er aber so rasch ihn seine Beine trugen nach Hause, um die Zustimmung seiner Eltern einzuholen.

Als er ihnen berichtete, was vorgefallen war und wie gerne er dem Fremden geholfen hätte, fragte ihn Frau

Liu: „Warum hast du den jungen Mann nicht gleich mitgebracht?"

„Weil ich zuerst Eure Meinung dazu hören wollte, Mutter!"

„Dann wollen wir beide ihn holen", mischte sich Liu Te ein. Vater und Ziehsohn eilten zum Flussufer, wo die Schaulustigen noch immer um die Verwundeten herumstanden, ohne dass einer davon Hilfe geholt hätte. Liu Te drängt sich durch ihre Reihen, bis er bei dem jungen Mann angekommen war.

„Erhebt Euch, wenn Ihr könnt, junger Mann", sagte er zu ihm, „damit ich Euch in mein Haus bringen kann." Doch obwohl der Fremde die Augen aufschlug und nickte, war er viel zu schwach dazu, aufzustehen. Schon beim Versuch dazu erlahmten seine Kräfte.

Da trat ein in der Nähe stehender Student herbei und bot seine Hilfe an. Gemeinsam richteten sie den Fremden auf und brachten ihn dann, links auf Liu Te gestützt, recht auf den Studenten, in Liu Tes Haus. Dessen Frau hatte bereits trockene Kleidung vorbereitet, in die man den Jüngling anstelle seiner zerrissenen, durchnässten Gewänder hüllte. Dann teilte Jou Kien auf die Aufforderung seines Vaters hinauf sein Schlafzimmer mit ihm.

Bereits ganz zeitlich am nächsten Morgen erkundigte sich der alte Gastwirt nach dem Befinden des Schiffbrüchigen.

Der wollte sich ihm sofort direkt aus dem Bett vor die Füße werfen.

„Ich verdanke Euch mein Leben! Doch alles, was ich besessen habe, habe ich beim Untergang des Schiffes verloren, so dass ich Euch Eure Wohltat nicht auf diese Weise vergelten kann."

„Da gibt es nichts zu vergelten, mein Junge“, entgegnete Liu Te. „Es ist besser, einem Menschen das Leben zu retten, als den Göttern eine siebenstöckige Pagode zu bauen.“ Und dann forderte er den Fremden dazu auf, seine Geschichte zu erzählen. Der junge Mann hieß Ti Tschu und stammte aus Shantung. Seine Eltern waren bereits verstorben.

Zwei Tage später ging es Ti Tschu schon wieder so gut, dass er das Zimmer verlassen konnte. Die beiden jungen Leute, die einander im Alter sehr nahe standen, glichen sich auch auf andere Weise so stark, wie sich zwei verschiedene Menschen nur gleichen können. Bald wurden sie einander so vertraut, dass sie sich gegenseitig „Bruder“ nannten, und sie waren einander auch so innig zugetan wie Brüder.

Eines Tages, in einer stillen Stunde, sprach Ti Tschu seinen Ziehbruder an: „Du bist doch so talentiert, hast du nicht schon einmal daran gedacht, dich dem Studium der Schriften und Bücher zu widmen?“

„Oh, gedacht habe ich schon sehr oft daran und es mir auch sehnlichst gewünscht“, entgegnete Jou Kien, „doch ich habe bislang niemanden gefunden, der mich unterrichten könnte.“

„Dann wisse nun“, erwiderte nun Ti Tschu, „dass mich meine Eltern seit frühester Jugend in den Wissenschaften unterweisen ließen. Ich hatte gehofft, auch die Prüfungen ablegen zu können, die mich zu Amt und Würden gebracht hätten, doch leider verstarb dann mein Vater und meine Hoffnungen waren zunichte. Ich würde mich aber sehr freuen, wenn ich dich in die Studien einweisen dürfte.“

Voller Freude lief Jou Kien zu seinen Pflegeeltern, um ihnen die frohe Botschaft mitzuteilen. Auch deren

Freude war groß und Liu Te macht sich unverzüglich auf den Weg, um für die beiden einige Klassiker zu besorgen. Mit großem Eifer und Fleiß machten sich die zwei Jungen nun an das Studium. Tagsüber halfen sie in der Wirtschaft und abends lernten sie bis spät in die Nacht, wobei sich Jou Kien als sehr gelehriger Schüler mit rascher Auffassungsgabe erwies. Schon nach wenigen Monaten konnte er die Wu-ching und die Shu-shu lesen und selbst wunderschöne Aufsätze verfassen, in denen er seine literarischen Kenntnisse ausdrückte.

Beide Brüder mühten sich nach Kräften, den Eltern jede Last und Sorge abzunehmen und bei all ihren Arbeiten begleitete sie der Segen des Himmels. Das Geschäft des Liu Te blühte auf wie nie zuvor und größter Wohlstand stellte sich ein.

Doch nach etwa einem Jahr des Zusammenlebens in Frieden, Liebe und Eintracht erkrankten die Eltern schwer. Die Brüder wachten Tag und Nacht an ihren Betten, ließen die besten Ärzte und die teuersten Arzneien kommen und opferten den Göttern – doch vergebens.

Als der alte Lui Te fühlte, dass sein Tod nah war, rief er seine Ziehsöhne zu sich und sagte: „Meine Frau und ich haben keine eigene Nachkommenschaft. Niemand hätte uns nach unserem Tod die Ahnenverehrung erwiesen, wenn uns nicht der Himmel Euch beide als Adoptivsöhne geschickt hätte. So wünsche ich mir, dass Ihr weiterhin fleißig zusammen arbeitet und das bescheidene Erbe, das ich Euch hinterlasse, erhaltet und mehrt. Dann werden wir in Frieden ruhen!"

Zwei Tage später verschieden die Alten in der gleichen Stunde.

Groß waren die Trauer und der Schmerz der beiden Pflegesöhne. Sie richteten ein prachtvolles Begräbnis aus, bei dem buddhistische Mönche die Totengesänge rezitierten.

Nach dem Tod ihrer Eltern rückten die Brüder noch näher zusammen, sie speisten zur gleichen Zeit und schliefen auch im gleichen Bett. Die Gastwirtschaft des Ziehvaters gaben sie auf und eröffneten dafür einen Tuchhandel, der sich rasch entwickelte, da sich die Redlichkeit der jungen Leute herumgesprochen hatte. Das Geschäft wurde bald zu einem großen Handelshaus, das weit und breit angesehen war.

Natürlich fehlte es daher auch nicht an reichen Familien, die ihre Töchter gerne mit einem der Brüder verheiratet hätten. Ti Tschu war durchaus geneigt und interessiert, sich eine Frau zu nehmen, doch sein Bruder zeigte einen merkwürdigen Widerwillen und eine große Scheu gegenüber Frauen.

Bei solchen Gelegenheiten pflegte ihm Ti Tschu zu sagen: „Lieber Bruder, du bist in einem Jahr zwanzig und ich selbst bin schon zwei Jahre darüber hinaus. Da ist es doch an der Zeit für uns, uns endlich eine Frau zu nehmen!“

„Wir sind doch noch jung“, wehrte der Jüngere dann verschämt ab. „Lass uns doch einfach unsere Geschäfte betreiben. Wir leben doch ganz zufrieden als Brüder zusammen, was sollte uns da zu unserem Glück noch fehlen?“

„Du kennst doch das Sprichwort“, meinte Ti Tschu daraufhin lachend, „kein gutes Haus ohne Frau!“

Jedes Mal, wenn der Ältere das Gespräch auf dieses Thema brachte, wich ihm der Jüngere verlegen aus. Einmal traf er zwei Heiratsvermittlerinnen, die auf dem Weg zu Jou Kien waren, um ihm die Tochter eines reichen Seidenhändlers als künftige Braut anzutragen, denn die Schriftzeichen der beiden Familien stimmten ganz wunderbar überein.

„Oh, welch glückliche Partie das für meinen Bruder wäre! Fasst die Sache aber klug an und bemüht Euch nach Kräften. Wenn es Euch gelingt, meinen Bruder zu überzeugen, will ich Euch reichlichen Lohn zuteil werden lassen. Ich warte hier so lange auf Euch!"

Die beiden Heiratsvermittlerinnen eilten nun zu Jou Kien, doch nach nicht allzu langer Zeit kehrten sie unverrichteter Dinge zurück. „Euer Bruder ist ein seltsamer Mensch, mein Herr. Er wollte uns nicht anhören und als wir nachdrücklicher wurden, wies er uns die Tür."

Nun fand auch Ti Tschu das Verhalten seines Bruders immer merkwürdiger und er erinnerte sich mit einem Mal an verschiedene auffällige Vorkommnisse in ihrem Verhältnis. Am verdächtigsten fand er allerdings, dass Jou Kien sich noch nie vor ihm ausgezogen hatte und selbst in den heißesten Sommernächten in dichter Kleidung schlief.

Eines Abends kehrte Ti Tschu von einem kleinen Gelage bei einem Freund zurück. Der in Maßen genossene Wein machte ihn beschwingt und es schien ihm, als würde er ihm auch eine Klarsicht verleihen, die er bislang nicht gehabt hatte. Zum Beispiel fiel ihm auf, dass sich unter dem Hemd seines Bruders zwei Hügel mit Spitzen abzeichneten, es konnte kein Zweifel bestehen. Er fragte sich, warum ihm das bisher nie aufgefallen war, und kam dann zu dem Schluss, dass er so etwas bei seinem Bruder einfach nicht erwartet hatte.

Nachdem er Jou Kien eine Weile mit Genuss beobachtet hatte, trat er an ihn heran, umfasste ihn, als wollte er Scherz mit ihm treiben und zog ihm dann mit einer plötzlichen Handbewegung das lose Hemd nach oben. Jou Kien schrie auf und versuchte panisch, den Kittel wieder herabzuziehen, doch Ti Tschu hatte bereits gesehen, was er bereits vermutet hatte: ein Paar jugendlich runder, fester Brüste, zart und weiß, mit leuchtend hellroten Brustwarzen.

Dieser Anblick versetzte ihn in einen wahren Liebesrausch. Er packte die Brüste, beugte sich über sie und saugte begeistert an den rosigen Knospen. Vergeblich versuchte Jou Kien, sich seinen starken Armen zu entwinden, doch es war nicht mehr zu leugnen, dass sie ein Mädchen war. Und was für eines!

Ti Tschu erkannte mit einem Schlag, dass er Kien nicht brüderlich, sondern auf ganz andere Weise liebte, was sich auch in seinen Lenden bemerkbar machte. Sein Jadespeer verlangte so nachdrücklich nach seinem Recht, dass Ti Tschu seine Hose öffnen und ihn ins Freie entlassen musste, damit der Stoff nicht gesprengt würde. Er drückte Jou Kien auf die neben ihr befindliche Bank nieder, zog ihr die Hosen herunter, hob ihre schlanken Beine an und betrachtete voller Genuss den sanften Hügel, in den sich ihre rosig-samtene Liebesmuschel einschmiegte.

Jou Kien musste von der raschen Entwicklung der Ereignisse völlig überrumpelt worden sein. So ließ Jou Kien nun alles ohne Gegenwehr geschehen, nein, mehr: das leichte Zucken ihrer Lotoslippen und die Tropfen des Wollusttaus, die aus ihrer Liebesgrotte sickerten, verrieten, dass auch sie von intensiv sinnlichen Gefühlen erfasst worden war. Mit einem lauten

Stöhnen setzte Ti Tschu seinen eisenharten Liebesspeer an ihre Grotte und machte sich mit Nachdruck daran, ihn in ihre feuchten Tiefen zu versenken. Unter großer Anstrengung drang er Stück für Stück in die jungfräuliche Grotte vor und es dauerte schon eine ganze Weile, bis sein Pfahl zumindest zur Hälfte in ihrem Fleische steckte. Nun begann er, kräftig zu stoßen, bis er endlich zum tiefsten Punkt gelangte. Mit abwechselnd kurzen und langen Stößen weitete er ihren schon ganz glitschigen Liebesgang, bis er an einer Stelle eine kleine Erhebung spürte: das musste ihr Blütenherz sein. Nun rieb er seinen Jadespeer unaufhörlich an dieser Stelle hin und her, was in ihr, wie er aus ihrem Keuchen und Stöhnen schloss, mächtige Glücksgefühle auslöste. Unwillkürlich presste sie ihre Lustgrotte kräftig zusammen, sodass sein Liebesstab noch zusätzliche Reizung erfuhr – Ti Tschu schwanden fast schon die Sinne. Er konnte nicht anders als seine Schleusen bersten zu lassen und seinen Liebesbalsam in die Lotusmuschel strömen zu lassen, woraufhin auch Jou Kien opferte. Erschöpft lagen sie danach eine ganze Zeit lang wortlos nebeneinander, bis sie sich wieder halbwegs erholt hatten.

„Welch Glück für mich, dass sich mein Bruder nicht nur in ein Mädchen verwandelt hat, sondern auch noch gleich in eine Braut für mich!", rief Ti Tschu und küsste Jou Kien zärtlich. „Seit Jahren leben wir nun schon so innig zusammen – wie konntest du mir nur die Wahrheit verschweigen?"

„Als ich nach dem Tod meiner Mutter mit meinem Vater zu unserer Reise in die Heimat aufbrach", begann Jou Kien, „verkleidete ich mich mit männlichen Gewändern, um nicht ständig Gefahren und Belästigungen ausgesetzt zu sein. Als dann mein Vater hier den Tod gefunden hat, nahm mich, wie du weißt, unser Zichvater zu sich ins Haus. So kam es, dass du mich stets für deinen jüngeren Bruder gehalten hast."

„Dann lass uns ab sofort nicht mehr als Brüder zusammen leben, sondern als Mann und Frau, in Liebe und Freundschaft!"

Jou Kien errötete und senkte verlegen den Kopf. „So mag es sein, mein Liebster", flüstere sie, „denn das, was du vorschlägst, ist all die Jahre hindurch mein innigster Wunsch gewesen."

Als die Erzählung von den vermeintlichen Brüdern zu Ende war, spendeten die Mädchen des Blumenhofes lebhaften Applaus. Dann warteten sie darauf, dass die ehrenwerte Dame Su-ngo wieder einen Vers sprach, was diese gerne tat:

Kam der Wind so sanft von Osten,
Auf des Berges kargem Haupt
Ist kein Gras, das nicht vertrocknet
Ist kein Baum, der nicht entlaubt.
Was ich Gutes tat – vergessen,
meine Fehler hervorgeklaubt.

Als Nächste meldete sich ein Mädchen, das seiner Erzählung eine Bemerkung vorausschickte: „Ich beginne nun wieder eine längere Geschichte, und drei meiner Freundinnen werden sie dann fortsetzen." Dann begann sie.

Gold hat der Reiche
genug,
doch er möchte
auch Gold machen
können.

Nun hören wir die Geschichte eines Mannes namens Pan aus Sung-kiang. Da er seine Studien in der Schule Kwo-ße-kien absolviert hatte, führte er den Beinamen Kien-scheng, was so viel bedeutet wie „Schüler von Kien“. Er war geistvoll und herzensgut und ein gebildeter Mann noch dazu, konnte fesselnde Reden halten und begegnete auch den Notwendigkeiten des Alltags mit geduldigem Verständnis. Etwas an ihm war jedoch schon fast krankhaft: Er glaubte mit einer manischen Überzeugung an die Kraft des Dao. Jedermann hat eine schwache Seite und diese war nun seine.

Diejenigen, die Bescheid wussten, fanden ihn so sicher wie der Regen von oben nach unten fällt und die Sterne droben am Himmel stehen. Nach und nach nahmen sie ihm ganz beachtliche Summen ab. Weder der Schaden, der ihm entstand, noch das betrügerische Geschwätz der Dao-Schüler zerstörten sein Vertrauen. Stattdessen meinte er, er hätte die Sache vielleicht nicht richtig angepackt; man sehe doch schon in der Geschichte des Altertums, dass sich dort die Lehre von der Umwandlung der Metalle finde und die Sache nicht gänzlich unmöglich sei. An dem Tag, an dem er Erfolg haben würde, würde er alles, was er bisher aufgewendet hatte, tausendfach zurückbekommen.

So täuschte er sich selbst über seine Misserfolge hinweg und ließ sich auch weiterhin von anderen betrügen.

Eines Tages kam er zur Herbstzeit in einem Boot an den Ufern des Si-hu-Sees an, wo er sich zur Entspannung in einer Villa einquartiert hatte. Da sah er einen Fremden, der die benachbarte Villa mitsamt Garten bezogen hatte. Sein neuer Nachbar schien wie er das

Bootfahren zu lieben und nach der Zahl seiner Diener zu urteilen, war er überaus wohlhabend. Darüber hinaus hatte er auch noch eine wunderschöne Frau, die er sehr zu lieben schien.

Am Tag nach seiner Ankunft mietete der Fremde ein großes Boot, auf dem Musiker und Sängerinnen Aufstellung nahmen, die dann ihn und seine Gemahlin mit ihren Gesängen entzückten. Auch für reichlich Wein und die erlesensten Speisen war gesorgt und während der Bootsfahrt wurde beidem üppig zugesprochen. Geschirr und Besteck waren aus Gold und Silber und in den kunstvollsten Ausführungen gefertigt.

All das wurde morgens von unzähligen Dienstboten auf das Boot geschafft und abends wieder in die von tausenden Lampions erhellte Villa, wo bereits ein prachtvolles Abendessen wartete, zurückgebracht.

Pan-kien-scheng bewunderte die überschäumende Pracht von seiner Villa aus, die nur durch einen Zaun von der des Fremden getrennt war. „Obwohl ich als reich gelte“, dachte er, „wäre es mit meinem Geld rasch zu Ende, wenn ich solchen Prunk betreiben würde. Dieser Mann muss unermessliche Reichtümer besitzen; sicher ist er aus einem der besten Häuser.“

Insgeheim hegte er in seinem Herzen nun den Wunsch, den Fremden näher kennen zu lernen. Daher suchte er immer häufiger Gelegenheiten, um ihn zu treffen, und bald schon tauschten sie nicht nur einen distanzierten Morgengruß aus, sondern nannten einander ihre Namen und bekundeten auch sonst, dass sie näheren Umgang miteinander wünschten.

Pan nutzte seine Chance und beglückwünschte den Fremden zu seinem fürstlichen Lebensstil. Bescheiden erwiderte dieser, dass sein Aufwand doch nicht der Rede wert wäre.

„Im Gegenteil!", rief Pan, „ich sehe doch, wie prachtvoll sich jeder ihrer Tage gestaltet, und ich schließe daraus, dass Sie große Schätze Ihr Eigen nennen müssen. Ich selbst könnte nicht annähernd so viel ausgeben, sonst wären meine Mittel bald erschöpft."

Der Fremde erwiderte: „Es geht nicht darum, einen großen Schatz zu besitzen, denn die größten Vorräte wären irgendwann einmal aufgezehrt. Stattdessen muss man eine Quelle besitzen, aus der man jederzeit schöpfen kann, ohne fürchten zu müssen, dass sie jemals zur Neige ginge."

Als er dies hörte, lief ein inneres Zittern durch Pankien-schengs Körper. „Was, Geld ausgeben, ohne es zu vermindern?", rief er aus. „Diese Kunst würde ich nur zu gerne erlernen!"

Doch der Fremde meinte zurückhaltend, dass man diese Angelegenheit nicht unter die Leute bringen könnte. Da Pan ihn aber weiterhin bedrängte, sagte er: „Ich kann Ihnen dieses Geheimnis nicht so erklären, dass es Ihnen verständlich wird."

Wie aufmerksam und neugierig Pan diesen Worten lauschte, kann man sich wohl denken. Freundlich, höflich und doch mit großen Nachdruck drang er weiter in den Fremden, sich ihm doch ohne Scheu zu öffnen, doch dieser wehrte ihn noch lange ab, bis er sich nach Langem doch Pans Ohr zuneigte und ihm verstohlenzuflüsterte:

„Ich verfüge über das Geheimnis der neun Verwandlungen, die Blei und Quecksilber durch die Kraft des Dao zu Gold und Silber machen. Wenn ich meine Öfen entzünde und das große Werk vollende, dann sind Gold und Silber für mich gleich viel wie wertloser Fisch."

Wie gelähmt vernahm Pan das Wort „Dao", das er doch so sehnlichst erwartet hatte. Bis in sein Innerstes aufgewühlt sprang er auf und sagte: „Sie haben also das ganze Geheimnis des Dao und all seiner Verwandlungen enthüllt, alle nötigen Schritte und Verfahren enträtselt! Das habe ich selbst mit all den mir zur Verfügung stehenden Mitteln versucht, doch es ist mir nicht gelungen. Was gäbe ich darum, wenn Sie mich in Ihre Kunst, in das Geheimnis, das Sie nun besitzen, einweihen würden!"

„Sie verstehen wohl, dass das keine Sache ist, die man leichtfertig aus der Hand gibt", sagte der Fremde. „Doch um Sie zufrieden zu stellen, werde ich ein wenig vor Ihren Augen zu Werke gehen. Um des Spaßes willen und um mir die Zeit zu vertreiben, wohlgemerkt."

Mit diesen Worten wies der Goldmacher seinen Schüler an, einen kleinen Ofen vorzubereiten und anzuheizen. Dann gab er einige Unzen Blei und Quecksilber in einen Schmelztiegel und schmolz sie zu einer Mischung, um daran die Verwandlung vollziehen zu können. Aus seinem Gürtel holte er daraufhin eine Papiertüte hervor, aus der er mit dem Fingernagel eine ganz geringe Menge eines bräunlichen Pulvers hervor holte, nur ein paar Stäubchen, so groß wie ein Stecknadelknopf. Dieses streute er auf das glühende Metall. Als sie den Schmelztiegel später herausnahmen, waren Blei und Quecksilber daraus verschwunden. Zu sehen war nur noch eine schneeweiß glänzende Substanz, die aussah wie reines Silber.

Wer so etwas sieht, denkt, dass hier kein Betrug dabei sein könne: Blei und Quecksilber hätten sich in

Silber verwandelt. Doch in Wirklichkeit wird hier gar kein Verwandlungskunststück vollzogen, sondern ein Trick, den Adepten schon zu allen Zeiten ausgeführt haben. Er besteht darin, schon heimlich im Voraus eine gewisse Menge sehr feinen Silbers in den Schmelztiegel zu befördern, auf das dann Quecksilber und Blei geworfen werden. Diese unedlen Metalle verflüchtigen sich in der Hitze des Feuers viel schneller als das Silber, das dann auf dem Boden des Tiegels zurückbleibt, wo es sich eigentlich auch von Anfang an befunden hat. Die Leichtgläubigen, die nicht gesehen haben, wie es hineingelegt wurde, glauben tatsächlich, dies reine Silber sei aus den beiden unedlen Metallen entstanden, die verschwunden sind. Dieser Trick gelingt immer und die Genarrten erstarren in Ehrfurcht und Erstaunen.

Bei Pan, der doch so gerne glauben wollte, war die Freude über den scheinbar gelungenen Wandlungsprozess ungleich größer. „Da ist nun die Erklärung!", dachte er bei sich. „Ich habe stets mein Geld in unfruchtbaren Versuchen vergeudet, doch jetzt habe ich das Glück, endlich einen ‚Eingeweihten' gefunden zu haben. Vielleicht hilft er mir, meinen Schaden zu ersetzen."

So bestürmte er seinen neuen Freund, wie er ihn nun wohl nennen durfte, da dieser sich nicht mehr sträubte, ihm das ganze Geheimnis zu offenbaren. „Man muss zuerst feines Gold oder Silber haben, das ‚Muttergold' bzw. ‚Muttersilber', weil es das gewünschte Endprodukt hervorbringt und nährt. Dieses reinigt man sorgfältig und bringt es dann in den Schmelztiegel. Danach vollzieht man die neun Schmelzungen und lässt anschließend alles ruhen. In den Tiegel hat man zuerst die ‚gelben Keime' und den ‚weißen Schnee' gelegt. Wenn dann der richtige Moment gekommen ist, öffnet man den Ofen und streut eine gewisse Dosis Dao auf das geschmolzene Metall, wie Sie es mich mit dem Fingernagel tun haben sehen. Diese genügt, um die Transformation in Gang zu setzen, augenblicklich bilden sich dann Gold und Silber. Das Muttermetall selbst vermindert sich dabei kein bisschen."

„Und wie viel von dem Muttermetall benötigt man?", wollte Pan wissen.

„Das kann man auslegen, wie man will", antwortete der Adept, „doch je mehr Muttermetall man nimmt, umso mächtiger ist die Wirkung des Dao. Wenn man mit einer sehr großen Menge arbeitet, kann man an einem Tag Reichtümer ernten, die einem Staatsschatz nahe kommen."

„So große Mittel habe ich nicht", meinte Pan, „doch wenn ich alles zusammenkratze, würde ich wohl einige Tausend Tael aufbringen. Bitte schlagen Sie mir meinen großen Wunsch nicht ab. Kommen Sie mit mir in mein Landhaus, wo ich Ihnen den Empfang eines Gebieters bereiten werde. Lassen Sie uns das große Werk gemeinsam vollbringen und durch Ihre Gnade wird der größte Wunsch meines Lebens in Erfüllung gehen!"

„Bislang habe ich mich geweigert", sagte der Fremde, „jemandem mein Geheimnis zu enthüllen. Doch auf Ihrem Gesicht strahlen mich Aufrichtigkeit und Entschlossenheit an, die Zeichen des Glückshauches für die Auserwählten des Dao. Deshalb glaube ich, dass es die Vorsehung war, die uns aufeinander treffen ließ, und ich bin einverstanden damit, dass wir zusammen eine Verwandlung vornehmen. Bitte geben Sie mir nur noch bekannt, wo sich Ihr Haus befindet, so werde ich mich an einem nicht allzu fernen Tage dort einfinden."

„Mein Haus steht in der Provinz Sung-kiang, die nur zwei, drei Tagesreisen von hier entfernt ist. Lassen Sie uns doch sofort unsere Vorbereitungen treffen und abreisen. Wer weiß, was Ihnen sonst noch dazwischen kommen könnte, wenn Sie Ihre Reise noch lang aufschieben."

„Meine Heimat ist in Tschung-tschau, wo meine alte Mutter in meinem Hause lebt. Meine Frau und mich hat eine unbändige Lust nach den Bergen, Flüssen und Wäldern befallen, daher sind wir in diese schöne Gegend gekommen, die offensichtlich auch auf Sie große Anziehungskraft ausgeübt hat. Wir haben keine Kosten gescheut, denn wozu haben wir denn die Schmelzöfen? Doch nun, wo wir schon zu lange verweilt haben, will es das Schicksal, dass wir einander kennen lernen. Und nun habe ich Ihnen mein Wort gegeben, das ich auch zu halten gedenke. Erlauben Sie mir nur, dass ich zuvor meine Frau nach Hause bringe und nach meiner Mutter sehe, dann kann ich zu Hause gleich noch ein paar meiner Angelegenheiten regeln. Dann werde ich gerne in Ihr Heim kommen und es soll keine weitere Verzögerung eintreten."

Als Pan dies hörte, befiel ihn große Furcht, dass die Erfüllung seines innigst gehegten Wunsches aufgeschoben oder gar gänzlich gefährdet würde. Daher beeilte er sich, seinem zukünftigen Gast folgenden Vorschlag zu machen: „Bei meinem Haus gibt es ein abgetrenntes Gebäude, in dem Ihre vornehme Gemahlin Zimmer zu ihrer besonderen Verwendung erhalten kann und wo ihre Ruhe durch nichts gestört wird, während wir beide uns unserem Werk widmen. Auch sonst soll es uns an nichts mangeln! Bitte geben Sie meinem Flehen nach und lassen Sie uns sofort alle Vorbereitungen zu unserer baldigen Abreise in Angriff nehmen."

Nach kurzem Zögern sagte der Fremde: „Also gut, eine so liebenswürdig vorgebrachte Bitte kann ich nicht abschlagen. Erlauben Sie mir, meiner Gattin Anweisung zu geben, damit sie alle Schmelztiegel und Maße sowie allen anderen Hausrat zusammenpacken lässt. Dann werden wir gerne mit Ihnen abreisen."

Pan konnte sein Glück kaum fassen. Kaum war er in sein Sommerhaus zurückgekehrt, schrieb er auch schon eine Einladung an seine Nachbarn zu einer Bootsfahrt am folgenden Tage. Überschwänglich empfing er das Paar am nächsten Morgen und es wurde eine herrliche, ungezwungene Ausfahrt. Der Wein floss reichlich, die Gemüter erhitzten sich und die beiden Herren gerieten schließlich ins Schwärmen über die Studien, die sie jeweils zum großen Werke angestellt hatten. Der eine prahlte, der andere rühmte sich seiner Klugheit und die Gespräche plätscherten einem munteren Gebirgsbach gleich ohne Ende dahin. Beide bedauerten, sich erst so spät kennen gelernt zu haben, und freuten sich schon auf die reiche Ernte in der Zukunft.

Schließlich würde man über beträchtliche Schätze verfügen, die man bedenkenlos ausgeben könnte. Die Fahrt dauerte lange und die Reisenden kehrten erst in der Dunkelheit in Pans Haus zurück, wo dieser den Fremden und seine junge Frau mit den erlesensten Weinen und edelsten Gerichten verwöhnte. Erst spät verabschiedeten sich die Gäste, nicht ohne Pan-kien-scheng ihrerseits für den folgenden Tag auf eine Bootsfahrt einzuladen.

Abermals zierte das herrliche goldene Tafelgeschirr den prächtigen, überladenen Tisch – eine Verheißung in sich selbst. Da konnte Pan die Bootsfahrt gar nicht mehr richtig genießen, denn seine Gedanken kreisten nur noch um die Schmelztiegel und -öfen. Er bat den Fremden inständig, möglichst bald nach Sung-kiang abzureisen, und so vereinbarten sie, dass sie zwei Boote mieten würden, um die Fahrt gemeinsam absolvieren zu können.

Binnen kurzer Zeit war alles Nötige gepackt, die Abfahrt wurde vollzogen und noch dazu war die Fahrt der Boote vom Wetter begünstigt. Auf dem einen Boot fuhren die beiden Männer, auf dem anderen, Seite an Seite fahrenden, die junge Dame. Wiederholt schob sie den zarten Vorhang zur Seite und ließ ihr anmutiges Antlitz sehen. Die begehrlichen Blicke, mit denen Pan ihre schlanke Figur verschlang, schien sie nicht zu bemerken oder nicht übel zu nehmen. Und wahrlich, ihre Gestalt und ihre Schönheit waren in der Tat dazu angetan, aller Aufmerksamkeit auf sich zu ziehen.

Bereits zu früher Stunde am zweiten Tage erreichten die Reisenden Sung-kiang, wo sie an Land gingen. Direkt am Hafen, wo die Boote anlegten, hielt der reiche Pan vor einem schönen Haus, das ihm gehörte, an und lud den Adepten mit seiner Gemahlin höflichst ein, über die Schwelle zu treten. Als sie in die Halle gelangten, bot er ihnen selbst den Tee an und meinte:

„Hier in diesem Hause würden wir nicht ungestört sein, denn hier kommen und gehen viele Leute, die uns bei unseren Unternehmungen nur stören würden. Doch nicht weit von hier, dort drüben inmitten der

Bäume, besitze ich ein Landhaus, das weitaus ruhiger liegt. Ich bitte Sie und Ihre edle Gemahlin, dorthin zu kommen, dort werden wir vor neugierigen Blicken und Besuchen gefeit sein. Ich werde dort außerhalb des Hauses, aber dicht in der Nähe weilen, während sich die Dame in ihren Privatgemächern befindet. Wir zwei Männer werden uns in der Zwischenzeit ungehindert unseren Öfen widmen können."

Diesem Vorschlag stimmte der Fremde zu, wobei er allerdings noch einmal die Bedeutung der Ruhe und Abgeschiedenheit für die beabsichtigte Operation betonte und seiner Forderung nach Schicklichkeit Nachdruck verlieh, die ihm verbieten würde, seine Frau anderswo als an einem isolierten Ort unterzubringen.

Wieder klatschten die Mädchen begeistert in die Hände, als der erste Teil der Erzählung zu Ende war. Die ehrenwerte Su-ngo setzte wieder einen Vers hinzu:

Gehe ich und pflücke Tang,
an dem Ufer des Me entlang,
An wen ich da wohl denken muss?
An die wunderbare Djang ...

Da ihr die Fortsetzung des Verses im Moment entfallen war, bedeutete sie einem Mädchen, die Geschichte weiterzuerzählen.

Viel bedeutet ihm das
Geheimnis des Dao,
doch mehr noch der
Glanz in den Augen
der Schönen.

Nun führte Pan seinen Gast auf ein Boot, das sie dann ein Stück des Weges brachte. Nachdem sie wieder an Land gegangen waren, folgten sie einem grünen Fußweg, bis sie sich vor dem Portal eines prächtigen, großen Landhauses befanden. Über dem Eingang waren Schriftzeichen aufgemalt, die dem Eintretenden Gesundheit und Entspannung wünschten. Nachdem sie es durchschritten hatten, bot sich ihnen ein herrlicher Anblick.

Der Adept erging sich in entzückten Ausrufen. „Wie prächtig! Wie wunderbar! Ich verstehe wohl, dass Sie in Ihrem früheren Leben einiges an Verdiensten erworben haben müssen. Hier werden unsere Operationen bei dem großen Werk gewiss Erfolg haben, denn hier in diesem noblen Haus finden wir Ruhe und Einsamkeit, wie wir sie für unser Unterfangen benötigen. Auch meine Frau wird sich hier sehr wohl befinden, in Abgeschiedenheit und Sicherheit. Wir wollen sie rasch nachkommen lassen!"

Sofort schickte Pan einen Boten nach Sung-kiang, um der dort zurückgelassenen Gemahlin auszurichten, dass sie sich zu ihnen gesellen möge. Es war noch gar nicht Mittag, als die Schöne bereits eintraf. Sie war fein geschminkt und edel gewandet und trippelte mit kleinen, anmutigen Schritten einher. Geleitet wurde sie von zwei Kammerzofen, die Tschu-yun – „Frühlingswolke" – und Tsiu-yue – „Herbstmond" – genannt wurden.

Als sie näher kam, wollte sich Pan diskret und höflich zurückziehen, doch der Fremde hielt ihn freundschaftlich am Arm fest und meinte: „Nun, wo wir alle drei hier beisammen sind, bilden wir doch eine Familie. Bitte erlauben Sie, dass ich Ihnen meine Gemahlin vorstelle und lassen Sie uns ohne Zwang miteinander verkehren."

Er rief also die schöne Dame zu sich, die Pan nun ehrerbietig begrüßte. Als er sie so aus der Nähe sah, schwanden ihm beinahe die Sinne, so anmutig, edel und himmlisch war ihre Gestalt, so glänzend scheu ihre Augen, so groß ihre Schönheit, dass neben ihr der Mond sich verdunkelte und die Blumen vor Scham vergingen.

Wie so viele reiche Leute war Pan nicht nur habgierig und süchtig nach Reichtum, sondern auch den leiblichen Ausschweifungen sehr zugetan. Daher wundert es nicht, wenn Pan in Gegenwart dieser ach so begehrenswerten Dame dahinschmolz wie ein Eiszapfen in der Frühlingssonne.

Noch gestand er sich sein heftiges Verlangen nicht ein, doch in Wahrheit war das Geheimnis des Dao, das Streben nach Gold, an die zweite Stelle in der Hierarchie seiner Begierden gerückt.

Pan löste sich aus seiner Verzauberung und sprach zu seinen Gästen: „Meine Gartenhäuser sind allesamt sehr ähnlich ausgestattet und beherbergen alle geräumige Zimmer. Ich bitte die Herrin höflichst, sich alle anzusehen und jenes auszuwählen, das ihr am meisten zusagt. Und wenn ihr vielleicht nicht genügend Dienerinnen zur Verfügung stehen, so genügt ein einziges Wort und ich werde ihr so viele schicken wie sie wünscht."

Die junge Dame ging nun also, um die Zimmer zu besichtigen, die ihr angeboten worden waren. In der Zwischenzeit holte Pan aus seinen eigenen Räumlichkeiten ein Paar goldene Ohrringe und Armreifen, eilte zum Gemahl der Schönen, der noch im Garten weilte, und bot sie ihm dar: „Hier sind einige bescheidene Gaben, welche ich Sie bitte, Ihrer Frau Gemahlin mit meiner höflichsten Ehrerbietung zu überreichen, und zwar als Willkommensgeschenk, wie es die Riten vorsehen. Sie möge mich ob deren Bescheidenheit nicht mit Verachtung strafen."

Mit einem Lächeln nahm der Fremde den goldenen Schmuck in die Hand, wog ihn nachdenklich und meinte dann: „Sie bringen mich mit Ihrer Großzügigkeit ein wenig in Verwirrung. Ich danke Ihnen auf das Herzlichste für Ihre edlen Absichten, doch alle Gegenstände aus Gold, die für Sie noch von großem Wert sind, haben keinen mehr für uns, im Gegenteil, da wir sie ganz einfach und ohne viel Mühe selbst hervorbringen können. Deshalb würde ich Ihre Gastfreundschaft nur missbrauchen, wenn ich diese wundervollen Geschmeide annehmen würde."

Pans Wangen verfärbten sich vor lauter Verlegenheit in ein zartes Rot und er erwiderte: „Bitte sehen Sie doch in diesen kleinen, unbedeutenden Geschenken nur einen Beweis meiner aufrichtigen Freundschaft; ich hoffe inständig, Sie würdigen die gute Absicht."

Da änderte sich der Gesichtsausdruck des Fremden und er entgegnete im liebenswürdigsten Tonfall mit einer galanten Verbeugung: „Das macht mir jeden weiteren Einwand unmöglich. Bitte verzeihen Sie meine unhöfliche Rede, ich gehorchte einem Impuls der Zurückhaltung, der sich nun dem der freundschaftlichen Gesinnung unterordnet. Ich will mir nun größte Mühe geben, um mich Ihrer Güte als würdig zu erweisen."

Schnell beauftragte er eine Dienerin, seiner Frau das kostbare Geschmeide zu bringen und ihr auszurichten, sie möge sich zu ihnen gesellen, um sich bei ihrem Gastgeber zu bedanken. Kaum war sie bei ihnen eingetroffen, versank Pan bei ihrem Anblick gleich wieder in Entzücken, sodass er nur wenige Worte zu ihr sprechen konnte.

Doch in seinem Inneren führte er einen Monolog über die einzigen Themen, die ihn in seinem Leben noch interessierten: die Frau und die Öfen. „Wenn man das Rezept des Dao besitzt“, so dachte er, „und dazu noch diese einzigartige Frau, dann bleibt einem auf der Welt nichts mehr zu wünschen übrig. Bald werde ich das eine besitzen, sehr bald. Offenbar hat mir nun das Schicksal auch das andere ins Haus gebracht und welchen anderen Grund sollte das haben, als mich auf den höchstens Gipfel des Glücks zu bringen? Mit Beharrlichkeit könnte ich es so weit bringen, dass mir beides zuteil wird. Ich darf nur nichts erzwingen, muss langsam vorgehen, damit mir nicht die Angelegenheit mit den Öfen, die doch schon so weit gediehen ist, verdorben wird.“

Als nun die schöne Dame wieder in ihren Gemächern verschwunden war, wandte sich der reiche Pan an seinen Gast: „Verehrter Meister, wann meinen Sie, werden wir uns an das große Werk machen können?“

„Ich bin jederzeit bereit. Sobald wir das Muttermetall haben, kann mein wissbegieriger Schüler sofort mit der Operation beginnen“, erwiderte der Adept.

„Und wie viel von dem Muttermetall benötigen wir?“, fragte Pan.

„Je größer die Menge, umso stärker wird das Dao wirksam werden, umso mehr Gewinn werden wir erzielen und umso befriedigender wird das Resultat sein.“

„Nun denn, dieses Mal kann ich über zweitausend Unzen Silber verfügen, die ich noch bis heute Abend aufbringen kann. Das bedeutet, dass wir unser Vorhaben morgen Früh in Gang setzen können.“

Sie beendeten ihr Gespräch, da der Hausherr noch einige Angelegenheiten zu regeln und Anordnungen zu treffen hatte. Am Abend speisten und tranken die beiden Herren miteinander ganz vortrefflich und unterhielten sich angeregt. Auch im Gemach der schönen Dame wurde ein erlesenes Mahl aufgetragen, dem Pan seine besondere Aufmerksamkeit gewidmet hatte.

Gleich am nächsten Morgen wurden alle Vorbereitungen getroffen, damit das große Werk beginnen konnte. In Pans Haus fehlte es an nichts; es war alles vorhanden, was man für ein solches Unterfangen benötigte: Ziegel, Schmelztiegel, Blasebälge, große und kleine Gefäße, Blei und Quecksilber sowie eine Auswahl an Zutaten und Wirkungsbeschleunigern.

Der Alchimist gratulierte seinem Schüler zu seiner so umfangreichen Ausrüstung. Sie zeugte von seiner intensiven Beschäftigung und großen Erfahrung mit der Kunst der Stoffumwandlung. Diesem Lob setzte er allerdings eine stolze Bemerkung hinzu:

„Zusätzlich zu all solchen Gerätschaften besitze ich das einzigartige, wunderbare Geheimnis, die von den Unsterblichen hinterlassene Formel, die allein mir bekannt ist. Sehen Sie nun, wie ich sie vor Ihren Augen zur Anwendung bringe, und staunen Sie in Ehrfurcht!“

„Voller Ungeduld erwarte ich Ihr Werk“, entgegnete Pan demütig, „und ich weiß diesen hohen Vertrauensbeweis eurerseits zu schätzen. Meine Erkenntlichkeit wird keine Grenzen kennen, dessen dürft Ihr gewiss sein!“

„Wie ich bereits erwähnt habe“, erläuterte der Adept, „benötigt die große Umwandlung insgesamt neun Schmelzungen, von denen jede wiederum neun Tage lang dauert. Die vollständige Verwandlung wird also nach 81 Tagen eintreten."

„Sie müssen mir nur Anweisung geben, was ich zu tun habe, und ich werde jeden Befehl befolgen, auch wenn es doppelt und dreimal so lange dauern sollte."

Nun machten sich die beiden daran, einen Ofen zu errichten, ihn zu beschicken und anschließend in Brand zu setzen. Wie er es versprochen hatte, so stellte Pan das Muttermetall zur Verfügung, und der Alchimist ließ es langsam in den Tiefen des Ofens verschwinden. Danach bestäubte er es mit einer kleinen Menge des bereits bekannten Dao-Pulvers. Keinen Augenblick ließ ihn Pan-kien-scheng dabei aus den Augen, im Gegenteil: höchst aufmerksam und mit äußerster Konzentration verfolgte er die Prozedur, auch als der Fremde der Mixtur im Ofen mehrere weitere seltsame Ingredienzien hinzufügte. Dann wurde der Ofen von beiden gemeinsam fest verschlossen.

Anschließend rief der Meister zwei Diener herbei, die er bereits als Gehilfen angelernt und unterwiesen hatte und erklärte ihnen, dass er nun drei Monate hier bleiben und ihre Dienste bei der Überwachung des Ofens in Anspruch nehmen würde. Einige weitere Diener wies er jedoch an, nach Tschung-tschau zu eilen, um seiner ehrenwerten alten Mutter zu bestellen, dass er sie erst nach Ablauf dieser Frist aufsuchen werde. So geschah es auch.

Die beiden angelernten Diener wachten Tag und Nacht über den Ofen und unterhielten das Feuer, während der Adept gelegentlich vorbeikam, um das Feuer zu überprüfen, die Farbe der Glut zu beurteilen und sicherzustellen, dass die Hitze nicht nachließ. Die anderen Diener eilten wie geheißen nach Tschung-tschau.

Pan und der Alchimist verstanden sich prächtigst. Sie verbrachten nahezu ihre gesamte freie Zeit miteinander, spielten Schach, führten freundschaftliche Gespräche, tranken Wein und kamen auch sonst wunderbar miteinander aus. Ab und an statteten sie der jungen Dame einen längeren oder kürzeren Besuch ab. Diese Gelegenheiten nutzte Pan stets, um der Schönen Aufmerksamkeiten aller Art zukommen zu lassen, und an ihren Reaktionen merkte er, dass diese nicht unwillkommen waren. Ihre Blicke sagten mehr, als er zu hoffen wagte.

So vergingen an die zwanzig gesellige Tage, als plötzlich ein über und über mit Staub und Schweiß bedeckter Bote an der Schwelle stand. Der Adept erkannte ihn gleich als einen derjenigen, die er zum Haus seiner Mutter geschickt hatte.

Der Unglückliche warf sich ihm zu Füßen und rief: „Oh welche großes Unglück, Herr! Eure ehrwürdige Mutter ist verschieden, oh welch Unglück, und nun erlaube ich mir, Euch herbeizuholen, um ihr die letzte Ehre zu erweisen!"

Der Adept wurde aschfahl im Gesicht und erstarrte vor Trauer und Schreck. Dann löste sich die Erstarrung und er sank weinend und klagend in sich zusammen. Auch Pan war wie vom Blitz getroffen, da er um sein großes Vorhaben fürchtete und seine Hoffnungen schwinden sah. Schnell beeilte er sich, tröstende Worte zu sprechen: „Den Tagen, die uns vom Himmel geschenkt werden, ist stets ein Ende gesetzt. Doch wir dürfen uns von dem großen Schmerz, der uns überkommt, nicht überwältigen lassen, denn die edle

Dame ist einfach in die himmlischen Sphären zurückgekehrt."

Der heimgekehrte Diener aber drängt und rief: „Oh Meister, das Haus ist ohne Gebieter! Ihr müsst eiligst abreisen!"

Langsam beruhigte sich der Fremde, seine Tränen versiegten und sein Wehklagen verstummte, als er sich an Pan wandte: „Ich hatte wirklich die hehre Absicht, das große Werk mit Ihnen gemeinsam zu vollenden und Ihnen auf diese Art die Tiefe meiner freundschaftlichen Verbundenheit zu beweisen. Doch nun ist, wie mir scheint, mein Aufenthalt in diesem Hause nicht länger möglich. Mein Leben lang wird es mir leidtun, doch wer hätte ahnen können, wie grausam das Schicksal unsere Pläne durchkreuzte! Das begonnene Werk nun zu unterbrechen bedeutet, all unsere bislang aufgewendeten Mühen zunichte zu machen. Es stimmte zwar, dass meine Frau, obwohl sie nur eine Frau ist, schon lange in das Geheimnis der Verwandlung eingeweiht ist, da sie mir unter meiner Anweisung schon oft geholfen hat, die Öfen zu warten. Doch sie ist jung und es wäre überaus unschicklich, sie alleine, ohne meine Anwesenheit, in einem fremden Haus zu lassen."

Wie ein Wiesel witterte Pan seine Chance und er beeilte sich, zu sagen: „Gemäß den alten Riten bilden wir doch derzeit eine einzige, große Familie. Was sollte Ihre edle Gemahlin also daran hindern, hier im Haus zu bleiben und die Öfen zu überwachen, während Sie eilen, um Ihrer ehrwürdigen Mutter die letzte Ehre zu erweisen? Zufällige Passanten, die hier vorüberkommen, sind in das Geheimnis der Öfen nicht eingeweiht. Bei Tage werde ich mir erlauben, vertrauenswürdige Gesellschafterinnen in die Räumlichkeiten Ihrer edlen

Gemahlin zu schicken, und nachts kann sie, wenn Sie es gestatten, das Schlafgemach mit meiner Gattin teilen. Ich selbst werde das Gartenhaus beziehen, um zu beobachten, dass Ruhe und Wache gehalten wird. So können alle Anforderungen der Schicklichkeit erfüllt werden und Sie wären durch nichts mehr daran gehindert, mir diesen Vertrauensbeweis zu gewähren."

Lange erwog der Adept diesen Vorschlag. Er erwog sorgfältig das, was dafür zu sprechen schien, dann alles, was dem entgegen stand. Dann fiel ihm ein, dass sich im Altertum viele Beispiele dafür fänden, wo Weise ihre Frauen und/oder ihre Kinder in der Obhut von Freunden gelassen hatten, wenn es die Lage erfordert hatte. Daher meinte er, er könnte dasselbe tun und dem Hausherrn dadurch auch noch einen Beweis seiner Achtung erbringen. Er beschloss also, dass seine Frau hier bleiben sollte, um über Feuer und Öfen zu wachen, während er selbst fortreisen wollte, um seine traurige Sohnespflicht gegenüber seiner Mutter zu erfüllen. Natürlich würde er die Abläufe möglichst beschleunigen, um den Tag nicht zu verfehlen, an dem die Öfen geöffnet werden sollten, denn diese Sache bedeutete ihm ebenfalls viel.

Diese Rede hörte Pan gern. Dass die Gemahlin ohne ihren Gemahl in seinem Hause bleiben sollte, erfreute ihn über alle Maßen, mehr sogar, als er sich selbst eingestehen wollte. Freudig rief er aus: „Ich danke Ihnen von Herzen für diese große Gunst! Der Anfang einer großartigen Freundschaft ist gemacht und unser Werk wird ein herrliches Ende nehmen!"

Danach hatte der Adept eine lange Unterredung mit seiner Frau. Dann kam er in ihrer Begleitung zurück, um ihr in Gegenwart seines Schülers seine Anweisungen betreffend der Öfen und des Feuers zu erteilen. „Ich beschwöre dich zehntausend Mal und noch zehntausend Mal, gut über den Ofen zu wachen. Der allergeringste dabei begangene Fehler würde alle Früchte vernichten und ewige Reue nach sich ziehen."

„Was passiert", wendete Pan ein, „wenn Sie entgegen allen Aussichten doch nicht zum festgesetzten Tag zurück sind, wenn Sie sich verspäten und nicht am 81. Tage zurückkehren? Was soll denn in diesem Fall geschehen?"

„Bevor ich nicht zurückgekehrt bin", versetzte der Meister, „soll überhaupt nichts geschehen. Je länger die Schmelztiegel im Ofen ruhen, nachdem die neun Schmelzungen vollendet sind, umso stärker kann sich die schöpferische Kraft des Dao entfalten. Es würde also die Wirkung noch verstärken, wenn wir den Ofen erst etwas später öffnen, daher brauchen Sie nicht zu befürchten, dass der Prozess am Ende noch zerstört werden könnte."

Nach diesen Worten nahm er seine Frau beiseite, anscheinend, um mit ihr noch einmal mit leiser Stimme alle nötigen Vorkehrungen und Schritte zu besprechen und ihr ihre Pflichten ins Gedächtnis zu rufen. Dann reiste er in aller Eile ab.

Kaum war der Beifall für diesen Teil der Geschichte verklungen, da zitierte die ehrenwerte Su-ngo auch schon ihren Vers:

An die wunderbare Djang …
die da wartet in Sang-dschung,

entgegen mir eilt bis Schan-gung,
begleitet mich bis nach Dschi-dschang.

Dann setzte bereits das nächste Blumenhofmädchen die Erzählung fort.

Wenn die Liebe so
viele Gesichter zeigt,
mag der Zauber wohl
gerne ein Geheimnis
bleiben.

Unbeschreibliches Vergnügen erfüllte Pan nach der Abreise des Alchimisten. Die schöne Dame blieb in seinem Haus! „Dieser wunderbare Mann", dachte er, „kommt also zurück, um den Prozess zu vollenden, das ist gewiss." Doch in der Zwischenzeit gedachte er, noch einen anderen Schatz zu heben als den, der in den Schmelztiegeln ruhte. Auf dieses wollte er sich mit all seinem Charme und Geschick konzentrieren.

Wie er nun seine Gärten durchstreifte und darüber nachdachte, wie er es am besten anstellen sollte, damit sich seine wildesten Hoffnungen erfüllten, eilte ihm Tschun-yun (Frühlingswolke) entgegen. Ihre Herrin hätte sie geschickt, um ihn, Pan, einzuladen, ihr im Zimmer des Dao Gesellschaft zu leisten, wo sie doch nun die Öfen gemeinsam zu betreuen hätten.

Als er das vernahm, glättete er sofort seine Kleidung, rückte seine Kopfbedeckung zurecht und begab sich auf raschem Fuße dorthin, wohin er gerufen worden war.

„Edle Dame, ich füge mich Euren Befehlen", rief er. „Ich bin bereit, alles, was Ihr wünscht, zu erfüllen, wenn Ihr es mir nur mitteilen wollt. Bitte geht doch mit Euren Glück verheißenden Schritten voran!"

„Aber mein edler Hausherr", antwortete die Dame mit einer Stimme, die so weich, anschmiegsam und melodisch klang wie die eines zarten Singvogels, „möget Ihr doch vorausgehen! Ich bin nur Eure niedere Magd, die Euch gerne zu folgen bereit ist."

Da stand sie nun, die edle Schöne, die durch die überraschend erzwungene Abreise ihres Gatten zwar vereinsamt war, aber um nichts weniger anmutig, elegant und bezaubernd. Sie wünscht ihm tausendfaches Glück für das Gelingen seines großen Werkes.

Doch Pan gab sich nicht so leicht geschlagen. „Ihr seid mein Gast, edle Dame, so kann ich es den Gesetzen der Gastfreundschaft gemäß nicht hinnehmen, dass ich voranginge. Ich bitte Sie inständig, das Laboratorium zuerst zu betreten und mich demütig folgen zu lassen."

Aber auch die junge Frau bestand auf ihrer Sicht der Dinge. „Edler Hausherr, ich bin nur ein schwaches Weib, eine niedrige Gehilfin. Wie könnte ich es da wagen, Ihnen als Eingeweihten in diese geheime Wissenschaft nicht den Vortritt zu lassen?"

So ging es also noch einige Zeit höflich hin und her und man sieht es bereits kommen, dass diese galanten Anfänge bald zu einer näheren Anziehung führen sollten. Die beiden hatten sich gegenseitig ins Gesicht gesehen, einander angelächelt und ermutigt und sich auf diese Weise die gegenseitige Sympathie bekundet. Schließlich obsiegte Pan, indem er die junge Frau dazu brachte, in Begleitung ihrer beiden Kammerzofen als erste über die Schwelle zu treten. Als er ihr folgte, bewunderte er die unendliche Grazie ihrer „goldenen Lotusse", dieser wunderbar zierlichen Füßchen, auf denen sie anmutig einhertrippelte. Auch ein für die weiblichen Reize weniger empfänglicher Mann als Pan wäre dadurch in eine Verwirrung der Sinne gestürzt worden.

Als sie am Eingang zum eigentlichen Laboratorium anlangten, wies die edle Dame ihre beiden Dienerinnen an, hier auf sie zu warten, da der Eintritt in den allerheiligsten Bereich des Dao nur Eingeweihten gestattet wäre.

Gemeinsam mit ihrem neuen Gefährten trat sie sodann mit ihren niedlichen Schritten an den Ofen heran, um ihn zu begutachten. In ihren Verrichtungen zeigte sich eine große Vertrautheit im Umgang mit demselben und sie machte Pan auf diverse Einzelheiten aufmerksam.

Pan lauschte ihr ergriffen und nahm zugleich nichts wahr. Das Einzige, was er mit all seinen Sinnen wahrnahm, war die Schönheit der jungen Frau, ihre Anmut, ihre sanften Bewegungen – all das ließ ihn vor Begehren innerlich in Flammen stehen. Er hätte nicht sagen können, ob das Feuer in jenem Ofen nun mit weißen, blauen, roten oder grünen Flammen brannte, so sehr war er in ihren Anblick versunken. Einzig und allein die Anwesenheit eines jungen Burschen, der das Feuer schürte, erlegte ihm Zurückhaltung auf. Er musste sich auf ehrbare, maßvolle Äußerungen beschränken oder schweigen, musste seinen verliebten Blick verschleiern und seinem Gesicht überhaupt einen gelassenen Ausdruck verleihen, der ganz krass im Widerspruch zu seinem erhitzten Innenleben stand.

Erst als die Kontrolle des Ofens kurz vor ihrem Ende stand, wagte er zu bemerken, wie sehr er es bedauere, dass die edle Dame durch die überstürzte Abreise ihres ehrenwerten Gemahls gezwungen war, ihre Zeit in langweiliger Einsamkeit zu verbringen. Anstatt einer Antwort schenkte ihm die junge Schöne mit niedergeschlagenen Lidern ein bezauberndes Lächeln. Dann verneigte sie sich noch zweimal und zog sich zurück.

Vor Aufregung über die mit der Schönen erlebten Nähe war Pan ganz außer sich. Zugleich aber ärgerte er sich darüber, dass er sich wegen der Anwesenheit des Feuerschürers solche Zurückhaltung hatte auferlegen müssen. „Wenn dieser dumme Mensch nicht gewesen wäre, hätte ich der Schönen heute bereits im Zimmer des Dao den Hof machen können, so aber musste ich mich nur mäßigen und eine gute Gelegenheit ungenutzt verstreichen lassen, weil dieser Bursch nicht wegzubewegen war. Doch diesem Umstand werde ich abhelfen. Ich werde ihn fernzuhalten wissen und dann werde ich die junge Dame bitten, neuerlich mit mir den Ofen zu überprüfen. Wollen wir doch sehen, ob mir diesmal nicht das Schicksal hold ist!"

Gesagt, getan. Die Methode, die sich Pan ausdachte, um den jungen Mann von dem Ofen fortzulocken, war einfach, aber wirkungsvoll.

Er wies sein Personal noch am selben Tage an, für den nächsten Tag ein üppiges Mahl zu bereiten und den jungen Mann, der stets am Ofen wachte, dazu einzuladen mit der Bemerkung, dass sich sein Herr auf diese Weise für seine treuen Dienste bedanken wollte. Dabei sollten sie ihn außerdem auch noch dazu nötigen, übermäßig viel Wein zu trinken, und ihn nicht eher fortlassen, als bis er völlig betrunken wäre.

Als er diese Befehle erteilt hatte, wusste er, dass er sich auf deren Ausführung verlassen konnte. Daher war er guter Laune und trank an diesem Abend selbst noch einige Gläser Wein, während er sich vor Sehnsucht nach der schönen Frau unter seinem Dach verzehrte und hundert Wege ersann, wie er seine innigsten Wünsche zur Erfüllung bringen konnte.

Wilde Hoffnungen beflügelten sein Herz und gleichzeitig zweifelte er immer wieder an der Berechtigung für seine Zuversicht.

In diesen Momenten hätten ihn seine besten Freunde nicht wiedererkannt, so verändert hatte ihn seine Begierde.

Etwas später begab er sich in den großen Hof, wo er ein Lied sang, das im ganzen Hause zu hören war. Da kam plötzlich Herbstmond, ein Tablett mit einer duftenden Schale Tee in den Händen, auf ihn zugeeilt. Diesen reichte sie ihm mit einer ehrerbietigen Verneigung. „Diesen frischen Tee schickt Euch meine Herrin, die Euren Gesang vernommen hat und fürchtet, dass Ihr Euch überanstrengen könntet. Sie bittet Euch inständig, ihn anzunehmen."

Nur zu gern kam Pan diesem Wunsch nach und ließ die Kammerzofe seinen innigsten Dank ausrichten. Als diese in die inneren Gemächer zurückgekehrt war, hörte er eine liebliche Stimme die folgenden Zeilen singen:

„Wer soll wohl der Herr der blühenden Lilie sein, so sanft vom Frühlingshauch umweht? Nur der Frühlingsfürst, der ganz von ihrem Duft befangen, kann sie erfühlen!"

Pan lauschte angestrengt und verstand den Sinn und die, wie er meinte, darin verborgene Anspielung sehr wohl, doch an diesem Abend, wo die Dinge doch schon so weit und gut fortgeschritten waren, wagte er es nicht mehr, weiter vorwärts zu drängen. Er zog sich also vom Eingang zu den Damengemächern zurück und hörte nur noch, wie der Schlüssel im Schloss gedreht wurde. Dann begab er sich in seiner Räumlichkeiten und fiel in einen unruhigen und unbefriedigenden Schlaf.

Gleich im Morgengrauen des nächsten Tages machten sich die Bediensteten daran, Pans Anweisungen vom Vortag zu erfüllen, und begannen mit den Vorbereitungen für ein reichliches Mahl. Einige kräftige Burschen packten den Diener, der am Schmelzofen saß, und forderten ihn auf, dem Wunsch seines Herrn gemäß seinen Wachposten zu verlassen, um mit ihnen zu feiern. Der Diener weigerte sich zunächst beharrlich, doch als ihm die köstlichen Düfte aus der Küche immer stärker in die Nase stiegen und er sah, wie prächtig sich die Vorkehrungen für das Fest gestalteten, ließ er sich schließlich überreden und verließ den Ofen. Beim Fest schenkten ihm die anderen Diener stets kräftig vom reichlich vorhandenen Wein nach und schließlich lag der arme Junge berauscht in einer Ecke und schlief den erschöpften Schlaf des restlos Betrunkenen.

Kaum erfuhr Pan, dass sich der Wächter nicht mehr im Laboratorium aufhielt, begab er sich selbst eiligen Schrittes dahin. Zugleich entsandte er einen Boten zu den Gemächern der edlen Dame, der sie bitten sollte, mit ihm nach den Öfen zu sehen.

Als die junge Frau die Bitte vernahm, kam sie ihr gerne und unverzüglich nach. Abermals ließ sie ihre Kammerfrauen an der Schwelle zum Zimmer des Dao warten und betrat dann mit ihren kleinen, raschen Schritten das Laboratorium, wo sie sofort sah, dass der Bursche nicht mehr auf seinem Posten war.

Sie erschrak und weil sie dachte, er habe eigenmächtig gehandelt und seinen Posten aus Nachlässigkeit verlassen, fragte sie: „Wieso hat denn der Diener seinen Platz verlassen? Wie kann das geschehen? Seht doch, das Feuer ist erloschen!“

Pan beruhigte sie, indem er lächelnd erwiderte: „Seid beruhigt, edle Herrin, ich selbst habe den Diener fortgeschickt, da ich mich selbst um das Feuer kümmern wollte, nur deshalb hat er seine Pflicht vernachlässigt. Leider ist dabei auch das Feuer erloschen.“

Noch durchschaute die junge Frau die wahren Zusammenhänge nicht, daher meinte sie, dass das Feuer in jedem Fall behütet und geschürt hätte werden müssen.

Da wurde Pan deutlicher und gestand ihr, dass er den Diener in voller Absicht fortgeschickt habe, damit er allein mit sein konnte. Ob sie denn so grausam zu ihm sein würde und ihm ihre Gunst verweigerte? Das Feuer seiner Liebe zu ihr sei ungleich größer als die Flammen im Schmelzofen, seine Leidenschaft verzehrend heiß.

Erstaunt meinte die edle Dame, sie habe bislang gedacht, dass sein Hauptinteresse derzeit in der zauberhaften Verwandlung des Dao liege. Solch unsittliche Gedanken hätte sie nicht von ihm erwartet und sie wären seinem Werk auch nicht zuträglich.

Nun konnte Pan nicht mehr an sich halten. Er gestand ihr, dass er, seit sie sein Haus betreten hatte, nur noch an sie denken konnte, dass all seine Sinne nur noch auf sie ausgerichtet waren und dass sein Streben nach ihrer Gunst das nach dem Geheimnis des Dao bei weitem übertreffe.

Die schöne Dame wies ihn abermals zurecht. Der Raum, in dem sie sich befänden, sei einem anständigen, ehrbaren und reinen Werk geweiht. Seine anstößigen Annäherungsversuche wären völlig fehl am Platze.

Die zurückhaltende Scheu der begehrten jungen Frau trieb Pan nur noch mehr an. Er wurde immer direkter, immer fordernder, näherte sich ihr mit Bitten, Schmeicheleien, Liebkosungen – und hörte von ihr doch nur, dass er mit seinem Benehmen den Erfolg des Dao gefährde. Außerdem sei sie eine achtbare Frau von Ehre und er würde die Regeln allen Anstands verletzten, wenn er ihr weiter nachstelle. Jederzeit könne jemand hereinkommen, da die Türen zum Zimmer des Dao nicht versperrt wären. So ging es Einwand um Einwand, bis der mittlerweile über alle Maßen erregte Pan die schöne Dame mit ziemlichem Nachdruck und fast schon mit Gewalt nahm.

Was nun folgte, war eine rundum glückliche Zeit für das Paar. Sämtliche Räume des großen Anwesens wurden zum Schauplatz ihrer Liebesgeplänkel – die Bibliothek, das Gartenhaus, in dem die schöne Frau mit ihren Dienerinnen wohnte, das Laboratorium, nichts wurde ausgenommen. Das Einzige, was Pan in seinem Liebesglück und Leibeswonnen noch wünschen konnte, war, dass dieses Glück ewig anhalten mochte. Und es hatte fast den Anschein, als ob dieser Wunsch nicht nur der seine wäre.

Auch dieses Mal wurde die Erzählung mit heftigem Applaus bedacht. Und wiederum erwarteten die Blumenhofmädchen den Vers der ehrenwerten Vorsteherin:

Pflucke Weizen ich mal hie
seh die Wolken nach Norden zieh'
An wen ich da wohl denken muss?
An die schöne, große I…

Und ohne weitere Unterbrechung wurde die Geschichte fortgesetzt.

Als die geheime Liebe
enthüllt wird,
erfährt er nun
endlich auch,
wie Gold
gemacht wird.

Natürlich kann man sich vorstellen, wie Pan aus allen Wolken fiel, als sich das Ende seines Glücks abzuzeichnen begann. Zehn Tage und zehn Nächte waren in glücklicher Eintracht vergangen, als es plötzlich eines Abends laut klopfte und die Diener meldeten, dass der Meister des Dao zurückgekehrt war.

Pan eilte, um ihn zu empfangen, doch seine Laune war, wie man wohl annehmen kann, äußerst schlecht, sodass auch der Empfang nicht besonders herzlich ausfiel. Danach eilte der Adept sofort in die Gemächer seiner Frau, wo er ein langes Gespräch mit ihr führte. Als er wieder herauskam, wandte er sich an den Hausherrn:

„Meine Frau hat mich darüber informiert, dass der Schmelzofen des Dao nicht mehr geheizt wird. Wir müssen dringend überprüfen, ob der Zauber der neun Verwandlungen vielleicht schon vollendet ist und das Dao seine Wirkung bereits vollkommen entfaltet hat. Es ist wichtig für uns, zu wissen, wie das derzeitige Resultat aussieht, doch heute ist es bereits zu spät, als dass wir noch eine eingehende Inspektion vornehmen könnten. Morgen jedoch wollen wir den Ahnen opfern und dann die Schmelztiegel eröffnen."

Im Vergleich zu den heißen Wind-und-Mond-Spielen der letzten Nächte war diese Nacht für Pan überaus einsam und trostlos. Doch scheinbar erhoffte auch der frühzeitig heimgekehrte Alchimist, die Öffnung der Öfen würde trotz des erloschenen Feuers erfolgreich ausgehen, und so hegte auch er Hoffnungen, dass der nächste Tag die Vollendung seiner Anstrengungen um das Wunder des Dao bringen und ihn für all seine Mühen mit Reichtum in Hülle und Fülle entschädigen würde.

In dieser aufgekratzten Stimmung wartete er auf den Morgen.

Am nächsten Morgen opferte man den Geistern und verbrannte bunte Papierpferdchen, um sich deren Segen zu erflehen. Danach gingen der Adept und sein Gastgeber geradewegs in das Laboratorium, wo der Meister, kaum dass er über die Schwelle getreten war, blass wurde und irritiert ausrief:

„Die Luft hier im Zimmer des Dao hat einen merkwürdigen Geruch! Wie kommt das?“ Dann öffnete er mit zitternder Hand den Verschluss des Ofens, öffnete denselben und blickte hinein. Zutiefst erzürnt stieß er einen erschrockenen Ausruf hervor.

„Alles vernichtet! Alles zunichte gemacht! Nichts ist mehr das, selbst das Muttermetall ist vollständig verdampft! Oh, welch unreine Akte müssen in diesen Räumlichkeiten geschehen sein, dass so etwas geschehen konnte?! Was hat die Geister bloß so erzürnt?“

Als Pan dies hörte, fuhr ihm der Schrecken bis in die Glieder und seine Haut wurde leichenblass. In seinem Hals saß ein Kloß, der ihn hinderte, auch nur ein einziges Wort herauszubringen. Die Wirkung des Dao – vereitelt? Das Muttermetall – verschwunden?

In der Zwischenzeit redet sich der Alchimist immer mehr in Rage. Wie ein Tiger im Käfig durchmaß er das Laboratorium von einer Seite zur anderen mit kräftigen Schritten, während seine Kiefer malmten und seine Augen feurige Blicke verschossen. Schließlich ließ er den Diener herbeibringen, der mit der Überwachung und Versorgung des Feuers betraut gewesen war, und herrschte ihn an:

„Sag mir, Unwürdiger, wer hat in meiner Abwesenheit das Laboratorium betreten?“

Der junge Bursche warf sich ihm zu Füßen und stieß verzweifelt hervor: „Niemand, oh Gebieter, hat die Kammer des Dao betreten. Nur der Hausherr und Eure ehrenwerte Gemahlin kamen jeden Tag, um das Feuer und den Schmelzofen zu kontrollieren."

„Wie sollte es dann geschehen sein, dass die Wirkung des Dao so vollkommen vernichtet worden ist? Rasch, holt mir die junge Herrin herbei, damit wir sie befragen können, was denn hier Seltsames vor sich gegangen sein möge."

Sofort wurde sein Befehl ausgeführt und die junge Frau herbeigebracht. Kaum hatte die Schöne den Raum betreten, da wandte sich der Adept in strengem Tonfall an sie: „Ich habe gehört, dass du jeden Tag hierher in das Laboratorium gekommen bist, um den Ofen zu kontrollieren. Wie kommt es dann, dass die Wirkung des Dao so vollständig vernichtet ist?"

Mit gesenktem Haupt und zu Boden gerichtetem Blick erwiderte die junge Frau: „Der Hausherr und ich haben jeden Tag das Feuer und den Ofen kontrolliert, wie es Euer Befehl war. Ich schwöre Euch, dass wir den Ofen nicht angerührt haben! Oh Herr, ich weiß es nicht, aus welchem Grund die Wirkung des Dao zerstört worden ist!"

„Habe ich Euch etwa vorgeworfen, Ihr hättet den Ofen manipuliert?", versetzte der Adept verärgert. „Mitnichten! Aber ich werde schon noch herausfinden, was hier vor sich gegangen ist!"

Mit diesen Worten wandte er sich abermals an den jungen Burschen, dessen Aufgabe es gewesen war, am Feuer zu wachen: „Los Bursche, sag die Wahrheit! Warst du immer hier, wenn der Hausherr und die Herrin hier waren, um ihre Überprüfungen durchzuführen? Hast du diesen Auftrag, den ich dir erteilt habe, stets erfüllt und bist nie davon abgewichen?“

„Verzeiht mir, Herr!“, schluchzte der junge Mann, „ich war immer hier, immer, bis auf ein einziges Mal, als mich der Hausherr gnädig aufforderte, mich zu den anderen Dienern zu begeben, die ein kleines Fest feierten, wo mir meine bislang so treue Pflichterfüllung mit viel Wein belohnt wurde. Leider hatte das zur Folge, dass ich danach im Hof einschlief und erst am Abend wieder auf meinem Posten erscheinen konnte. An diesem einzigen Tage waren der Hausherr und Ihre edle Gemahlin, mein Herr, allein hier im Zimmer des Dao.“

Nun wusste der Meister genug. Mit einem bösen Blick, der einen Löwen eingeschüchtert hätte, rief er zornig aus: „So ist das also! Jetzt sehe ich klar! Während ich verreist war, sind die beiden also in aller Eile hierher verschwunden! Mehr brauche ich nicht zu wissen!“

Aus seiner Reisetasche nahm er eine lange Lederpeitsche und erhob sie gegen seine Gemahlin.

„Du Treulose! Du Ruchlose! Nun liegt die Wahrheit klar vor uns! Du hast dich mit dem Hausherrn hier bei Dingen vergnügt, welche die Geister erzürnt haben. Daher wurde die Wirkung des Dao vernichtet!“

Er holte aus und ließ die Peitsche auf die junge Frau niedersausen.

Doch sie war flink und wich rasch zur Seite aus, sodass der Hieb sie verfehlte. Dabei brach sie in Tränen aus und flehte ihn an:

„Ich bitte Euch, hört mich an! Ich habe mich mit aller Kraft gewehrt und erklärt, dass solche Dinge nicht geschehen dürften! Doch unser Gastgeber hat mir Gewalt angetan wie einer niederen Dienstmagd und meine Kräfte reichten nicht aus, um mich ihm zu widersetzen."

Dieses Geständnis versetzte nun Pan so sehr in Angst und Schrecken, dass sich seine Kehle noch mehr zusammenschnürte und er in seiner Panik nahezu erstickte. Am liebsten wäre ihm gewesen, die Erde hätte sich aufgetan und ihn verschlungen, damit er sich vor dem Zorn des Alchimisten verstecken konnte. Doch dieser trat einen Schritt auf ihn zu und schleuderte ihm seine helle Wut entgegen:

„So sieht sie also aus, Eure Gastfreundschaft! Das war also zu halten von Euren lieblichen Versicherungen bei meiner Abreise! Dabei konntest du es kaum erwarten, bis ich fort war, damit du die schwarze Begierde deines Herzens in die Tat umsetzen konntest! Du Hund! Du bist ein Tier mit niedersten Instinkten, es wäre zu viel der Ehre, dich Mensch zu nennen! Wie konntest du es bei deiner schwarzen Seele überhaupt wagen, das Dao läutern zu wollen, wo doch ein reines Herz Voraussetzung ist? Na warte, bis ich mit dir fertig bin, doch vorher will ich erst noch dieses verbrecherische Weib, das mich so abscheulich hintergangen hat, töten!"

Schon holte er wieder mit der Peitsche aus und wollte sich auf die junge Frau stürzen, doch eilends floh diese in ihre inneren Gemächer, während sich ihre Dienerinnen an die Kleider des Alchimisten hängten, um ihn zurückzuhalten und anzuflehen, von der Verfolgung abzulassen.

Nun endlich löste sich auch Pan aus seiner Erstarrung. Um den Zorn des Adepten zu mildern, warf er sich vor ihm zu Boden und bekannte sein Unrecht. Er, der unwürdige, unbegabte Schüler habe einen großen

Fehler gemacht, doch er sei willens, auf jede nur erdenklich Art dafür Sühne zu leisten, und alles zu tun, um das gute Verständnis, das zwischen ihnen geherrscht hatte, wiederherzustellen. Möge der Meister doch Mitleid haben und ihm verzeihen, bat er zum Schluss.

Verächtlich versetzte der Adept, dass Pan doch nur ernte, was er gesät habe. „Deine erste Strafe ist, dass die Wirkung des Dao vernichtet wurde und damit auch all deine Hoffnungen. Mögest du ewig Reue und Bedauern darüber empfinden! Deine zweite Strafe ist, dass du nun nie und schon gar nicht von mir das große Geheimnis erfahren wirst, das zu lehren ich eigentlich in dein Haus gekommen. Und drittens: Glaubst du, du kannst ungestraft meiner Gattin deine niederen Begierden aufzwingen? Meinst du wirklich, ein paar Worte des Bedauerns über das Schicksal deiner Mitverschwörerin, die zu töten man mich leider gehindert hat, würden ausreichen, um mir Genugtuung zu bieten?"

An diesem Punkt hakte Pan emsig ein: „Gerne will ich Euch jede Form von Genugtuung leisten, zum Beispiel, indem ich Euch eine Buße dafür zahle, dass ich mich Eurer Gemahlin so unsittlich genähert habe."

In der Hoffnung, so billig davonzukommen, schickte er seinen Haushofmeister aus, um zwei reine Silberbarren aus seiner Schatzkammer herbeizubringen. Auf Knien und mit demütig gesenktem Blick bot er sie dem Alchimisten dar, vor dem er sie dann mit der Bitte an den Meister, doch Gnade walten zu lassen, auf den Boden legte.

Doch der Meister schien das glänzende Metall keines Blickes zu würdigen.

„Mit diesem bisschen Silber willst du meine Gnade erkaufen? Das soll deine Sühne sein?“, rief er noch immer erzürnt aus.

Sofort ließ Pan noch 200 Silbertael bringen, die er zu den Barren legte, wobei er sich erlaubte, anzumerken, dass um diesen Betrag leicht eine begabte und reizende zweite Gemahlin als Ersatz zu haben wäre. Hier habe er, als unbegabter Schüler, vereinigt, was er an Besitz noch aufzubringen imstande wäre, daher hoffe er inständigst, der Meister werde bei diesem Anblick gnädig gestimmt werden und auch seiner edlen Gemahlin verzeihen.

Nachdenklich betrachtete der Adept also den Haufen Silber und nach einiger Zeit meinte er: „Dein Silber ist mir egal, denn ich brauche es nicht für mich, da ich ja genug davon habe. Doch um dir eine Lektion zu erteilen, die du hoffentlich für immer lernen wirst, werde ich es annehmen und es an Arme und Bedürftige verteilen. So soll dein Verbrechen also auch noch eine gute Wirkung erzielen.“

Dann beugte er sich nieder, hob das Silber vom Boden auf, packte es in seine Reisetasche und verschloss diese sorgfältig.

Danach rief er seine Diener und befahl ihnen, sein Gepäck auf das Boot zu bringen, das bereits auf ihn wartete. Seine Frau und den jungen Feuerwächter vor sich her stoßend ging er sodann unter ständigem Fluchen und Schimpfen an Bord.

„Schmach und Schande habe ich hier erlitten!“, stieß er hervor. „Dieses Haus und sein Besitzer sind verrucht und verflucht!“ Mit solchen Worten verschwand er in der Kabine des Schiffes, während das Schiff ablegte und von dannen fuhr.

Ohne es zu wissen, war Pan natürlich zum Gespött des vorgeblichen Alchimisten geworden, und er kam auch später nicht darauf. Einige Zeit lang lebte er in Sorge, da er fürchtete, die ganze Sache könnte ans Licht gebracht oder den Behörden angezeigt werden. Als diese Gefahr nach einer gewissen Zeitspanne gebannt schien, meinte er, sich noch glücklich schätzen zu müssen, dass diese Angelegenheit für ihn so glimpflich ausgegangen war.

Das Geld, das er dem Alchimisten als Entschädigung angeboten hatte, war leicht zu verschmerzen und kaum bedauerlich.

Dass er das Silber, das in den Schmelzofen geschoben worden war, verloren hatte, schrieb er seiner eigenen Schuld zu. Mit seinen unreinen Handlungen habe er die Geister verärgert und so die Wirkung des Dao zunichte gemacht. Am meisten jedoch zürnte er sich selbst darüber, dass er sich von der Schönheit der jungen Frau so verblenden hatte lassen, dass er keinerlei kluger Erwägungen mehr fähig gewesen sei.

„Nun habe ich zwar einen Fehler begangen“, dachte er bei sich, „doch ich will daraus lernen, dass ich einfach nur viel zu übereilt gehandelt habe. Was hätte dagegen gesprochen, wenn ich erst das Werk des Dao sich vollenden hätte lassen? Mir wären unermessliche Reichtümer zugeflossen, wenn ich meine Begierden nur ein wenig aufgeschoben hätte. Es war falsch und auch völlig unnötig, dass ich das Zimmer des Dao zum Schauplatz meiner Affäre gemacht habe, also geschieht es mir schon recht, wenn ich dieses Silber nun verloren habe.“

Letztlich kam Pan jedoch zu dem Schluss, dass er sich einfach darüber freuen sollte, ein solches Liebesglück erlebt zu haben, und das tat er denn auch. Er erinnerte sich an die schönen und aufregenden Stunden mit jener wunderschönen Dame und vergaß seinen Ärger über die unangenehmen Konsequenzen, die diese Romanze für ihn gehabt hatte.

Auf den Gedanken, dass er arglistig getäuscht worden war, kam Pan gar nicht, so sehr glaubte er an die Macht des Dao. Doch seine Uneinsichtigkeit zog immer wieder neue Täuschungen nach sich. Er war keines Besseren zu belehren und jedes Mal, wenn ihn die große Kunst des Dao wieder einmal enttäuschte, verbiss er sich nur noch mehr in sein Streben nach der Läuterung. Stets dachte er, der Fehler läge bei ihm, nicht in der Sache selbst begründet.

So verwundert es nicht sehr, dass Pan sich auch mit einem anderen Meister des Dao, der eines Tages zufällig des Weges kam und scheinbar weit reichende Kenntnisse von den geheimnisvollen Wandlungen besaß, eingehend über die Läuterung der Metalle unterhielt. Schließlich lud er ihn auch ein, in sein Haus zu kommen.

Dort erzählte er ihm von seinen jüngsten unglücklichen Erlebnissen. Ein Meister des Dao sei bei ihm zu Gast gewesen, der tatsächlich aus billigen Metallen Gold und Silber herstellen konnte. Er sei außerdem bereit gewesen, ihn diese hohe Kunst zu lehren, und habe bei ihm damit begonnen, doch als der Meister überprüfen wollte, wie weit der Läuterungsprozess gediehen war, sei alles vernichtet gewesen, weil er, der Schüler, dem Meister ein Unrecht getan habe. Bevor eine neue Verwandlung vollzogen hätte werden können, hätte ihn dieser Meister verlassen, und darüber würde er nun ewig Reue und Bedauern empfinden.

Der Meister des Dao klopfte Pan beruhigend auf die Schulter und meinte: „Lassen Sie mich Ihnen das zum Trost sagen: Die hohe Kunst des Dao ist nicht nur einem Einzigen bekannt. Wenn Sie wollen, kann ich Ihnen das auch sofort beweisen. Lassen Sie nur einen Ofen für die Schmelzungen vorbereiten und etwas Blei und Quecksilber herbeischaffen, dann will ich Ihnen gerne eine Vorführung geben."

Sein Wunsch wurde unverzüglich ausgeführt und alles Gewünschte zurechtgelegt.

Bevor er die Mischung aus Blei und Quecksilber in den Ofen schob, streute der Meister des Dao eine kleine Menge einer geheimnisvollen Substanz darauf. Und siehe da, als man den Schmelzofen öffnete, da war das Ergebnis dasselbe, das auch schon der erste Adept zustande gebracht hatte: alles Metall war zu reinem Silber geworden und die unedlen Metalle hatten sich verflüchtigt.

„Das ist die wahre Kunst des Dao! Das ist seine wahre Kunst!", rief Pan begeistert aus. „Auch wenn die Verwandlung das letzte Mal nicht vollendet wurde, weil sie unter einem unglücklichen Stern gestanden hat, so wird diesmal alles richtig vonstatten gehen! Endlich werde ich das Geheimnis des Dao erfahren!"

Sogleich brachte er noch einmal tausend Tael herbei, um sie von diesem vorzüglichen Meister als „Muttermetall" bei der Läuterung verwenden zu lassen.

Der Meister nahm das Silber, legte es unter Einhaltung verschiedener Rituale in den Schmelztiegel und schob diesen anschließend in den Ofen. Er instruierte noch zwei oder drei Helfer, denen er Aufgaben bei der Überwachung des Läuterungsprozesses und beim Schüren des Feuers zuwies.

Dann verabschiedete er sich von Pan für die Nacht und auch Pan selbst begab sich zu Bett, im festen Glauben daran, dass bald reichlich Silber und Gold strömen würden. Und während er tief und selig schlief, nahmen der Meister und seine Helfer den Topf vom Feuer und machten sich auf und davon.

Wie groß war Pans Enttäuschung am nächsten Morgen! Der Ofen kalt, der Tiegel leer und die Gesellen fort, natürlich mitsamt dem Muttermetall! So war er also auch diesmal belogen und betrogen worden. Pan schämte sich unendlich, dass er sich so hatte anführen lassen, und war zugleich furchtbar zornig auf die gemeine Bande, die ihn so frech hinters Licht geführt hatte.

Doch noch immer war er weit davon entfernt, sich entmutigen zu lassen, im Gegenteil. Nun, da er meinte, die Läuterung von unedlem Metall bereits zweimal mit eigenen Augen gesehen zu haben, war er entschlossener denn je, das Geheimnis der Wandlung zu enthüllen.

„Ich werde mein Ziel erreichen, ich lasse nicht davon ab! Niemand soll sagen können, dass ich so viele Jahre, so viel Geld und so viel Mühe aufgewendet habe, ohne einen Erfolg zu erzielen. Ja, ich habe sehr wohl Fehler begangen, bin Irrtümern aufgesessen und habe falsche Wege eingeschlagen. Doch wenn ich die Regeln und Vorschriften ganz genau befolge, dann wird mir das ganz große Werk gelingen, ich weiß es! Doch wie und wo soll das geschehen?

Ich hänge nicht an diesem Ort, es muss also nicht sein, dass ich weiter meine Zeit hier verbringe und darauf warte, dass mir jemand das große Geheimnis ins Haus bringt. Viel klüger wäre es doch, wenn ich aufbrechen würde, um anderswo nach dem richtigen Läuterungsprozess zu suchen. Zweimal habe ich die Wandlung schon gelingen sehen, also werde ich die rechte Lösung schon finden und wenn ich dafür bis ans Ende der Welt gehen müsste!“

Er suchte also alle nötigen Dinge zusammen, packte sie in eine Reisetasche und machte sich ohne bestimmtes Ziel auf den Weg. Zuerst reiste er nach Osten, dann wieder nach Westen, und bekümmerte sich nicht darum, ob er an einem Ort einen Tag länger oder kürzer blieb.

Irgendwann auf seinen Irrfahrten gelangte er schließlich auch in die Stadt Su-tschau. Dort, im dichtest bewohnten Stadtteil, traf er plötzlich auf jene Bande, die ihn erst kurz zuvor so böse um sein Geld gebracht hatte.

Die unlauteren Gesellen waren jedoch gar nicht verlegen, als sie ihn sahen, im Gegenteil. Sie taten so, als freuten sie sich sehr, ihn zu sehen, sie scharten sich gesellig um ihn und luden ihn ein- ums andere Mal zum Trinken ein. In einem großen, prächtigen Weinhaus ließen sie ihn mit den erlesensten Weinen und den edelsten Speisen bewirten. Sie meinten, das sei ihr Versuch, sich bei ihm zu entschuldigen.

„Es tut uns leid, dass wir damals, vor nicht allzu langer Zeit, in Ihrem Hause so böse gehandelt haben. Doch seien Sie versichert, die Sache hat uns keine Ruhe gelassen. Ständig haben wir seitdem darüber nachgedacht, wie wir die Dinge wieder in Ordnung bringen könnten, und tatsächlich hat sich jetzt eine Gelegenheit dazu aufgetan. Bitte wundern Sie sich nicht, sondern hören Sie mir nur weiter zu. Wenn Sie wieder zu Ihrem Geld kommen wollen, so hätten wir einen Plan, wie Sie dies mit unserer Unterstützung anstellen könnten."

„Und was sollte das für ein Plan sein?", fragte Pan.

„Der Plan ist ein ganz einfacher", antwortete der Meister des Dao. „Überdies ist er die einzige Möglichkeit, wie wir Ihnen den entwendeten Reichtum wieder zurückerstatten könnten, denn das gestohlene Geld ist bereits verbraucht, nichts ist mehr davon da, das wir Ihnen zurückgeben könnten.

Doch nun hat ein großer Mandarin aus Schan-tung unsere Gruppe eingeladen und aufgefordert, unsere Kunst vor ihm zu demonstrieren. Er hat bereits mit unserem Anführer einen Vertrag geschlossen und wird eine große Menge „Muttersilber" zur Verfügung stellen, um die Wandlung zu vollziehen. Leider wartet er nun darauf, dass unser Anführer zu ihm nach Schantung kommt, vorher will er das Muttermetall nicht freigeben, obwohl er uns drängt, endlich bei ihm zu erscheinen. Unser Anführer befindet sich jedoch derzeit auf Reisen.

Natürlich könnten wir die Wandlung auch ohne unseren Anführer vollziehen, doch nicht ohne das Muttermetall. Daher wäre es für alle von großem Vorteil, wenn Sie in die Rolle unseres Anführers schlüpfen und ihn bis zu seiner Rückkehr vertreten würden. Dann nämlich würde uns der Mandarin das Muttersilber früher aushändigen und wir könnten schon mit der Verwandlung beginnen, bevor unser echter Anführer zurück ist. Ihren Lohn dürfen Sie von dem zu erwartenden Gewinn bei der Läuterung bestreiten. Sie sehen also, Ihre Aufgabe wäre ganz einfach und noch dazu würden Sie dadurch wieder zu Ihrem Geld gelangen."

„Welche Art von Mann ist denn Euer Anführer, auf den Ihr nicht mehr warten wollt?“, fragte Pan.

„Er ist ein Mönch“, sagte der Meister des Dao. „Wenn Sie sich also auf unseren Plan einlassen wollen, so ersuchen wir Sie, sich Ihr Haupthaar scheren zu lassen, um durch dieses Ritual zum Meister zu werden. Wir werden uns Ihnen gegenüber daraufhin respektvoll wie gegen unseren Meister verhalten. Doch wir müssen rasch handeln! Entscheiden Sie sich schnell und dann lassen Sie uns eiligst zum Wohnort des Mandarins aufbrechen!“

In seinem Wunsch, endlich hinter das Geheimnis der großen Läuterung zu kommen und dem großen Prozess einmal beizuwohnen, sowie mit der Aussicht, sein Geld wieder zu erhalten, entsagte Pan jeglicher Vorsicht und entschloss sich, dem merkwürdigen Plan zuzustimmen. Um die Rolle des Anführers glaubwürdig einnehmen zu können, ließ er sich noch am selben Abend die Haare abschneiden. Die Bande, die ihm dabei zur Seite stand, überhäufte ihn mit Dienstfertigkeiten und großem Respekt.

Bald danach reiste Pan mit seinen neuen Genossen nach Schan-tung, wo der reiche Mandarin zu Hause war. Dort wurde er demselben als „Vater Anführer“ vorgestellt und mit großen Ehren begrüßt, denn der Mandarin hatte diesen „Meister des Dao“ schon ungeduldig erwartet.

Er führte seinen Gast sogleich in die Ehrenhalle und begann mit ihm ein Gespräch über die Details und Feinheiten der Öfen – ein Thema, das Pan aufgrund seiner langjährigen Studien überaus vertraut war und über das er kompetent und überzeugend Auskunft geben konnte. Der große Mandarin war beeindruckt und verfolgte Pans Ausführung konzentriert und aufmerksam.

Noch am selben Abend ließ der reiche Mandarin zweitausend Silbertael abwiegen, die am nächsten Morgen dem Schmelztiegel überantwortet werden sollten. Dann wurde ein Festmahl aufgetragen, bei dem alle tüchtig zulangten und auch dem Wein munter zusprachen. Danach begaben sich alle zur Ruhe, der Hausherr in der Bibliothek, Pan in den ihm gewidmeten Gemächern.

Als der Morgen dämmerte, begann man, den Ofen sorgfältig und eingehend vorzubereiten sowie alle nötigen Gerätschaften herbeizubringen und bereitzulegen.

Das Silber wurde in den Schmelztiegel gelegt und in den Ofen eingebracht, der angezündet und dann verschlossen wurde. Obwohl Pan eigentlich ausgezogen war, um die Kunst des Dao von anderen zu erlernen, wurde er nun selbst zum Lehrer. Er gab Anweisungen, erklärte Vorgänge und legte selbst kundig mit Hand an. Seine „Schüler" folgten ihm beflissen, führten alle seine Befehle mit Eifer bis ins kleinste Detail aus und verstanden sich im Übrigen ausgezeichnet auf die Kunst, über das Feuer zu wachen.

Auch der edle Mandarin gesellte sich hinzu, um die Vorgänge mit eigenen Augen zu verfolgen, und ersuchte den „Vater Anführer", im die Dinge genauestens zu erläutern, was Pan gerne tat. Dann nahm der Mandarin Pan am Arm und führte ihn in sein Arbeitszimmer, um mit ihm auf das große Werk anzustoßen.

Weder er noch sein Gast ahnten zu diesem Zeitpunkt, dass die Bande ihre Abwesenheit für ihren altbekannten Trick nutzte und sich mitsamt dem Silber aus dem Staub machte. Da sich der „Vater Anführer" bei ihm befand, hatte der Mandarin noch weniger Grund, der Gruppe zu misstrauen, im Gegenteil: durch Pans Gesellschaft fühlte er sich vor allen Betrügereien sicher.

Welch Schreck fuhr ihm in die Glieder, als er am nächsten Morgen sah, dass der Ofen leer und sein Silber fort war – mitsamt allen vorgeblichen Adepten. Sofort ließ er den „Vater Anführer" festnehmen und wollte ihn gleich vor Gericht bringen, damit er dort im Verhör seine Mitschuldigen preisgab.

Pans Verzweiflung war unvorstellbar groß. In seiner Not begann er lautstark zu weinen und zu jammern und erzählte schluchzend alles, was ihm in der letzten Zeit widerfahren war. So erfuhr der Mandarin, dass Pan aus Sung-kiang stammte, dass er eben Pan hieß und dass es schon immer sein innigster Wunsch gewesen war, das Geheimnis des Dao zu lüften. Dann erzählte Pan, dass er selbst erst vor kurzer Zeit von dieser Bande betrogen worden sei und dass die Schurken ihn überredet hätten, sich als ihr Anführer auszugeben, da sie dies als günstige Gelegenheit dargestellt hätten, wie er wieder zu seinem Geld gelangen und überdies der großen Läuterung beiwohnen könnte. Deshalb habe er sich die Haare scheren lassen und sich als „Vater Anführer" in dieses Haus begeben, wo er gehofft habe, dass sich das große Werk vollenden und er sein Geld zurückerhalten würde. Nie hätte er geahnt, dass diese Leute so schändliche Betrüger seien, die ihn noch dazu so skrupellos hier zurückgelassen hätten!

Pans aufrichtige Tränen und die ehrliche Art seiner Erzählung überzeugten den hohen Mandarin davon, dass er die Wahrheit sprach, und beruhigten ihn nach einiger Zeit. Er befragte Pan noch nach einigen Einzelheiten zu seiner Person, seiner Familie und dem Landstrich seiner Herkunft, um sich restlos von der Wahrheit des Gesagten zu überzeugen. Dabei stellte sich heraus, dass ihre beiden Familien vor längerer Zeit innige freundschaftliche Beziehungen unterhalten hatten. Nun endlich gab der Mandarin den beschämten, niedergeschmetterten Pan frei.

Nun machte sich Pan wieder auf die Reise, doch hatte er nichts mehr in der Tasche und nur noch das, was er am Leib trug. So musste er sich also wie ein Mönch durch Betteln Obdach und Nahrung erbitten, was ihm so recht und schlecht gelang. Auf seinem Weg kam er auch in die Handelsstadt Liu-tsing, wo ihm bei einem Spaziergang durch den Hafen ein ganz besonderes Schiff ins Auge fiel.

Es war ein großes Vergnügungsboot, auf dem der Vorhang der Kabine zwar herabgelassen war, doch dahinter erschien das Gesicht einer wunderschönen Frau, deren Züge ihm seltsam vertraut vorkamen. Pan bewunderte dieses Antlitz ganz versunken, als sich ihre Augen begegneten und ihn ein Blitz des Erkennens durchzuckte. Konnte es möglich sein? Konnte es sein, dass diese Schöne hier dieselbe Dame war, die vor längerer Zeit mit ihrem Mann, dem Alchimisten, in seinem Haus in Sung-kiang geweilt hatte? Mit der er die höchsten Freuden der Liebe, wenn auch unerlaubt, geteilt hatte? Die ihn himmlische Glückseligkeit hatte kosten lassen?

Es konnte keine zweite wie sie existieren, sie musste es sein – zwei solche Schönheiten konnte es auf dieser Welt nicht geben!

Aber wie kam sie hierher?

Er ging an dem Boot vorbei zum Landungsplatz und holte Erkundigungen ein. Er erfuhr, dass das Boot einem reichen Kaufmann aus der Provinz Hunan gehörte, der zum Doktorexamen in die Hauptstadt reiste und dabei von einer berühmten Kurtisane begleitet wurde.

Als er dies hörte, wurde Pan ganz bestürzt. Hatte sie der reiche Meister etwa verstoßen? Sollte sie eine Gattin zweiten Ranges gewesen sein, derer der Alchimist nach dem, was geschehen war, überdrüssig geworden war und die er deshalb verkauft hatte? Oder war es doch möglich, dass es sich um zwei verschiedene Frauen handelte, die einander nur unwahrscheinlich ähnlich sahen? Pan wusste nicht, was er denken sollte.

Während er so überlegte, ging er langsam am Kai hin und her, unfähig, dem Boot den Rücken zu kehren, bevor er nicht das Geheimnis der schönen Dame hinter dem Schleier gelüftet hatte, von deren Anblick er nicht mehr lassen konnte. Da bemerkte er, wie sie einen Diener zu sich zitierte und ihm einen Auftrag gab, worauf der Diener aus der Kajüte trat und den Bootssteg hinunterlief, geradewegs auf den verwunderten Pan zu.

„Verehrter Herr, meine Herrin wünscht zu erfahren, ob Sie vielleicht aus der Provinz Sung-kiang stammen."

Überrascht über die vornehme Anrede, wo er doch derzeit um sein Auskommen bettelte, antwortete Pan: „Ja, ich komme aus Sung-kiang."

Da fragte der Diener weiter: „Und ist Euer Familienname, wie meine Herrin weiter zu wissen begehrt, vielleicht Pan?"

Nun staunte Pan noch mehr und in ihm breitete sich langsam und kribbelnd ein Gefühl der Aufregung aus. „Ja, mein Nachname ist Pan."

Der Diener verneigte sich und eilte zurück zu seiner Herrin, um ihr die Auskunft zu überbringen. Wenige Momente später wurde Pan auch schon eingeladen, auf das Schiff zu kommen. Er ging an Bord und trat an das Fenster mit dem halb heruntergelassenen Vorhang, an dem die Dame saß und ihn sofort ansprach:

„Mein lieber Pan, Sie müssen wissen, ich bin dieselbe Frau, die sich vor einigen Monaten in ihrem Haus als Gemahlin des Alchimisten ausgegeben hat. In Wahrheit bin ich jedoch eine Kurtisane aus Honan, die mit dem Adepten einen Vertrag geschlossen hatte, diese Rolle zu spielen. Ich weiß, ich habe mich Ihnen gegenüber abscheulich verhalten, doch es war vertraglich so vereinbart. Es tut mir furchtbar leid und ich habe mein Benehmen jeden Tag seither bereut. Doch erzählen Sie mir doch, wie kommen Sie hier in diese Gegend? Was führt Sie hierher?"

Pan war tief berührt von ihren einfühlsamen Worten und auch von der sanften Art und Weise, wie sie gesprochen worden waren. Sogleich öffnete er sein Herz und schüttete vor ihr all die Sorgen und Misserfolge aus, die er in der letzten Zeit erlebt hatte, von dem zweiten betrügerischen Meister bis zu seinem letzten Erlebnis in Schan-tung, das ihn fast vor den Richter gebracht hätte und aufgrund dessen er sich nun seine Heimreise mit Betteln verdienen musste.

Die schöne Frau schlug entsetzt die Hand vor ihren sinnlichen Mund und sagte: „Verehrter Pan, diese Erzählungen rühren mein Herz, denn obwohl ich nur eine Kurtisane bin, wäre es mir unmöglich, nicht mit

Ihrem Leid mitzufühlen. Daher ersuche ich sie inständig, in Ihrer unglücklichen Lage meine Hilfe anzunehmen, damit Sie Ihre Heimreise auf eine würdigere Art fortsetzen können.

Außerdem beschwöre ich Sie und ich rufe alle Geister zu Hilfe, nie wieder auch nur irgendetwas auf das Wort eines vorgeblichen Adepten zu geben. Sie sind allesamt Betrüger. Ich weiß das, denn ich habe lange genug unter ihnen gelebt und kenne all ihre hinterhältigen Tricks.

Bitte, edler Herr, hören Sie auf meinen Rat. So haben Sie als Lohn für Ihre Einsicht und für Ihre frühere Liebe zu mir wenigstens meine wohlmeinenden Worte und meine Versicherung, dass die Erinnerung an unsere glücklichen Tage zu zweit noch immer in mir lebendig ist."

Tief ergriffen schwieg Pan und beobachtete, wie die Schöne drei Silberbarren aus einem Kistchen nahm, in ein Seidenfutteral legte und ihm überreichte. Er hätte das Geld abgelehnt, wenn seine Situation nur einen Deut besser gewesen wäre, doch so ärmlich, wie er hier vor ihr saß, war er nicht in der Lage, ein so großzügiges Geschenk abzulehnen.

So nahm er es also an, stammelte noch allerlei Dankesworte und verabschiedete sich dann von ihr, nicht ohne ihr noch weiterhin viel Glück zu wünschen. Bereits beim Morgengrauen des nächsten Tages verließ er die Stadt in Richtung seiner Heimat. Während der gesamten Reise dachte er über die Rolle nach, welche die schöne Frau in seinen wechselvollen letzten Monaten gespielt hatte.

Sie war zugleich seine Glücksbringerin als auch seine Verdammnis gewesen, sein guter und sein böser

Schicksalsgeist. So vor sich hin sinnierend gelangte er schließlich nach Hause.

Niemals jedoch vergaß er die warnenden Worte, die ihm die edle Kurtisane mit auf den Weg gegeben hatte, nie wieder gelang es einem vorgeblichen Adepten, ihn für das große Werk der Läuterung zu interessieren. Die Suche nach der geheimnisvollen Formel für die Umwandlung von unedlen Metallen in edle hatte für ihn ein- für allemal ein Ende.

So wäre auch seine Geschichte hier gut zu Ende gewesen, wenn nicht noch sein fehlendes Haupthaar von seiner „Erhebung zum Meister" gezeugt hätte. Dieser Umstand beschämte und verwirrte ihn, sodass er sich nach Kräften bemühte, ihn vor den Blicken der anderen zu verbergen.

Doch irgendwann einmal kam seine Verwandtschaft doch dahinter, was es mit der mangelnden Lockenpracht auf sich hatte, und nun war kein Halten mehr. Sie neckten ihn deswegen und trieben ihre Scherze mit ihm, wenngleich auch stets ihm Rahmen der liebevollen verwandtschaftlichen Verbundenheit, sodass es Pan leicht fiel, in ihr Lachen selbst miteinzustimmen.

Das Ende dieser Erzählung löste Erheiterungsstürme und heftigen Beifall aus, die Blumenhofmädchen lachten schallend über die gelungene Vollendung der Abenteuer dieses Goldsuchenden. Natürlich wusste die ehrenwerte Dame Su-ngo auch hier, ihren Vers fortzusetzen:

… an die schöne, große I…
welche wartet in Sang-dschung,
zu mir eilt bis nach Schan-gung,
mich geleitet bis Dschi-gang.

Dann begann ein neues Mädchen eine neue Erzählung.

Ein blauer Strumpf
aus der Geisterwelt
führt ihn zur
Glückseligkeit.

An einem See namens Tung-T'ing haben die Wassergeister die unangenehme Angewohnheit, Boote zu entführen. Dabei lösen sich plötzlich und ohne äußeres Zutun die Ankertaue von leeren Booten, die dann wie von selbst über den See davonfahren, während in den Lüften über ihnen eine wunderbare Musik ertönt. Wenn das geschieht, drücken sich die Bootsleute in einer Ecke zu Boden, schließen die Augen und lauschen der Musik, doch keiner wagt es, die Augen zu öffnen, und keiner würde sich zu sagen getrauen, wohin die Fahrt geht. Doch wenn diese zu Ende ist, legt das Boot wiederum wie von selbst an und liegt dann an genau derselben Stelle wie zuvor wieder vor Anker.

Eines Tages nun fuhr ein junger Mann, der Liu hieß, über den Tung-T'ing-See. Er war stark betrunken, weil er bei seinen Prüfungen nicht bestanden hatte, und lag nun auf dem Deck seines Bootes, als unvermittelt eine sanfte, überirdisch anmutende Flötenmusik erklang. Die Matrosen wollten Liu wecken und schüttelten ihn kräftig, doch es war vergeblich. Schließlich gaben sie es auf und versteckten sich eiligst unter Deck im Bauch des Schiffes.

Doch plötzlich wurde Liu noch einmal emporgerissen, doch er war derart betrunken, dass man ihn wie einen leeren Beutel wieder zu Boden fallen ließ, wo er liegen blieb, wie er gefallen war.

Dann hörte man Geräusche, die immer näher kamen, schließlich zum Trommelwirbel wurden und gemeinsam mit Musik zu einem gewaltigen Dröhnen anschwollen. Das ließ Liu nun endlich ein Stück weit aus seiner Betäubung auftauchen. Er roch das Aroma von Orchideen und Moschus, das in einem sanften Hauch durch die Luft zog und seine Sinne bezauberte.

Er schlug die Augen auf und erblickte eine ganze Schar wunderschöner junger Mädchen, die über das Boot verteilt waren. Das kam ihm, dem Betrunkenen, nun doch etwas seltsam vor; er beschloss, abzuwarten, was geschehen würde, schloss die Augen wieder und tat so, als ob er schliefe.

Nach einiger Zeit hörte er, wie man ein Mädchen namens Chi-cheng rief, und unmittelbar danach kam ein elfengleich zartes Wesen herbeigeeilt, das ganz dicht neben seinem Kopf stehen blieb. So sah er, dass sie Strümpfe aus tiefblauer Seide trug, so unvergleichlich blau wie das Gefieder des Eisvogels. Ihre zierlichen Füßchen steckten in purpurnen Seidenpantoffeln, die so schlank wie ein Finger waren. Dieser Anblick versetzte ihn in einen derartigen Liebesrausch, dass er in den Strumpf hineinbiss, um die Schöne festzuhalten. Als sie nun weitereilen wollte, war ihr Bein gehindert, so dass sie stolperte und der Länge nach zu Boden fiel.

Plötzlich wurde Liu eines Mannes auf einem prachtvollen Thron gewahr, den er bislang nicht bemerkt hatte. Dieser trug eine Krone auf dem Kopf und war auch sonst so gewandet, dass Liu ihn für einen König hielt. Der König fragte Chi-cheng, wie ihr denn so ein Missgeschick passieren konnte. Als der Grund dafür entdeckt wurde, wurde der König wütend und befahl, den Übertäter sofort zu ergreifen und ihm den Kopf abzuschlagen.

Liu wurde von Soldaten gepackt, hochgezerrt, gefesselt und vor den König gebracht, vor dem er sich zu Boden warf und ihn anflehte:

„Mein König, wie die Sage mir zugetragen hat, war auch der Fürst des Tung-T'ing-Sees einst ein Sterblicher mit Namen Liu, dem gleichen Namen wie meinem, dem eures Untertanen. Desgleichen fiel auch der Fürst des Tung-T'ing-Sees bei seinem Examen durch, wie es mir, eurem Untertan, soeben geschehen ist. Danach traf der edle Fürst die Drachenmaid und wurde unsterblich.

Ich, Euer Untertan, trieb aus Trunkenheit einen etwas groben Scherz mit dieser wunderschönen Maid und soll nun dafür sterben? Wie kommt es, dass das Schicksal uns bei all unseren Gleichheiten doch so verschiedenen Lohn beschert?"

Als der König das vernahm, blickte er ihn lange an und sinnierte vor sich hin.

„Soso, du bist also beim Examen durchgefallen?"

„Ja", antwortete Liu. Daraufhin ließ ihm der König Pinsel und Papier bringen und wies ihn an, ein Gedicht zu schreiben, und zwar über den verlockenden Haarknoten und die verführerischen Locken eines jungen Mädchens.

Obwohl Liu bei seinen Nachbarn im Ruf stand, ein großer Gelehrter zu sein, musste er über diese Aufgabenstellung doch einige Zeit nachdenken. Lange blickte er mit dem Pinsel in der Hand auf das weiße Blatt Papier, bis der König ihn spöttisch ansprach:

„Na, wie weit ist es denn her mit deiner großen Gelehrtheit? Kann wohl nicht sehr weit sein!"

Mit demütigem Blick, aber aufrechtem Stolz, wandte sich Liu an den König: „Majestät, es hat zehn Herbste gedauert, um die Gesänge auf die drei Hauptstädte angemessen zu setzen und zu vollenden. Daher weiß der Kenner der Literatur stets die Mühe zu schätzen, mit der ein Werk entsteht, jedoch nie die Zeit, die dazu benötigt wird."

Der König gab sich vorläufig damit zufrieden und wartete noch einmal ungeduldig bis zum Mittag. Endlich überreichte ihm Liu eine Abschrift seiner Verse. Der König las sie sorgfältig durch und rief schließlich erfreut aus: „Sieh an, die Verse sind dir gut gelungen! So bist du also doch ein großer Gelehrter!“

Er ließ Wein und edle Speisen in Hülle und Fülle heranbringen und ein großes Festmahl begann. Während die Lustbarkeiten noch im Gange waren, kam ein Offizier zum König geeilt, übergab ihm eine Liste und meldete: „Hier, Majestät, die Liste mit den Ertrunkenen. Sie ist fertig.“

Der König wollte wissen, wie viele es waren.

„128 Menschen, Euer Majestät“, lautete die Antwort.

„Und wer hat den Auftrag zur Durchführung?“, fragte der König weiter.

„Die Generäle Mao und Nan, Euer Majestät“, antwortete der Offizier.

Hierauf erhob sich Liu und machte vor dem König einen Kotau, um sich zu verabschieden. Doch der König hielt ihn noch zurück, um ihm ein Geschenk bringen zu lassen. Er überreichte ihm ein kristallenes Winkelmaß, wie es Zimmerleute verwenden, und sprach zu ihm: „Hier in diesem See gibt es eine Menge kleiner Banditen. Doch wenn du das hier in deinen Händen hältst, kannst du alle Gefahren überstehen.“

Liu wollte sich noch bedanken, doch plötzlich sah er, wie das gesamte Gefolge einschließlich Pferden und Wagen auf der Oberfläche des Sees unter dem Schutz eines Nebelschleiers Aufstellung nahm.

Der König erhob sich, stieg über die Reling und ließ sich in seiner Sänfte nieder. Und damit verschwand das gesamte Bild wie eine Vision von einem Moment auf den anderen.

Als eine Zeit lang nichts mehr zu hören gewesen war, trauten sich die Bootsleute wieder aus dem Bauch des Schiffes hervor. Sie bezogen ihre Posten und schlugen Kurs nach Norden ein. Auf einmal wehte ihnen ein heftiger Wind entgegen und sie kamen keinen Meter mehr vorwärts. Auf dem Wasser vor ihnen tauchte noch dazu eine eiserne Katze auf, die an der Oberfläche trieb, worauf die Matrosen ängstlich riefen: „General Mao ist erschienen!" Sie fielen auf die Knie und waren verzweifelt.

Kurz darauf stand ein gewaltiger Baumstamm aus dem Wasser, der sich langsam hin- und herbewegte. Das fürchteten sich die Seeleute noch mehr und sie riefen: „Oh weh, nun ist auch noch General Nan erschienen!"

Dann türmten sich binnen kürzester Zeit die Wellen rund um sie so hoch, dass sie Sonne und Wolken verdeckten, und als sich die Matrosen umsahen, erkannten sie, wie alle Boote rund um sie kenterten und untergingen. Von allem unbeeindruckt saß Liu in der Mitte seines Bootes und hielt sein Winkelmaß fest in den Händen. Und wie schon bei den anderen Erscheinungen fielen die turmhohen Wellen unvermittelt in sich zusammen und der Wasserspiegel war wieder so ruhig wie vorher. Alle an Bord dieses Bootes einschließlich Liu kamen mit heiler Haut davon und kehrten kurze Zeit später auch wohlbehalten nach Hause zurück.

Von da an erzählte Liu immer wieder gerne seine Geschichte von dem Mädchen, dessen Gesicht er zwar nicht zu beschreiben wusste, die aber unter ihren

Kleidern ein Paar so zarter und anmutiger Füßchen hätte wie es sie in der Menschenwelt nicht gäbe.

Einige Zeit später kam Liu zufällig nach Wu-chang, wo er erfuhr, dass dort eine Frau lebte, die ihre Tochter verkaufen wollte. Doch es war kein Geld, was sie wollte, sondern ein kristallenes Winkelmaß wie sie selbst eines besäße. Wer dieses vorweisen könne, sollte ihre Tochter zur Frau haben.

Diese seltsame Geschichte weckte Lius Neugier. Er steckte sein Winkelmaß ein und suchte die alte Frau auf, die ihn freudig empfing. Sie rief ihre Tochter herbei, die sich als unvergleichliche, strahlende Schönheit von fünfzehn oder sechzehn Jahren herausstellte. Sie verneigte sich vor dem Fremden und trippelte dann mit kleinen Schritten sittsam wieder in die Frauengemächer zurück, die hinter einem Vorhang verborgen lagen.

Bei ihrem Anblick schwanden Liu fast die Sinne, so betört hatte sie ihn. Als er sich wieder gefangen hatte, sagte er: „Ich besitze ein solches Winkelmaß, aber ich weiß nicht, ob es genau von derselben Art wie das Eure ist. Lassen Sie uns vergleichen!"

Da holte auch die Alte ihr Winkelmaß hervor und es glich dem von Liu in allen Details, war weder kürzer noch länger und auch nicht weniger prächtig. Die Alte freute sich und bat Liu, nachdem er gesagt hatte, wo er wohnte, heimzukehren und sofort eine Brautsänfte zu bestellen.

Das Winkelmaß sollte er aber als Pfand und Beweis für seine lauteren Absichten zurücklassen. Dieses Ansinnen wies Liu misstrauisch zurück, worauf die Alte lachte und sprach: „Ich sehe schon, Sie sind überaus vorsichtig, ehrenwerter Herr! Denken Sie wirklich,

ich würde mich mit Ihrem Winkelmaß auf und davon machen?“ Beschämt konnte Liu nun nicht mehr anders und musste das Winkelmaß bei der Alten zurücklassen.

Dann machte er sich eiligst auf den Weg, mietete eine Sänfte und wollte schleunigst zurückkehren. Doch als er bei der Adresse der Alten ankam, fand er das Haus leer vor. Vor lauter Schreck stockte ihm der Atem und er musste sich kurz hinsetzen, bevor er sich dazu aufmachen konnte, die Nachbarn nach dem Verbleib der Bewohner zu befragen. Niemand konnte ihm jedoch hilfreiche Auskunft geben und da die Sonne bereits tief am Himmel stand, lief er verzweifelt zurück zu seinem Boot.

Wie staunte er, als er unterwegs von einer Sänfte aufgehalten wurde. Jemand zog den Vorhang beiseite und rief ihn an: „Warum seid Ihr so spät dran, ehrenwerter Liu?“ Überrascht blickte Liu sich um und erkannte die alte Frau.

Unvorstellbare Erleichterung überkam ihn und er fragte sie, wie sie hierher gekommen war.

Die Alte kicherte vergnügt und meinte: „Ihr habt sicherlich geglaubt, dass ich Euch betrügen wollte und mich mit Eurem Winkelmaß aus dem Staub gemacht habe. Doch nichts läge mir ferner! Kurz nachdem Ihr fortgegangen ward, wurde mir eine Sänfte angeboten. Und da ich dachte, dass es für Euch als Fremden hier, der nur ein kleines Gastzimmer in der Herberge bewohnt, schwierig wäre, alle Arrangements zu treffen, habe ich meine Tochter daher sofort zu Eurem Boot geschickt, von wo ich soeben zurückkehre.“

Liu drang in sie, sie möge ihre Sänfte noch einmal wenden lassen und mit ihm gemeinsam zum Boot zurückgehen, doch sie ließ sich nicht überreden. So wurde ihm abermals bang ums Herz, denn er wusste wieder nicht, ob er ihr vertrauen konnte.

Es blieb ihm allerdings nichts anderes übrig, als allein zu seinem Boot zu eilen. Doch als er an Bord ging, überfiel ihn große Freude, denn er sah das Mädchen dort stehen. Sie empfing ihn mit einem Lächeln und verneigte sich freundlich vor ihm. Erstaunt stellte er fest, dass die Strümpfe, die sie trug, ebenso blau waren wie das Gefieder des Eisvogels, und dass die roten Schuhe, in denen ihre zierlichen Füßchen stecken, dieselbe Purpurtönung zur Schau trugen wie die des elfengleichen Wesens auf dem Tung-T'ing-See. Überhaupt schien ihm, als er ihre ganze Gestalt bewunderte, dass kein Unterschied zwischen ihr und jenem Geschöpf festzustellen war.

Liu war überaus verwirrt und er stand sprach- und reglos vor ihr, ganz in sein Rätselraten versunken. Da lachte das junge Mädchen und sprach: „Ihr seht mich an, als ob Ihr mich schon einmal gesehen hättet!"

Liu beugte sich noch näher zu ihr und stellte dabei fest, dass er sogar das Loch in ihrem Strumpf erkennen konnte, das er ihr gebissen hatte. „Chi-cheng! Seid Ihr es wirklich, Chi-cheng?"

Die junge Frau legte sanft ihre Hand auf ihren Mund, während ihre Lippen dahinter ein süßes Lächeln bildeten.

Liu verneigte sich tief vor ihr und bat: „Ich bitte Euch, wenn Ihr tatsächlich ein göttliches Wesen seid, dann gewährt mir die Gnade und klärt mich auf, wie es gekommen ist, dass Ihr Euch nun hier befindet, damit meine Verwirrung und meine Zweifel endlich ein Ende haben."

„So will ich Euch die Wahrheit sagen, mein Herr“, antwortete das zarte Mädchen. „Ihr müsst nämlich wissen, dass der König, dem Ihr damals auf Eurem Boot begegnet seid, tatsächlich der Fürst des Sees gewesen ist. Ihr habt ihn mit Eurer Dichtkunst so beeindruckt, dass er Euch gerne mich als Belohnung mitgegeben hätte. Doch er wusste, dass die Königin mich über alle Maßen liebte, und musste diesen Schritt daher zuerst mit ihr besprechen, bevor er umgesetzt werden konnte. Wie Ihr mittlerweile erraten könnt, hat sie eingewilligt, und deshalb bin ich nun hier.

Liu war außer sich vor Glück. Er führte seine schöne junge Frau unverzüglich zu sich nach Hause, wo sie zunächst gemütlich miteinander Tee tranken, den er selbst servierte. Dann zündete er Räucherwerk an und breitet verschiedenste Seidenkissen auf seinem Bett aus.

Höflich fragte er: „Wollt Ihr Euch vielleicht heute Nacht im sanften Mondlicht ein wenig mit mir balgen?“

Anstelle einer Antwort ließ die zierliche Maid ihre Gewänder zu Boden fallen, eines nach dem anderen, bis sie nackt, wie sie nun war, auf das Bett stieg. Dort platzierte sie eines der Kissen unter ihre weißen Hinterbacken und öffnete erwartungsvoll ihre Schenkel.

In der Zwischenzeit hatte auch Liu seine Kleider abgelegt. Bei dem Anblick, der sich ihm nun bot, richtete sich sein Jadespeer, der zuvor noch geschlafen hatte, jählings auf und wuchs immer weiter, bis er stolz einige Zentimeter von Lius Bauchdecke entfernt in die Lüfte ragte. Voller Vorfreude schwang auch er sich auf das Bett, zwängte sich zwischen ihre Schenkel und drückte den Kopf seiner Liebeslanze gegen ihre

Lustgrotte. Doch so sehr er sich auch mühte und anstrengte, er konnte keinen Zoll vorwärts dringen. So änderte er also scinc Taktik, nahm seinen Jadestab in seine Hand und rieb ihn außen an ihrer Venusmuschel auf und ab, auf und ab, geduldig, bis ihr Liebestau zu fließen begann. Nun endlich konnte er in ihre Grotte vordringen, was er auch ungestüm tat, denn die einleitende Behandlung hatte auch seine Leibesgeister erregt. Wild trieb er seinen Speer bis in ihre innersten Tiefen und schon nach kurzer Zeit opferte er den Göttern der Liebe. Neben ihr sank er in die Kissen.

Als sie so nebeneinander lagen, warf der Mond sein bleiches Licht auf ihren wunderbar zarten Körper und ließ ihre Haut durchscheinend wie Alabaster schimmern. Ihre Formen waren so anregend, dass Lius Lustspeer sich sogleich wieder aufzurichten begann und schließlich zu noch prächtigeren Ausmaßen heranwuchs als zuvor. Da ihre Liebesmuschel noch vom vorigen Mal ganz feucht war, konnte er nun ungehindert in sie stoßen, tief und tiefer, bis an ihr Blütenherz. Dort verweilte er einige Zeit, rieb seinen Stängel daran hin und her und fuhr dann wiederum die ganze Länge ihrer Luströhre hinein und wieder hinaus, bis ihre Venuslippen nur noch die Spitze seiner Lanze umschlossen hielten. Mit ganz kleinen Bewegungen schob er seine Eichel daran entlang und stellte zufrieden fest, wie ihre ganze Liebesgrotte bis hinab zu ihren Schenkeln vor Erregung zu beben begann.

Als ihm dieses Spiel zu lang wurde, ließ er seinen Speer ganz aus ihr gleiten, stieg aus dem Bett und bedeutete ihr, es ihm gleichzutun. Sie verstand auch seine weiteren Andeutungen sofort, kniete sich vor das Bett und hielt sich daran fest. Er trat hinter sie, packte mit beiden Händen ihre leuchtend weißen Hinterbacken, öffnete mit den Daumen ihre Liebeslippen und rammte dann seinen Jadespeer in ihre Luströhre, die sich ihm feucht glänzend entgegenreckte.

Immer und immer wieder stieß er in sie hinein, während sie vor Lust laut aufstöhnte und keuchte, doch nach einiger Zeit ermüdete ihn diese Art und abermals ließ er seinen Stängel aus ihrem Allerheiligsten gleiten.

Erschöpft legte er sich rücklings auf das Bett. Chicheng jedoch hatte noch lange nicht genug. Sie hüpfte auf die Kissen, setzte sich rittlings über ihn und führte sich den Pilzkopf seines Jadestabes selbst in ihre Lustgrotte. Dann ließ sie sich jedoch nicht langsam abwärts gleiten, sondern stieß ihn sich selbst heftig in ihren Unterleib, um dann sofort wieder ihre süßen Hinterbacken anzuheben, ihn bis an den Rand hinausrutschen zu lassen, nur um dann mit unvermindertem Schwung neuerlich zuzustoßen. Immer wilder ritt sie ihn, immer schneller und immer heftiger, bis sich ihre Schleusen ganz gleichzeitig öffneten und sie beide zu einem Knäuel der Wollust verschmolzen.

Auf diese Art und Weise vergnügten sich Liu und seine junge Frau von nun an fast jede Nacht. In ihren Armen vergaß Liu ganz, woher seine anmutige Gemahlin eigentlich stammte und dass sie im Grunde ganz anders war als andere Frauen, doch er sollte bald daran erinnert werden.

Als Liu später einmal wieder über den See fuhr, bat Chi-cheng darum, mitkommen zu dürfen, um ihre Eltern zu besuchen. Als sie nun den Tung-T'ing-See erreichten, zog die junge Frau eine Nadel aus ihrem Haarknoten und warf sie ins Wasser. Sofort tauchte aus den Tiefen des Sees eine Barke auf. Chi-cheng sprang behände hinein und die Barke hob sich in die Lüfte und flog unter allerlei Sausen und Wirbeln davon.

Erschrocken saß Liu auf seinem Boot und starrte auf die Stelle, an der seine liebliche Gattin verschwunden war. Fast hätte er zu Wehklagen begonnen, als er sah, wie sich aus weiter Ferne ein Hausboot näherte. Als es seinem Boot ganz nahe gekommen war, ging es längsseits; dann öffneten sich die Fenster und herausgeworfen wurden Gold und Seide und allerlei Kostbarkeiten in übermäßiger Fülle. Aus einem anderen Fenster flog ein Vogel, der niemand anderer war als Chi-cheng, die Geschenke von ihrer Mutter, der Königin, mitgebracht hatte.

Von nun an besuchte Chi-cheng zweimal im Jahr ihre Eltern und zweimal im Jahr vollzog sich dasselbe Schauspiel. So gelangte Liu zu Reichtum und erhielt so prächtige Kostbarkeiten, wie sie noch niemand auf Erden jemals zu Gesicht bekommen hatte.

Wie viele sehnsüchtige „Oh!"s und „Ahh!"s hörte man nach dieser Geschichte in den Reihen der Blumenhausmädchen! Viele wünschten sich, selbst so etwas erlebt zu haben, wobei natürlich ein männlicher Wassergeist die Hauptrolle neben ihnen gespielt hätte.

Auch bei der ehrenwerten Vorsteherin hatte die Erzählung offensichtlich Anklang gefunden, doch auch diesmal ließ sie es sich nicht nehmen, wieder einen ihrer Verse vorzutragen:

Wenn ich pflücke grünen Tang,
der im Ort von Me entsprang,
an wen ich da wohl denken muss?
Oh, an die schöne große Yang …

Und schon ging der Erzählreigen weiter.

Die Mauer,
welche der Starrsinn
errichtet hat,
vermag nicht
zu trennen, was die
Wasser vereinen.

Es begab sich zu Zeiten der Yuan-Dynastie, dass in einem Dorf in der Provinz Kanton zwei Männer lebten, zwei Privatiers, die Tu und Kuan hießen. Der eine, Tu, hatte die höchsten Grade literarischer Kunst erklommen, während der andere, Kuan, ein einfacher Staatsbeamter geblieben war.

Wie das Schicksal es wollte, hatten die beiden Männer zwei Schwestern geehelicht. Da ihr gemeinsamer Schwiegervater aber keine eigenen Söhne hatte, waren sie in seinem Haus geblieben, obwohl sie charakterlich nicht unterschiedlicher hätten sein können. Der eine, Kuan, war ein ernster, bedachter Mensch, während der andere, Tu, ein Freund der leichten Unterhaltung und des Humors war.

Auch die beiden Frauen waren von ähnlicher Gemütsart wie ihr jeweiliger Ehemann, obwohl sie sich anfänglich sehr ähnlich gewesen waren. Doch im Lauf der Zeit entwickelten sie die gleichen Vorlieben und Abneigungen wie die zugehörigen Herren. Kuans Ehefrau führte gerne intensive, nachdenkliche Gespräche, während Tus Gemahlin mit solch schwerer Kost nichts anzufangen wusste. So kam es, dass die Anschauungen und die Lebensart der beiden Paare binnen kurzer Zeit grundverschiedenen waren.

Im Lauf der Zeit verstärkten sich die Unterschiede und Gegensätze zwischen den beiden Paaren, die doch verwandtschaftlich so eng verbunden waren, noch weiter. An jedem Tag, den sie unter dem gleichen Dach verbrachten, gab es neue Zwistigkeiten und Konflikte.

An diesem Beispiel beweist sich wieder einmal die Richtigkeit des alten chinesischen Sprichwortes: Wenn zwei einander fremde Menschen einen ähnlichen Charakter haben, so kommen sie einander unweigerlich näher und können Freunde werden, doch unterschiedliche Temperamente bringen selbst die allernächsten Verwandten auseinander und machen sie zu Feinden.

Trotz der widrigen Umstände lebten die vier noch einige Jahre im selben Haus, doch als die Schwiegereltern das Zeitliche gesegnet hatten, wurde das Haus unverzüglich in zwei Hälften geteilt. Zwischen den Hälften wurde eine Mauer aufgezogen, die so hoch war, dass die beiden Familien einander nicht mehr sehen konnten.

Dabei stieß man nur auf eine einzige Schwierigkeit: Im Garten standen zwei Pavillons an den gegenüberliegenden Enden eines Gartensees, von denen jede der beiden Familien einen besaß. Nun konnte zwar die Mauer auf ebenem Boden gezogen werden, doch auf dem Wasser ging das natürlich nicht. So blieb der Teich also als einziger Teil auf dem gesamten Anwesen vom trennenden Ziegelwerk verschont.

Nachdem die Mauer einmal aufgestellt worden war, sahen sich die verfeindeten Familien nur noch einmal im Jahr.

Der Familie des Tu wurde ein Sohn geboren, der Chen-Sheng genannt wurde, was „Jaspis“ bedeutet. Kuans Frau schenkte einem Mädchen das Licht der Welt; es erhielt den Namen Yü chüang, „Perle“. Die beiden Kinder waren bezaubern und anmutig und von milder Wesensart. Sie waren gleich alt und sahen einander auch zum Verwechseln ähnlich, da sich ja auch ihre Mütter als Schwestern völlig ähnlich gewesen waren.

Zu der Zeit, als die Familien noch in einem gemeinsamen Haus gewohnt hatten, war es nicht nur einmal vorgekommen, dass Freunde und Verwandte die Kinder auf den Armen ihrer Ammen nicht auseinanderhalten konnten. Und es trug sich sogar zu, dass Tus Frau Yü-chüang, das Perlchen, in ihre Arme schloss und als ihren Sohn herzte, während Kuans Frau Chen-sheng den Jaspis zu sich ins Bett holte, als wäre es ihr Töchterlein.

Als nun die Kinder heranwuchsen und ihre Eltern sich in Feindschaft das Haus aufgeteilt hatten, hörten sie doch, wie Verwandte und Freunde von der großen Ähnlichkeit der Nachkommenschaft erzählten. Beide wurden dadurch ganz aufgeregt und äußerst neugierig auf den jeweils anderen und sie sehnten beide eine Gelegenheit herbei, bei der sie sich von der Richtigkeit dieser Erzählungen überzeugen konnten.

Doch die hohe Mauer trennte sie wie den Norden vom Süden und da ihre Eltern verfeindet waren, hatten sie keine Möglichkeit, einander kennen zu lernen, obwohl Yü-chüan mittlerweile zu einer reizenden jungen Frau herangewachsen war und aus Chen-sheng ein stattlicher Bursche geworden war. Doch so sehr sie es sich auch wünschten, weder hatte die Perle ihren Vetter, noch der Jaspis seine Base jemals gesehen.

Da fasste der junge Mann eines Tages einen Entschluss. „Was gehen uns Kinder die Streitigkeiten unserer Eltern an“, dachte er. „Nichts, denn wir haben damit nichts zu tun gehabt. So will ich also unseren Verwandten nebenan einen Besuch abstatten und dabei versuchen, meine Base zu Gesicht zu bekommen. Unsere Eltern sehen sich immerhin einmal jedes Jahr; wieso sollte uns Kindern nicht Ähnliches gestattet werden?“

Also fasste sich Chen-sheng ein Herz und trat eines Tages an die Schwelle seiner Tante und seines Onkels.

Dabei ließ er sich auch von Aufschrift auf der Mauer nicht beeindrucken, die besagte, dass es allen Familienangehörigen jeden Grades strengstens untersagt sei, diese Grenze zu übertreten, und man sich gefälligst daran zu halten habe.

Chen-shengs Onkel Kuan empfing ihn zwar, aber alles andere als freundlich. Und auch als der junge Mann noch so sehr drängte, seine Tante und seine Base zu sehen, stellte Kuan sich taub.

Schließlich musste der wagemutige Chen-sheng unverrichteter Dinge wieder abziehen. Weder hatte er sein Ziel, seine unbekannte Base zu sehen, erreicht, noch seinen Onkel in irgendeiner Weise gnädiger stimmen können.

Niedergeschlagen glaubte der junge Mann nun, sein innigster Wunsch werde niemals in Erfüllung gehen, niemals werde er Yü-chüan von Angesicht zu Angesicht gegenüberstehen, nie in ihrem Gesicht nach seinen Zügen suchen können. Da kam ihm da Schicksal in Form eines glücklichen Zufalls entgegen.

Eines Tages rund um die Mittsommersonnenwende fassten sowohl Yü-chüan als auch Chen-sheng den Entschluss, die frische Luft im Schatten der Gartenpavillons zu genießen. Der See lag still und unbewegt wie ein Spiegel, da kein Windhauch die Luft und das Wasser verwirbelte. Deutlich spiegelten sich darin die beiden Gartenhäuschen, obwohl sie selbst jeweils vom anderen aus wegen der hohen Trennmauer nicht zu sehen waren.

Träumend lehnte die schöne Perle an der Balustrade des Pavillons und blickte mit ihren tiefen, sinnlichen Augen in den spiegelnden Teich, als sie plötzlich erschrak.

„Wie kommt es, dass ich mich in dem anderen Pavillon im Wasser spiegle, obwohl ich mich doch hier auf dieser Seite der Mauer befinde? Ist hier Hexerei im Spiel?“

Neugierig lehnte sie sich noch weiter nach vor, um das Spiegelbild genauer betrachten zu können, und so ähnlich es dem ihren auch schien, je länger sie es betrachtete, umso überzeugter war sie davon, dass es sich doch um das Spiegelbild eines anderen handeln musste.

Auch Chen-sheng, der sich auf der anderen Seite der Mauer in seinem Pavillon befand, bemerkte das fremde und zugleich doch so vertraute Spiegelbild im Wasser. Da begann sein Herz vor Freude zu pochen, denn er verstand sofort, um wen es sich dabei handeln musste.

Völlig fasziniert von der zauberhaften Erscheinung ließ er alle Vorsicht außer Acht und rief: „Hallo, du Wesen auf der anderen Seite! Bist du vielleicht meine Base Yü-chüang?“

Zutiefst erschrocken über diesen Zuruf beobachtete die schöne Perle, wie das andere Spiegelbild im Wasser die Arme nach ihr ausstreckte und ihr zuwinkte. Auch ihr Herz hüpfte in ihrer Brust und gerne hätte sie ihm mit einem Ruf geantwortet, doch in ihrer mädchenhaften Scheu brachte sie keinen Laut über die Lippen. Nichtsdestotrotz war ein Anfang gemacht, denn ihr glückliches Lächeln spiegelte sich ebenfalls für den stolzen Jaspis deutlich sichtbar an der silbrigen Oberfläche des Teiches.

So knüpften also zwei Spiegelbilder die ersten zarten Bande zwischen den jungen Leuten, die sich von nun an jeden Tag über ihren Schatten im Wasser trafen. Und jeden Tag verwünschten sie die Mauer aufs Neue, die sie daran hinderte, sich leibhaftig zu begegnen und in die Arme zu nehmen.

Nun begab es sich eines Nachts, dass Yü-chüang so schlecht Ruhe fand, dass sie am nächsten Morgen viel länger als üblich schlief und nicht zum vereinbarten Zeitpunkt an ihrem Treffpunkt erschien.

Als sie erwachte, war es bereits zehn Uhr morgens. Erschrocken eilte sie sofort in den Garten und lief zum Pavillon. Dort fand sie das geliebte Spiegelbild jedoch nicht wie gewohnt im Wasser vor. Als sie suchend um sich blickte, sah sie den Schatten auf einmal leibhaftig vor sich stehen: Chen-sheng, wie er leibte und lebte.

Der junge Mann hatte Tag und Nacht über eine Möglichkeit nachgedacht, wie er es anstellen konnte, dass er und seine geliebte Base vereint sein konnten. An diesem Morgen, als sie nicht zur vereinbarten Zeit erschienen war, hatte er sich endlich ein Herz gefasst, war in den Teich gesprungen und an das andere Ufer geschwommen.

Yü-chüang war wie vom Donner gerührt. Natürlich hätte sie ihren Cousin freudig begrüßen sollen, doch sie stand vor Schreck völlig starr und kein Wort kam über ihre Lippen. Alles, was sie zustande brachte, war ein schüchternes, bezauberndes Lächeln.

Chen-sheng jedoch ergriff die Initiative, umarmte die zarte Perle und küsste sie inniglich auf ihren sinnlichen Mund.

Ganz langsam und behutsam entledigte er sie danach ihrer Kleider, bis sie in ihrer gesamten Schönheit von der Sonne beschienen wurde. So trug er sie in den Pavillon und legte sie auf ein Ruhebett. Während sie noch immer stumm und starr ihres Schicksals harrte, legte auch der Jaspis seine Kleider ab und begab sich zu ihr auf das Lager.

Yü-chüan war zerrissen zwischen Flucht und Bleiben, Abwehr und Hingabe. Doch Chen-shengs sanfte Liebkosungen weckten die Leidenschaft in ihr und noch bevor sie sich bewusst entscheiden konnte, entflammte schon die Begierde in ihr. Ihre roten Lippen öffneten sich einladend, und während ihr Chen-sheng noch heißere Küsse schenkte, umfassten ihre Hände seine Lenden und ihre Beine umschlangen seinen muskulösen Körper, wobei sich ihre zarten Füßchen hinter seinem Rücken kreuzten.

Sanft teilte der Jaspis die Schenkel der Perle, um seinen Jadespeer ganz sachte und vorsichtig in die Liebesmuschel der jungfräulichen Perle zu versenken. Als er ihn ganz darin versenkt hatte, begann er, rhythmisch in sie zu stoßen, einmal tief, einmal flach, immer wieder, bis beiden vor hitziger Wollust die Sinne schwanden und sich ihre Liebeswolken unter heftigen Zuckungen entluden.

Anschließend lagen sie noch eine Weile zärtlich umschlungen auf dem Ruhelager. Doch dann packte den jungen Mann die Furcht vor der Entdeckung und er begab sich wieder auf seine Seite der Mauer. Zuvor hatte er Yü-chüan noch tausendmal versprechen müssen, so oft wie nur irgend möglich wieder zu kommen.

Der Beifall, den diese romantische Geschichte von den lächelnden Blumenhofmädchen erhielt, zeugte davon, dass sie sich noch immer genügend Empfindsamkeit erhalten hatten, um mit dem jungen Paar mitfühlen zu können. Und endlich hatte die ehrenwerte Dame Su-ngo Gelegenheit, ihre Verse zu Ende zu bringen:

Oh, die schöne große Yang,
die auf mich wartet in San-schung,
mir entgegeneilt bis Schan-gung,
mich geleitet bis Dschi-schang.

Dann setzte die nächste Erzählerin die schöne Geschichte ebenso poetisch fort.

Wenn sich das
Spiegelbild des Mondes
im Teich verdoppelt,
steht auch der Wind
für die Liebenden
günstig.

Bereits nach kurzer Zeit fiel Chen-shengs Eltern auf, dass sich ihr Sohn nun anders verhielt als zuvor. Die Mutter meinte sofort, es wäre nun höchst an der Zeit, eine Gemahlin für ihren Sohn zu finden.

Tu, Chen-shengs Vater, hatte einen besten Freund, de ihm in allen Ansichten und Charakterzügen sehr ähnlich war und dem er deshalb blind vertraute. Daher nahm er auch an, dass die Angelegenheit mit der Verheiratung seines Sohnes in den Händen des Freundes am besten aufgehoben wäre. Folgerichtig machte er sich also bald auf den Weg, um Lu-kung, den Freund zu besuchen und ihm sein Anliegen zu unterbreiten. Dabei hatte er schon eine ganz bestimmte Vorgangsweise im Sinn.

„Da wir uns schon lange kennen, wisst ihr auch, dass mein Schwager und ich schon seit langer Zeit im Streit miteinander leben", erklärte Tu seinem Freund. „Ich habe mir gedacht, Ihr würdet vielleicht die Rolle eines Vermittlers übernehmen und die Freundschaft zwischen uns beiden wieder herzustellen versuchen. Wenn das gelänge, dann könntet ihr ihm auch den Vorschlag unterbreiten, dass unsere beiden Kinder miteinander vermählt würden."

Lu-kung, der nicht wusste, wie tief der Graben zwischen den beiden Familien bereits war, willigte ein und erklärte sich freudig bereit, seinem Freund zu helfen. Bald darauf machte er sich auch auf den Weg, um eine Verabredung mit Kuan wahrzunehmen.

Er leitete die Unterhaltung vorsichtig ein, indem er sich nach dem Alter von Kuans Tochter erkundigte. Schritt um Schritt näherte er sich seinem eigentlichen Anliegen und trug es schließlich dem staunenden Kuan vor.

Als dieser die Botschaft vernahm, sprang er lauthals lachend auf und meinte:

„Das kann doch nicht Euer Ernst sein! Unsere Feindschaft währt nun schon so lange, da kann der Gedanke an eine Verbindung zwischen unseren Familien durch eine Vermählung unserer Kinder nur ein merkwürdiger Scherz sein oder aber ein völlig der Realität entrückter Traum."

Da die Zurückweisung gar so bestimmt war, erkannte Lu-kung, dass er hier nichts ausrichten konnte, auch wenn er Kuan noch so drängen würde. So verabschiedete er sich höflich und unterrichtete Tu davon, dass er seinen Wunsch, Chen-sheng mit Kuans Tochter Yüchüan zu vermählen, vergessen sollte. Nun dachten Tu und seine Frau mit doppelter Anstrengung darüber nach, wo sie eine Frau für ihren Sohn finden konnten.

Ihnen war bekannt, dass Lu-kung selbst eine Tochter hatte, eigentlich eine Adoptivtochter, die jung und schön war und auch in ihren Talenten vermutlich Yüchüan in nichts nachstand. Nun wählten sie einen neuen Heiratsvermittler, der mit Lu-kung Kontakt aufnehmen und ihm diese Verbindung vorschlagen sollte. Wie es sich für einen gewissenhaften Vater gehört, prüfte dieser zuerst eingehend die acht Schriftzeichen des Keng. Dabei stellte er fest, dass die beiden Kinder nicht nur im gleichen Monat und am gleichen Tag, sondern sogar in der gleichen Stunde geboren worden waren.

„Kein Zweifel!", rief Lu-kung aus, „diese Verbindung ist vom Schicksal so gewünscht! Wie könnten wir Sterbliche uns solchen Zeichen widersetzen?"

Als der Vermittler Tu und seiner Frau davon berichtete, freuten sie sich über die Maßen. Damit war die

Vermählung beschlossene Sache, ohne dass der betroffene Bräutigam, Chen-sheng, etwas davon ahnte. Dieser merkte ohnehin nur mehr äußerst selten, was um ihn vor sich ging, denn seine Gedanken weilten ständig bei seiner schönen Base und ihrem anmutigen Schatten im Teich. So war er häufig im Geiste abwesend, wenn ihn jemand ansprach, er gab einsilbige oder überhaupt völlig unpassende Antworten. So merkte er natürlich auch nicht, dass seine Verehelichung geplant wurde.

Wer jedoch sehr wohl von dem Plan der Ehepaars Tu erfuhr, seinen Sohn, ihren Geliebten, zu verheiraten, war die schöne Yü-chüan. Sie wurde tief traurig, denn sie dachte, Chen-sheng würde ihr untreu werden oder sie gar betrügen. Sie setzte sich hin und schrieb ihm einen Brief, in dem sie ihm bittere Vorwürfe machte. Nun endlich, erst als der junge Mann ihn las, erkannte er seine Lage. Er eilte unverzüglich zu seinen Eltern, um sie nach den Einzelheiten zu befragen, und als sie ihm alles erzählt hatten, warf er sich auf die Knie und flehte sie schluchzend an, ihr Vorhaben nicht durchzuführen, wenn er ihnen noch irgendetwas bedeutete.

Zugleich entwickelte er einen tiefen Groll gegen Lukung, dem er vorwarf, nicht nachdrücklich genug in Kuan gedrungen zu sein, da er lieber Schwiegervater als Vermittler wäre.

„Wenn ihr einen ehrlichen Heiratsvermittler zu Kuan geschickt hättet“, so meinte er zu seinen Eltern, „dann wäre die Heirat sicherlich problemlos zustande gekommen!“

Vater Tu konnte die Vorwürfe des Sohnes nicht entkräften und ihnen auch nichts entgegensetzen, zu ähnlich waren sie einander in Charakter und Temperament.

So kamen sie also folgendermaßen überein: Der Vater sollte also das Ehegelöbnis mit Lu-kungs Tochter sofort lösen und alles daransetzen, dass Chen-shengs Heirat mit Kuans Tochter Yü-chüan zustande kam. Sollte er, Tu, dies nicht zuwege bringen, so meinte sein Sohn, dass er sich bereits jetzt darauf einstellen sollte, für immer auf Enkelkinder verzichten zu müssen.

Der arme Tu hatte nun gar keine andere Wahl, als zu seinem Freund Lu-kung zu gehen und ihn zu bitten, das Eheversprechen seiner Tochter gegenüber zu lösen. Es fiel ihm nicht leicht, denn ein solches Ersuchen ist ein arger Affront gegen die Familie, doch nach einigem Zögern und Herumgerede brachte er dann doch sein Anliegen vor.

Als er seinen Freund hörte, wich alle Farbe aus Lu-kungs Gesicht.

„Diese Schande ertrage ich nicht vor meiner Familie", sagte er. „Es ist unmöglich."

Tu ließ jedoch nicht locker und beschrieb die Notlage seines Sohnes:

„Ich bitte Euch, meinen Sohn nicht vorzeitig sterben zu lassen. All seine Gedanken, all seine Bestrebungen sind auf Kuans Tochter gerichtet. Auch wenn er wissen sollte, dass er den Eigensinn seines Onkels nicht brechen wird, klammert er sich an diese Hoffnung wie an einen Strohhalm und betet, dass ein gnädiges Schicksal seinen sehnlichsten Wunsch in Erfüllung gehen lassen möge."

Da wies Lu-kung seinen Freund mit einem bitteren Lächeln darauf hin, mit welcher Härte sein Schwager Kuan ein solches Ansinnen zurückgewiesen habe.

Da traten Tränen in Tus Augen und er schluchzte: „Nun wird es also doch geschehen müssen, dass mein Sohn stirbt und ich kinderlos von dieser Welt gehen muss. Nach meinem Tod wird niemand mir und meinen Ahnen die Verehrung nach alter Sitte erweisen. Ich bitte Euch, helft mir, wenn Ihr könnt, mein guter Freund!“

Angesichts dieses Unglücks konnte auch Lu-kung seinen Groll nicht mehr aufrechterhalten. Sein weiches Herz obsiegte über seine Interessen als Vater, als er zu Tu sagte: „Es ist zwar eine sehr ärgerliche Sache, doch es ist ja nicht das erste Mal, dass so etwas passiert. Natürlich hätte man die Sache mit den beiden Spiegelbildern im Wasser gar nicht so weit kommen lassen dürfen, doch es ist nun einmal geschehen und nun muss man zusehen, wie man mit dieser Angelegenheit weiter verfährt, damit sie zu einem glücklichen Ende kommt. Es sieht ganz so aus, als müsste ich für meine Tochter einen neuen Gemahl finden.“

Die Erleichterung stand Tu ins Gesicht geschrieben. Doch noch mehr freute sich Chen-sheng, als sein Vater nach Hause zurückkehrte und ihm von der Unterredung mit Lu-kung berichtete. So sehr der Sohn zuvor gegen den Freund des Vaters gewettert hatte, so sehr lobte er ihn nun über alle Maßen voller Dank und Bewunderung.

Voll der Freude machte sich Chen-sheng rasch auf den Weg, um Lu-kung selbst seine Dankbarkeit zu erweisen. Dieser versprach dem jungen Mann, alles in seiner Macht Stehende zu tun, damit sein sehnlichster Wunsch in Erfüllung gehe.

Es sollte sich aber herausstellen, dass dies ein noch viel schwierigeres Stück Arbeit für Lu-kung bedeuten sollte, als er ohnehin schon angenommen hatte. So hatte seine Tochter bereits erfahren, dass alles für eine Hochzeit in die Wege geleitet worden war, und sie wollte nichts von einer Auflösung der Verlobung wissen.

Um seiner Familie keine Schande zu machen, hatte Lu-kung verschwiegen, dass es der vorgesehene Bräutigam war, der sich von dem Versprechen entbinden wollte, und vorgegeben, selbst Zweifel an dieser Verbindung zu haben. Doch seine Tochter durchschaute bald, dass das nur ein Vorwand war. Sie wurde krank und von Tag zu Tag schwächer und schwächer.

Wie sagt das Sprichwort doch so treffend? „Kein Schmerz ist so schlimm wie der stumme Schmerz."

In der Zwischenzeit war auch Kuan nicht untätig gewesen. Er führte seine Familie mit strenger Hand und seit dem Tag, an dem Lu-kung sein Haus als gescheiterter Heiratvermittler verlassen hatte, war Kuans Misstrauen geweckt. Daher ließ er die Mauer, die seinen Teil des Anwesens von Tus Teil trennte, nun auch quer durch den See ziehen. Dann erteilte er den Befehl, dass seine Tochter niemals allein gelassen werden dürfte.

Von nun an waren die beiden Liebenden vollkommen getrennt, nicht einmal ihre Spiegelbilder konnten sie mehr im Wasser sehen. Yü-chüan war der Verzweiflung nahe. Auch sie hatte den Verdacht, dass sich Lu-kung lieber als Schwiegervater denn als Heiratsvermittler gesehen und daher seine Aufgabe schlecht erfüllt habe, und hegte deshalb einen tiefen Groll gegen ihn. Aus Kummer und Sorge wollte sie weder etwas essen noch etwas trinken und wurde auf diese Weise bald ernsthaft krank.

Am allerschlimmsten von allen war jedoch die Lage von Lu-kung. Wie sehr er sich auch wünschte, sein Versprechen vergessen zu können, der traurige Gesundheitszustand seiner Adoptivtochter erinnerte ihn täglich und gnadenlos daran, dass er diese Angelegenheit schleunigst in Ordnung zu bringen hatte.

Zuerst hatte er sich gedacht, es sei ein Leichtes, nach der aufgehobenen Verlobung einen neuen Bräutigam für seine Tochter zu finden, doch wen er ihr auch ins Haus brachte, so reich und schön sie alle sein konnten – keiner war ihr gut genug, keinen wollte sie haben. Dabei wurde sie immer kränker und kränker, blasser und blasser. Es konnte nicht mehr bezweifelt werden, dass sich das Töchterlein in den jungen Chen-sheng verliebt hatte.

Lu-kung bereute tausendmal, dass er sein Versprechen gegeben hatte, doch er war aufrichtig und rechtschaffen und fühlte sich daher daran gebunden. Tag und Nacht dachte er über eine Lösung für das komplizierte Problem nach, zermarterte sich seinen Kopf und hoffte inständig, dass er einen Weg aus dieser furchtbaren Zwickmühle finden würde. Und schließlich, eines prächtigen Tages, fand er eine Lösung.

Es war ganz klar, dass man die beiden Ehen zu einer machen und beide Mädchen mit dem jungen Chen-sheng vermählen musste, in den beide so stürmisch verliebt waren, dass sie sich wortwörtlich nach ihm verzehrten.

Dieser Lösung stand natürlich noch eine Menge Hindernisse entgegen, allen voran der sture Kuan, der allein schon den Gedanken an eine Verheiratung seiner Tochter mit dem Sohn seines Schwagers als unzumutbar empfand.

Daneben sorgte sich Lu-kung auch wegen der Etikette: Welchem der beiden Mädchen war nach der Eheschließung der Rang der ersten Frau einzuräumen? Nach eingehenden Recherchen konnte Lu-kung diese Frage als gelöst betrachten. Belesen, wie er war, hatte er nämlich in der chinesischen Geschichte ein Beispiel gefunden, wie man mit so einer Situation verfahren konnte. Als der große Chün die beiden schönen Frauen Nai-nung und Niu-Ying heiratete, wurde darauf verzichtete, einer von beiden den Vorzug vor der anderen zu geben, sondern beide Frauen erklärten, dass sie sich als gleichberechtigte Schwestern betrachten wollten.

Sobald er seinen ausgeklügelten Plan fertig durchdacht hatte, schickte Lu-kung einen Boten zu Tu, um ihn davon in Kenntnis zu setzen, dass er einen Plan entwickelt habe, wie die drei jungen Leute doch noch ihr Glück finden konnten. Sofort eilte Tu zu Lu-kung, damit dieser ihm die Einzelheiten erklären konnte. Der Freund erzählte ihm also, was er vorhatte:

„Ihr wisst ebenso gut wie ich, dass Euer Schwager ein sehr starrsinniger Mensch ist, dem weder mit Bitten noch mit gutem Zureden und schon gar nicht mit Gewalt beizukommen ist. Daher müssen wir zu einer List greifen, um seiner Unnachgiebigkeit Herr zu werden. Schon oft hat er mir, der ich ja keinen eigenen Sohn habe, geraten, doch einen jungen Mann zu adoptieren. Ich werde ihn nun auf verschlungenen Wegen wissen lassen, dass ich seinen Ratschlag befolgt und ebendas getan hätte. Dann werde ich selbst bei ihm vorsprechen und ihm schmeicheln, wie sehr es mich freuen und ehren würde, wenn er seine wunderbare Tochter Yü-chüan meinem Adoptivsohn zur Frau geben würde. Ich bin überzeugt, dass er zustimmen wird, denn eine innige Freundschaft verbindet unsere Familien schon seit vielen Jahren. Danach werde ich ihm mitteilen, dass meine Tochter seinen Neffen Chen-sheng heiraten wird, und ihn bitten, diese Doppelhochzeit mit seiner Anwesenheit zu beehren. Das wird er, wie ich ihn kenne, entrüstet ablehnen, doch ich werde ihm androhen, ihm sonst meine Freundschaft aufzukündigen, und das wird hoffentlich ausreichen, um ihn umzustimmen. Dann müssen wir nur noch einen glücklichen Tag auswählen und die Hochzeit abhalten, von der wir bis dahin vorgeben, es handle sich um die Vermählung seiner Tochter mit meinem Sohn und die eures Sohnes mit meiner Tochter. Möge das gewagte Unterfangen gelingen!"

Tu war von diesem genialen, doch aufwändigen Plan ganz begeistert, der tatsächlich eine Lösung für die verzwickte Situation darzustellen schien. Als er seinem Sohn Chen-sheng davon berichtete, war auch dieser hingerissen und stimmte allem willig zu. Ebenso wenige Einwände brachte Lu-kungs Tochter vor, auch sie war mit der Vorgangsweise einverstanden.

Allein, die andere kranke junge Maid, Yü-chüan, wusste von alldem nichts. Sie litt weiterhin schlimme Qualen und wollte weder Nahrung noch Trank zu sich nehmen.

Wie vereinbart besuchte Lu-kung eines festgesetzten Tages seinen Freund Kuan, erzählte ihm von der angeblichen Adoption eines Sohnes und hielt schließlich für diesen um die Hand von Kuans Tochter an.

Kuan war angesichts des schlechten Gesundheitszustandes seiner lieblichen Tochter Yü-chüan mittlerweile selbst tief bekümmert und nahm daher das

Heiratsangebot seines Freundes freudig auf. Ohne lange zu überlegen, erklärte er sich mit dem Vorschlag einverstanden.

Um die Sache fix zu machen, schickte Lu-kung anstelle seines vorgeblichen Adoptivsohnes sofort die nach dem chinesischen Ritus üblichen Hochzeitsgeschenke in das Haus der Braut. Dann erst traute er sich, seinem Freund Kuan die Sache mit dem Sohn des Tu, Chen-sheng, mitzuteilen und ihn zu seiner Doppelhochzeit einzuladen.

Wie Lu-kung vorhergesehen hatte, zog Kuan zwar seine Stirn in böse Falten, doch er wagte es nicht, die Einladung abzulehnen. Allerdings konnte er es sich nicht verkneifen, eine boshafte Andeutung zu machen, dass sich Lu-kung zwar eine wunderbare Schwiegertochter, aber einen üblen Schwiegersohn ausgesucht hätte. Doch da alles beschlossene Sache zu sein schien, wollte auch er nichts mehr dagegen sagen.

Die schöne Yü-chüan verzweifelte vollends, als sie erfuhr, dass ihr liebster Chen-sheng nun offensichtlich doch die Tochter des Lu-kung ehelichen sollte, und noch mehr, als sie hörte, dass sie dem ihr völlig unbekannten Stiefsohn desselben zugedacht war.

Sie versuchte, einige Zeilen an Chen-sheng zu schreiben, doch ihre treue Dienerin, die ihr nicht von der Seite wich, wusste dies zu verhindern. Dann wollte sie sich ins Wasser stürzen, doch auch dies wurde von ihrer Aufpasserin vereitelt. So blieb ihr nichts mehr als in tiefer Trauer zu darben.

Eines Tages meldete ihr ein Diener, die Tochter des Lu-kung sei gekommen, um ihr ihre Aufwartung zu machen. Yü-chüan war über die Keckheit ihrer Rivalin fassungslos, da sie annahm, diese wäre nur in ihr Haus gekommen, um ihren Triumph über die unterlegene Konkurrentin zu feiern. Wie gerne wäre Yü-chüan diesem Besuch ausgewichen, hätte gern Abwesenheit oder Unpässlichkeit vorgetäuscht, doch Lu-kungs Tochter blieb hartnäckig und ließ sich mit keinerlei Mitteln vertreiben. Kuans Tochter wusste ja nicht, dass ihr die andere statt einer frechen Gemeinheit eine herrliche Glücksbotschaft bringen wollte.

Lu-kung setzte nämlich alles daran, die vorgebliche Doppelhochzeit so schnell wie möglich stattfinden zu lassen, bevor Kuan misstrauisch würde und hinter den Betrug käme. Da die schöne Yü-chüan von ihrem Vater genauestens überwacht wurde, war es Lu-kung bislang nicht gelungen, ihr eine Botschaft zukommen zu lassen, in der er ihr die wahren Umstände darlegen konnte. Also blieb ihm nichts anderes übrig, als seine eigene Tochter sozusagen als lebende Botschaft zu Yü-chüan zu schicken.

Als diese nun sah, dass sich die Besucherin nicht abschütteln ließ, musste sie diese wohl oder übel empfangen. Man kann sich gar nicht vorstellen, wie groß ihre Überraschung war, als ihr Lu-kungs Tochter bei der Begrüßung statt überheblicher Bosheiten einige sanfte Worte ins Ohr flüsterte.

Yü-chüan drängte ihren Gast sofort in die Frauengemächer, wo sie den wahren Grund dafür erfuhr, dass Lu-kungs Tochter sie heute aufsuchte, und auch über alle Einzelheiten des genialen Planes in Kenntnis gesetzt wurde. Yü-chüans Freude war unbeschreiblich. Nach einer herzlichen Unterredung versprachen sich die beiden jungen Frauen, strengste Verschwiegenheit über diese Angelegenheit zu bewahren, und so kam es, dass Kuan der Einzige war, der von nichts wusste.

Als nun endlich der Tag gekommen war, den man für die Hochzeit als günstig ausgewählt hatte, wurde der Bräutigam mit seinen beiden Bräuten in den Ehrensaal im Hause des Lu-kung geführt. Damit begannen die traditionellen Feierlichkeiten.

Nach diesen einführenden Ritualen begann drei Tage später die eigentliche Hochzeitszeremonie, zu der Lu-kung auch Tu und dessen Schwager Kuan eingeladen hatte.

Lu-kung hatte die Einladung an Kuan besonders verbindlich und freundlich gehalten, so dass er diesmal nicht absagen konnte, obwohl er aufgrund seines Grolls gegen Tu den bis zu diesem Zeitpunkt bereits gefeierten Ritualen ferngeblieben war. Nun musste er, ob er wollte oder nicht, der Einladung Folge leisten, denn im Grunde war er ein Mann, der auf die Einhaltung von Ritualen großen Wert legte. So begab er sich also am festgesetzten Tag zur eigentlichen Hochzeitsfeier bei Lu-kung, wo er bereits am Eingang auf seinen verfeindeten Schwager Tu traf, der ein wenig früher eingetroffen war.

Zur Feier des Tages hatte Lu-kung besonders wertvolle Teppiche auflegen lassen. Er bat seine beiden Freunde, die Ehrenplätze am Kopfende der Tafel einzunehmen. Dann vollzog er vor beiden viermal den Kotau und als er damit fertig war, absolvierte er noch einmal vier.

Verwundert sahen ihn seine Freunde an.

„Verzeiht die Verwirrung, meine Freunde“, begann Lu-kung zu erklären, „doch mit den ersten vier Verbeugungen wollte ich Euch Ehre erweisen wegen der Verbindung, die mein Haus nun zu Euren eingeht. Die anderen vier Kotaus waren als Entschuldigung gedacht und dazu, Euch gnädig zu stimmen", – damit wandte er sich an den erstaunten Kuan – „denn ich habe an Euch eine große Missetat begangen."

Kuan verstand ihn nicht und dachte, der Freund wollte sich über ihn lustig machen. Als er Lu-kung jedoch um Aufklärung ersuchen wollte, begann just in diesem Moment das Orchester, das an beiden Seiten des Festsaales verteilt war, so lautstark Musik zu spielen an, dass man sein eigenes Wort nicht mehr verstand. Im lautesten Trommelwirbel traten die drei frisch vermählten jungen Leute ein, umgeben von ihren Freundinnen und Freunden.

Kuan betrachtet die Ankömmlinge aufmerksam. Er erkannte die Tochter des Lu-kung, er erblickte auch den jungen Chen-sheng, aber er sah keinen Mann an der Seite seiner eigenen Tochter Yü-chüan.

„Wo bleibt denn mein Schwiegersohn, verehrter Lu-kung?", rief er seinem Freund zu, doch in all dem Trubel und lauten Musik hätte niemand auch nur ein einziges Wort verstehen können. Langsam wurde er ärgerlich.

Nun traten die drei Jungvermählten vor ihn und wollten ihm die Ehre erweisen, doch Kuan war im Begriff, bei Chen-shengs Anblick erzürnt aufzuspringen und ihm den Rücken zu kehren. Mit Mühe konnten ihn seine Freunde zurückhalten und beruhigen, so dass die drei Jungen ihre zwölf rituellen Verbeugungen – je vier von jedem – vor ihm vollziehen konnten. Danach zogen sich die beiden Mädchen den alten Sitten entsprechend zurück und die Musik verklang.

„Ich würde nur allzu gerne wissen, wo Euer Adoptivsohn bleibt!", sagte Kuan zu Lu-kung. „Ich kann ihn nirgendwo entdecken. Und außerdem finde ich es merkwürdig, dass mir Tus Sohn Chen-sheng die Ehre bezeugt. Wie kommt das?“

„Mein lieber Freund“, begann Lu-kung mit seiner Erklärung, „jetzt kann und will ich Euch nicht länger täuschen. Ich habe Chen-sheng, der zugleich Tus Sohn und dein Neffe ist, adoptiert. Er ist zugleich mein und dein Schwiegersohn geworden. Deshalb haben die drei zwölf Kotau vor dir vollzogen.

Du bist ein kluger, sehr erfahrener Mann, daher bitte ich dich inständig, mir zu verzeihen und den drei Brautleuten ebenfalls, denn alles geschah nur zu ihrem Besten.“

Fassungslos starrte Kuan lange Zeit vor sich hin. Schließlich seufzte er und sagte: „Und wie kam es, dass sich mein ehrlicher, aufrechter Freund Lu-kung zu so einer üblen Sache entschlossen hat?“

„Bitte verzeiht mir, Kuan“, sagte Lu-kung ernst, „hier ging es um das Wohl und Wehe von drei jungen Menschen, welche die erbitterte Feindschaft zwischen euren Häusern fast zugrunde gerichtet hätte. Angesichts ihres Elends war es mir gar nicht möglich, anders zu handeln! Wenn du es willst, soll deine Tochter gerne den Platz der ersten Frau einnehmen, meine Tochter wird zurückstehen. Aber ich bitte dich, grolle nicht langer, sondern freue dich mit den glücklichen jungen Leuten!“

Da fasste sich Kuan zum zweiten Mal an diesem Tage ein Herz, reichte Lu-kung die Hand und umarmte schließlich sogar auch noch seinen Schwager Tu. Alle drei genossen sie das große Fest noch bis spät in die Nacht hinein; sie aßen und tranken, sangen und erfreuten sich am Liebesglück und der Vereinigung ihrer Kinder.

Als nun diese höchst romantische Geschichte von den Spiegelbildern im Wasser und der Wiedervereinigung der verfeindeten Familien zu Ende war, klatschten die Blumenhofmädchen abermals Beifall. Die Vorsteherin gab diesmal gleich mehrere Zeilen aus ihrem Gedicht zum Besten:

Du hast Kleider und Tand im Überfluss,
doch willst sie nicht anziehen, nicht tragen,
Du hast dazu auch noch Wagen und Rösser,
doch magst du nicht fahren, nicht jagen.
Und tust du noch immer nichts, wenn der Tod kommt,
dann wird einst das alles einem andern behagen.

Anschließend fanden sich wieder drei Freundinnen zusammen, die gemeinsam eine Geschichte vortragen wollten. Gleich begann die erste zu erzählen.

Wie ein Versprechen
sich an das andere
klammert und die
Herzen der Jungen
sich danach richten
sollen.

Vor einiger Zeit lebte in Hang-tschu ein Arzt mit dem Namen Liu. Seine Frau Tan schenkte ihm zwei Kinder, von denen das Mädchen den Namen Hui, der Knabe aber den Namen seines Vaters, Liu, erhielt. Sehr früh bereits war Liu mit Tschui, der Tochter der Witwe Sun verlobt worden, die er nun demnächst ehelichen sollte. Seine Schwester Hui war mit 15 Jahren von ihren Eltern dem Sohn eines gewissen Pei versprochen worden. Hui war ein bezaubernd schönes Mädchen, voller Anmut und Grazie.

Liu, der Vater, sah nun seinen Sohn zum Mann heranwachsen und meinte eines Tages zu seiner Frau Tan, dass es nun wohl an der Zeit sei, an die Vermählung des jungen Liu zu denken. Unter all den angesehenen Heiratsvermittlerinnen suchte sich der alte Liu die tüchtigste heraus. Diese hieß Chang und wurde unverzüglich zur Witwe Sun geschickte, denn der Alte wollte, dass zuerst sein Sohn sich vermählte, dann erst seine Tochter.

Die Witwe Sun war schon lange ohne Mann. Im zarten Alter von 16 Jahren war sie mit Herrn Sun verheiratet worden, hatte ihm ein Jahr später die Tochter Chui geschenkt und wieder ein Jahr später einen Sohn geboren, dem die Suns den Namen Yü Chi gaben.

Beide Kinder waren kaum der Wiege entwachsen, als ihr Vater überraschend verstarb. Frau Sun trauerte lange um den ihr so jäh entrissenen Gemahl und konnte sich nicht mehr dazu entschließen, mit einem anderen Mann den Bund der Ehe einzugehen.

Die Kinder wuchsen beide zu wunderschönen jungen Menschen heran, betörend anzusehen und anmutig im Verhalten. So also war die Lage, als die von Liu gesandte Heiratsvermittlerin Chang in das Haus der

Witwe Sun kam, um mit ihr einen günstigen Tag auszusuchen, an dem die Tochter das elterliche Haus verlassen sollte.

Als sie erkannte, wie nah und ernst die Sache war, hätte Frau Sun gerne noch länger zugewartet. Schließlich sollte man eine so wichtige Angelegenheit wie die Verheiratung der eigenen Kinder nicht überstürzen. Dem reichen und angesehenen Liu direkt zu widersprechen, wagte sie allerdings nicht, und so suchte sie bei einer Ausrede Zuflucht, die sie der Heiratsvermittlerin mitteilte:

„Hochverehrte Frau Chang, mein Haus ist das einer Witwe und dementsprechend ärmlich. Manchmal fehlt es sogar am Nötigsten und derzeit zum Beispiel an Hochzeitsgeschenken und Ausstattung, die wir uns im Moment einfach nicht leisten können."

Als Frau Chang die Worte der Frau Sun an Herrn Liu berichtete, schickte dieser sofort acht Kisten mit eingekochten Früchten als Ehrengabe in das Haus der armen Witwe. Diese hatte nun keine Ausrede mehr und musste sich nun wohl oder übel an die Vorbereitungen für die Hochzeitsfeierlichkeiten machen. Doch je näher der festgesetzte Tag rückte, umso häufiger weinte sie bittere Tränen, da sie sich nicht von ihrem Kind trennen wollte, und gemeinsam mit der Tochter jammerte und klagte sie allein schon beim Gedanken an die bevorstehende Trennung.

Da trat ganz plötzlich ein Ereignis ein, das allem eine neue Wendung zu geben schien. Lius Sohn Liu wurde von einem schweren Fieber befallen, das den jungen Mann in kürzester Zeit entkräftete und entstellte. Seine Eltern waren außer sich vor Sorge und Schmerz, weil sie mit ihrem kranken Sohn mitlitten.

Jeden Tag und jede Nacht saßen sie an des jungen Lius Bett und hofften auf seine Genesung.

„Tan, meine liebe Frau“, sagte der alte Liu eines Tages zu seiner Frau, „unser Sohn ist schwer krank und der Himmel allein weiß, ob und wenn ja, wann er wieder gesunden wird. Wir sollten seine Vermählung mit der Tochter von Frau Sun verschieben.“

Es stellte sich jedoch heraus, dass seine Frau in diesem Belang anderer Ansicht war.

„Lieber Liu“, entgegnete sie ihrem Gemahl, „der du schon so viele Lenze auf deinem Rücken trägst! Du solltest doch schon wissen, dass man die Dinge immer von der heiteren, gelassenen Seite sehen sollte und nicht von der düsteren, schweren. Dann nämlich wird sich alles zum Besten wenden.“

Herr Liu aber war noch immer nicht überzeugt. „Unser Sohn ist schlicht und einfach schwer krank, liebe Tan, und die Dinge stehen eher ungünstig als günstig für ihn. Wenn wir ihn jetzt mit der jungen Tschui verheiraten, tun wir dem armen Mädchen vielleicht ein großes Unrecht an.“

Nun wurde Frau Tan zornig. „Du denkst immer viel mehr an das Wohl der anderen als an unser eigenes! Am besten sorgst du wohl für deinen Sohn, wenn du ihn auch mit der jungen Frau vermählst, die du ihm versprochen hast. Wir müssen nur dafür Sorge tragen, dass die Heiratsvermittlerin kein Wort über die Krankheit unseres Sohnes verlauten lässt. Du kannst nun sagen, was du willst, ich jedenfalls bestehe darauf, dass die Heirat so schnell wie möglich stattfindet.“

Liu war ein friedliebender Mann, dem die Harmonie im eigenen Haus sehr am Herzen lag. Daher ließ er unverzüglich Chang, die Heiratsvermittlerin, herbeirufen und wies sie an, auf keinen Fall von der schweren Erkrankung des jungen Liu zu berichten.

Auch wenn Liu glaubte, damit alle nötigen Vorsichtsmaßnahmen zur Geheimhaltung ergriffen zu haben, hatte er die Rechnung ohne seinen Nachbarn Li gemacht. Dieser grollte ihm schon seit langer Zeit, nämlich seit dem Tag, an dem Liu sich geweigert hatte, ihm ein Stück Grund zu einem günstigen Preis zu verkaufen.

Als dieser Nachbar nun von der Erkrankung des jungen Liu erfuhr, freute er sich, weil er dachte, nun endlich eine Chance zu haben, sich für die früher erlittene Zurückweisung rächen zu können. Sobald er also Kenntnis von der Sache erlangt hatte, wusste er nichts Besseres als sofort zur Witwe Sun zu gehen und ihr die Angelegenheit zu offenbaren.

Die arme Frau schlug die Hände über dem Kopf zusammen und war verzweifelt. Welch schlimmes Schicksal sollte ihrer Tochter widerfahren? Sie rief sofort die Heiratsvermittlerin und befragte sie um ihre Meinung, doch Frau Chang zuckte nur mit den Achseln und meinte, dass Herr Liu einen Aufschub der Heirat oder gar eine Lösung des Heiratsversprechens als böse Beleidigung auffassen würde.

Nun war Frau Sun erst recht besorgt. Einerseits wollte sie, dass Frau Chang mit der Familie Liu wegen einer Verschiebung der Hochzeit sprach, andererseits wollte sie mit nichts riskieren, den Zorn des einflussreichen Mannes auf sich zu ziehen. Die Angelegenheit schien sehr kompliziert zu werden.

Die Heiratsvermittlerin versuchte, die verzweifelte Witwe zu beruhigen und versicherte ihr, dass die Krankheit des jungen Liu nicht unheilbar war. Die beiden Kinder waren doch noch jung und könnten noch ein wenig warten.

„Gut, dann wollen wir zu Herrn Liu gehen“, sagte Frau Sun, „und wollen ihn um eine Verschiebung der Hochzeit bitten, bis sein Sohn wieder gesundet ist. Auf eine kurze Zeit wird es den Kindern doch nicht ankommen können!“

Frau Chang stimmte ihr zu und meinte, dass dieser Plan gut war. Doch als sie aufbrechen wollte, um sich zu Herrn Liu zu begeben, hielt Frau Sun sie zurück.

„Nein, gehen Sie noch nicht! Ich weiß nicht, ob Sie wirklich ehrlich mit mir sind und ob ich Ihnen vertrauen kann. Ich möchte Ihnen meine Base Yang mit auf den Weg geben. Sie wird Sie zu Herrn Liu begleiten und mir anschließend die Wahrheit berichten.“

„Wie Ihr wünscht, Frau Sun“, antwortete die Heiratsvermittlerin, „dann soll Frau Yang mit mir kommen, ich werde sie gerne mitnehmen.“

Frau Sun rief nun ihre Base, eine alte Freundin von ihr, herbei und schilderte ihr die Situation. Frau Yang willigte ein, Frau Chang zum Haus des alten Liu zu begleiten, und die beiden Frauen brachen sofort auf. Als sie bei Lius Hof ankamen, trat dieser soeben aus der Tür. Frau Chang raunte der Base zu, sie solle kurz warten, und eilte dann zu Herrn Liu, um allein mit ihm zu sprechen.

Als sie Herrn Liu erklärte, dass Frau Yang sie begleitet hätte, um zu sehen, wie die Umstände im Hause Liu waren, machte dieser ihr schwere Vorwürfe, weil sie es nicht geschafft hätte, diese lästige Begleitung zu verhindern. Frau Chang versicherte ihm, dass es an ihr nicht gelegen habe. „Glauben Sie mir, ich habe mehrmals versucht, Frau Sun davon abzuhalten, doch sie war stur und wollte nicht auf mich hören. Was hätte ich da tun sollen? Nun, wo die Dame schon einmal hier ist, wird Ihnen wohl nichts anderes übrig bleiben, als sie ins Haus zu bitten."

Sie rief Frau Yang zu sich und stellte sie und Herrn Liu einander vor.

„Dies ist Herr Liu, dies ist Frau Chang. Herr Liu freut sich sehr, Sie kennen zu lernen und heißt Sie herzlich in seinem Haus willkommen."

Frau Yang begrüßte Herrn Liu herzlich, der den Gruß höflich erwiderte.

„Bitte tretet doch ein", sagte er freundlich. „Ich werde sofort gehen, um meiner Frau Bescheid zu sagen. Frau Chang, seien Sie doch bitte so nett und leisten Sie Frau Yang in der Zwischenzeit Gesellschaft."

„Wie Ihr wünscht, ehrenwerter Herr", antwortete Frau Chang.

Mit großen Schritten entfernte sich Liu in Richtung der inneren Gemächer, um seine Frau von dem Geschehen zu unterrichten:

„In der Halle wartet eine Frau Yang. Sie ist die Base der Frau Sun und ist gekommen, um sich persönlich über den Gesundheitszustand unseres Sohnes zu informieren. Was sollen wir nun tun, um die Sache vor ihr zu verheimlichen?"

„Ach was", entgegnete seine Frau. „Denke doch nicht wieder so negativ, Liu. Sie wird wegen der Hochzeitsausstattung gekommen sein. Was soll denn daran so schlimm sein?"

Nach diesen Worten erhob sie sich und gab einer Dienerin Anweisung, im Nebenzimmer alle Brautgeschenke aufzulegen. Dann begab sie sich selbst in die Empfangshalle zu den Besucherinnen.

„Seien Sie mir herzlich willkommen“, begrüßte sie die beiden. „Ich freue mich, Sie kennen zu lernen, Frau Yang. Sagen Sie mir doch, wie geht es der lieben Frau Sun? Ich hoff doch, sie ist wohlauf. Welche Schicksalsfügung führt Sie heute in unser Haus?“

„Danke für den freundlichen Empfang“, antwortete Frau Yang. „Meine Base ist wohlauf und hat mich gebeten, Ihnen ihr tiefstes Mitgefühl auszudrücken, da ihr zugetragen wurde, dass es Anlass zu Kummer in Ihrem Hause gibt. Sie lässt Ihnen ausrichten, dass sie meint, es wäre vielleicht besser, die Hochzeit zu verschieben, bis sich Ihr Sohn wieder vollständig erholt hat.“

„Das ist überaus freundlich von Frau Sun, daran zu denken“, erwiderte Frau Tan. „Doch bitte bestellen Sie Ihr, dass es sich bei der Erkrankung unseres Sohnes nur um eine leichte Erkältung handelt, die bald vorüber sein wird. Daher besteht kein Anlass, die Hochzeit zu verschieben. Es ist bereits alles vorbereitet, die Einladungen an die Verwandten wurden bereits zugestellt und auch sonst ist alles gefügt. Daher fürchte ich, die Leute würden zu klatschen beginnen, wenn wir nun plötzlich die Heirat unserer Kinder aufschieben würden.“

„Oh, da haben Sie sicherlich Recht, verehrte Frau Tan“, sagte Frau Yang. „Dann möchte ich Sie nur noch um eines bitten. Bitte sagen Sie mir doch, wo sich der junge Herr zurzeit aufhält, damit ich ihn kurz besuchen kann. Wenn dies geschehen ist, dass ich ihn mit eigenen Augen gesehen habe, dann kann ich zufrieden zu meiner Base zurückkehren und sie beruhigen.“

„Mein Sohn hat soeben seine Arznei eingenommen und ist nun eingeschlafen“, meinte daraufhin Frau

Tan. „Es tut mir leid, aber ich möchte ihn nun wirklich nicht wecken, das wäre seiner Genesung kaum zuträglich. Vielleicht wollen Sie stattdessen sehen, wie weit unsere Vorbereitungen im Brautzimmer bereits gediehen sind? Kommen Sie und sehen Sie doch selbst – wie könnten wir da den Hochzeitstermin noch verschieben?“

In dem festlich geschmückten Zimmer, in dem vorhin auf Anweisung von Frau Tan die Hochzeitsgeschenke aufgelegt worden waren, kamen die beiden Frauen ins Gespräch und merkten gar nicht, wie schnell die Zeit verging. Es war schon dunkel, als Frau Yang eiligst aufbrach, um ihrer Freundin Sun von dem Besuch zu erzählen.

Frau Sun hörte aufmerksam zu und überlegte dann lange, kam jedoch zu keinem Ergebnis. „Ich glaube noch immer, dass es sich um eine ernste Erkrankung handeln muss, wenn man den jungen Liu unter Verschluss gehalten hat“, dachte sie bei sich.

Schließlich wandte sie sich an Frau Chang und bat sie, am nächsten Morgen wieder zu kommen, um noch einmal über die ganze Angelegenheit zu sprechen. Sie müsste über alles noch einmal schlafen, damit sie die Dinge klarer sehen könnte.

„Gut, dann komme ich morgen noch einmal zu Ihnen“, antwortete Frau Chang und verließ das Haus.

Frau Sun setzte sich zu ihrem eigenen Sohn Yü Chi und wollte wissen, was er denn nun eigentlich über all das denke und was sie tun sollten, wenn Lius Sohn wirklich ernstlich krank wäre. Und der junge Mann hatte tatsächlich einen Vorschlag für sie.

„Liebe Mutter“, begann er. „Meiner Meinung nach wird Herr Liu auf der Durchführung dieser Hochzeit zum festgesetzten Termin bestehen und auf keinen Fall einer Verschiebung zustimmen. Mein Vorschlag wäre nun folgender: Wenn morgen Frau Chang kommt, dann sagt ihr, dass der Heirat nichts mehr im Wege steht, aber lasst Euch von ihr versprechen, dass Eure Tochter nach drei Tagen wieder in das Haus ihrer Mutter zurückkehren wird, wie es die traditionellen Riten vorschreiben. Und wenn der junge Liu bei der Rückkehr meiner Schwester noch nicht gesund ist, dann behaltet Ihr sie einfach hier. Darüber könnte sich dann auch Liu nicht mehr beschweren."

„Dein Rat erscheint mir klug, mein Sohn", sagte Frau Sun nach einigem Nachdenken, doch nach einiger Zeit setzte sie hinzu: „Es tut mir leid, aber irgendwie sträubt sich alles in mir, meine liebe Tochter auch nur für drei Tage in das Haus des kranken Liu zu schicken!"

„Auch für diesen Fall weiß ich einen Rat, liebe Mutter", erwiderte der Sohn. „Wenn Ihr es gestattet, so lasst mich anstelle meiner Schwester in das Haus des Liu ziehen. Alle Freunde und Verwandten haben stets gesagt, meine Schwester und ich würden uns so ähnlich sehen, dass man uns verwechseln könnte. Lasst mich dieses Umstand ausnützen und mit meiner Schwester die Plätze tauschen. Der kranke Bräutigam wird keine Gelegenheit haben, den Wechsel festzustellen, und die drei Tage werden wie im Fluge vergehen. Danach sind wir alle wieder glücklich vereint!"

Frau Sun widerstrebte es, so einem Betrug zuzustimmen.

Doch als der Tag der Hochzeit immer näher und näher rückte, bekam sie es doch mit der Angst um ihre Tochter zu tun und erklärte sich schließlich bereit, den von ihrem Sohn vorgeschlagenen Ausweg zu beschreiten.

Frau Yang, die Base, kleidete Yü Chi in die Gewänder seiner Schwester Chi, und tatsächlich sah er der hübschen Maid zum Verwechseln ähnlich. Sogar seine Mutter hatte Schwierigkeiten, die beiden zu unterscheiden. Anschließend zeigten ihm die beiden Frauen noch, wie er sich als Mädchen zu verhalten hatte und vor allem natürlich, wie er den zierlichen Gang mit den kleinen Schritten vollziehen musste, der schöne Mädchen so sehr auszeichnet. Yü Chi lernte schnell und alles schien sich vortrefflich zu fügen.

Diesen ersten Teil der Geschichte von der komplizierten Hochzeit bedachten die Blumenhofmädchen mit lebhaftem Beifall. Doch ehe die zweite Freundin die Erzählung fortsetzen konnte, erhob sich abermals Frau Su-ngo, um ihrerseits ihre Verse fortzusetzen:

Du hast ein Schloss und Gemächer darin
Und willst sie nicht putzen, nicht fegen.
Du hast auch noch Trommeln und Glockenspiel,
und willst sie nicht schlagen, nicht regen.
Und tust du noch immer nichts, wenn der Tod kommt,
dann wird einst das alles ein anderer hegen.

Dann begann das nächste Mädchen mit dem zweiten Teil der Geschichte.

Dem Gesetz ist
entsprochen, die Feier
gehalten,
doch was ist nun
mit dem Mond-und-
Wind-Spiel?

Am Morgen des festgesetzten Tages kam die Heiratsvermittlerin, um die Tochter des Hauses Sun anzuholen. Hochzeitstrommeln und Trompeten erklangen vor dem Tor.

„Nein, wie prächtig unsere junge Braut aufgeputzt ist!“, rief Frau Chang, als sie die vorgebliche Chui sah. „Doch wo ist ihr Bruder? Kommt er denn nicht, um sich von seiner Schwester zu verabschieden?“

„Leider ist der Junge heute Nacht plötzlich erkrankt, daher muss er jetzt das Bett hüten. Bitte entschuldigt ihn für heute“, erwiderte Frau Sun. Dann ließ sie Wein auftragen und Geld unter den Leuten verteilen, wie es Sitte war.

Unterdessen saß Yü Chi mit züchtig niedergeschlagenem Blick auf dem Ehrenplatz.

Als nun die vorgeschriebenen Rituale und Zeremonien vollzogen waren, erhob sich die Braut, nahm innig von ihrer Mutter Abschied und ging mit kleinen Schritten auf die Sänfte zu. Die Mutter tat so, als fiele es ihr unendlich schwer, sich von ihrer Tochter zu trennen, sie schluchzte und weinte und klagte. Dann begleitete sie die Braut noch bis zur Tür der Sänfte, Yü Chi stieg hinein und wies die Base Yang an, in einer zweiten Sänfte zu folgen.

Als sich der Brautzug in Bewegung setzte, rief die Mutter der Heiratsvermittlerin nach: „Vergesst Euer Versprechen nicht! Bringt mir meine Tochter am dritten Tag zurück!“

„Ihr könnt Euch darauf verlassen!“, rief die Heiratsvermittlerin zurück. „In drei Tagen habt Ihr Eure Tochter wieder bei Euch im Haus!“

Nun begannen die Musikanten zu spielen, es wurden bunte Kerzen angezündet und der Hochzeitszug setzte sich in Bewegung. Als man die Musik vernahm, kamen die Gäste im Hause Liu auf die Straße, um den Zug zu bewundern. Hinter vorgehaltener Hand aber setzte ein Getuschel ein.

„Die Braut ist angekommen und entsteigt nun der Sänfte. Wo aber ist der Bräutigam, der sie würdig empfängt und mit ihr die Rituale vollzieht?"

Als dieses Gerede an Herrn Lius Ohren kam, sorgte auch er sich und wandte sich an seine Frau: „Wie soll denn nun die Hochzeitszeremonie vollzogen werden?"

Frau Tan war aber eine schlaue Frau und wusste auch in dieser schwierigen Situation Rat. Sie rief ihre Tochter Hui Nang herbei und befahl ihr, die Stelle des kranken Bräutigams einzunehmen und die Rituale gemeinsam mit der Braut zu vollziehen.

Während die Gäste das Hochzeitslied intonierten, trat das brave Mädchen an die Sänfte und half der Braut beim Aussteigen. Dann traten die Tochter und die Braut über die Schwelle in das Haus, hinter ihnen gingen die Heiratsvermittlerin, Frau Chang, und die Base, Frau Yang, dann folgten die anderen Verwandten und Gäste. Als sie im Inneren Hof angelangt waren, vollzogen die Braut und die Schwester des Bräutigams die rituellen Gebete zu Himmel und Erde. Die Feier gestaltete sich überaus merkwürdig und die Gäste konnten nur mit Mühe das Lachen zurückhalten. Ab und an war jedoch ein leises Kichern zu vernehmen.

Nachdem alle Rituale erfüllt waren, sprach Frau Tan zu ihrer Schwiegertochter: „Kommt nun mit mir und geht kurz in das Zimmer meines Sohnes, damit er Euch ansehen kann."

Mit Musikbegleitung schritt die Braut also zum Gemach des Bräutigams, wo die Vorhänge von dessen

Bett beiseite gezogen wurden. Frau Tan trat heran und rief: „Siehe, mein Sohn, hier ist deine schöne junge Frau zu dir gekommen! Sammle deine Kräfte, um sie zu begrüßen!"

Der junge Liu lag jedoch bleich und ermattet in den Kissen und war unfähig, auch nur ein einziges Wort hervorzubringen, geschweige denn, sich zu einer Begrüßung zu erheben. Als Herr Liu eine Lampe näher an das Bett hielt, erschrak er, wie blass und schmerzverzerrt das Gesicht seines Sohnes war. Sofort ließ er eine Suppe für den Kranken bringen und flößte ihm selbst ein paar Löffel davon ein. Danach sank der junge Liu dankbar in einen erschöpften Schlaf und man zog sich wieder aus seinen Gemächern zurück.

Alle Gäste und auch Frau Tan waren von der Schönheit und Grazie der Braut entzückt. Die alte Dame dachte ganz verträumt daran, was für ein schönes Paar die beiden jungen Leute abgegeben hätten, wenn ihr Sohn nicht so schwer erkrankt wäre.

In der Zwischenzeit hatte sich auch ihre Tochter einige Gedanken gemacht. Sie flüsterte der Heiratsvermittlerin Chang zu, wie hübsch doch ihre Schwägerin war.

„So bezaubernd hatte ich sie mir gar nicht vorgestellt! Welch ein Jammer, dass sie heute Nacht ihr Lager nicht mit einem Mann teilen kann. Ich wünschte, ich würde selbst einmal so einen hübschen Bräutigam bekommen!"

Danach wurden den traditionellen Bräuchen folgend die Hochzeitskerzen angezündet und die Gäste verließen ebenso wie die Musikanten nach und nach das Haus. Auch die Heiratsvermittlerin verabschiedete sich, da für sie kein Zimmer vorgesehen war.

Frau Tan und Herr Liu berieten nun, wie sie weiter vorgehen sollten.

„Wir können unsere Schwiegertochter nicht allein in unserem Haus schlafen lassen", meinte Frau Tan. „Auch wenn unser Sohn ihr nicht beiwohnen kann, muss sie doch Gesellschaft haben. Wie wäre es, wenn unser Töchterlein auch diesen Platz für ihn einnähme? So können die beiden Mädchen zusammen die Einsamkeit der Nacht überstehen!"

Herr Liu stimmte ihrem Vorschlag zu und Hui Nang, die ihre frisch gebackene Schwägerin ohnehin bereits ins Herz geschlossen hatten, willigte gerne ein, die Nacht mit ihr zu verbringen.

So wurde die Tochter des Hauses in das Zimmer der Schwiegertochter gebracht, wo Frau Tan zu ihr sagte: „Liebe Schwiegertochter, leider ist dein Mann so krank, dass er heute nicht bei dir sein kann. Doch damit du nicht alleine bist, wird unsere Tochter Hui Nang mit dir das Bett teilen, bis er wieder genesen ist."

In einem leichten Anfall von Panik wandte Yü Chi ein, dass man doch von der lieben Verwandten kein solches Opfer verlangen dürfte, doch Hui Nang, die von der Idee mittlerweile begeistert war, wandte schnell ein: „Ach, zwischen uns Schwägerinnen sind doch keine Förmlichkeiten nötig! Ich teile gern das Bett mir dir!" Und mit diesen Worten blieb sie einfach im Zimmer.

Frau Suns Base Yang schlief im selben Haus in einem anderen Zimmer. Sie tat die ganze Nacht kein Auge zu, weil sie fürchtete, dass die Täuschung nun offenbar würde und eine Katastrophe auslösen würde.

Als Hui Nang hinter die Täuschung kam, geschah allerdings alles andere als eine Katastrophe. Sie war überhaupt nicht empört, sondern freute sich über alle Maßen, denn nun verstand sie, warum ihr die Braut gar so gut gefallen hatte. Daher umschlang sie ihn mit ihren Armen und hielt ihn fest, als sie das Bett teilten und er mit seinem langen Jadespeer gegen ihre jungfräuliche Liebesgrotte stieß.

Hui Nang hob ihr Gesäß an, spreizte ihre Beine, so gut es ging und hielt ihm ihre rosigen Liebeslippen entgegen. Unter Mühen und vielen kurzen, aber kraftvollen Stößen brachte Yü Chi den Pfahl schließlich in ihre feuchte Pforte ein. Dann ließ er abwechselnd kurze, flache und lange, tiefe Stöße folgen, die bis an ihr Lotusherz vordrangen.

Unter wollüstigem Stöhnen verschränkte Hui Nang ihre zarten Füßchen hinter seinem Rücken und warf ihm ihre Lenden entgegen. Yü Chi stieß seinen jugendlich strammen Speer abwechselnd nach links und nach rechts, um ihren Bewegungen entgegenzukommen.

Dann hielt er wieder inne, zog sein Lustwerkzeug ganz aus ihrer Grotte, ließ es über ihren Venushügel streifen und drang danach langsam wie eine Schlange wieder in sie ein, wo er in den Tiefen zunächst bewegungslos verharrte, nur um dann plötzlich wieder wie ein junger Hengst vorwärts zu stoßen. So führte der junge Liebhaber seiner Bettgefährtin vor, auf welche Weise der Liebespfahl eines Mannes geschickt eingesetzt werden konnte.

Hui Nang bäumte sich auf, presste ihn mit der ganzen Kraft ihrer mächtigen Erregung an sich und sank dann schlaff in sich zusammen. Da verstand Yü Chi, dass sich bei ihr die Lustschleusen geöffnet hatten und so ließ auch er nach einigen letzten, kraftvollen Stößen seinen Liebesbalsam in ihrer Lustgrotte verströmen, wo er sich mit ihrem jungfräulichen Blut vermischte.

In aller Frühe kam am nächsten Morgen die Base Yang in das Zimmer, um Yü Chi das Haar nach Mädchenart zu frisieren, während Hui Nang sich im Zimmer ihrer Mutter zurechtmachte. Damit es niemand hören konnte, flüsterte sie ihm leise, aber nichtsdestoweniger zornig zu: „Du unseliger Junge, Yü Chi! Was hast du heute Nacht angestellt? In was für ein Unglück hast du uns nun wieder gestürzt? Jetzt ist alles verloren!"

„Ich bin nicht aus Stein", gab Yü Chi voller Trotz zurück. „In mir fließt junges, leidenschaftliches Blut. Nur drei Menschen kennen unser Geheimnis und wenn du es niemandem verrätst, wer sollte es dann erfahren?"

Nachdem die Morgentoilette beendet war, gingen Frau Yang und Yü Chi in das Zimmer von Frau Tan, wo auch Hui Nang sich aufhielt. Die beiden jungen Leute lächelten einander glücklich zu.

Herr Liu hatte seine gesamte Verwandtschaft für diesen Tag zu einem großen Festgelage gebeten und es wurde gegessen und getrunken bis spät in die Nacht hinein und keiner bemerkte, wie schnell der Tag verflogen war. Erst gegen Mitternacht verabschiedeten sich die letzten Gäste.

Hui Nang war den ganzen Tag über ihrer vorgeblichen Schwägerin nicht von der Seite gewichen. Aus dem zarten Täubchen war über Nacht ein stolzer, leidenschaftlicher Schwan geworden. Auch diese Nacht verlief ähnlich innig und temperamentvoll wie die vorige.

Am nächsten Morgen jedoch erinnerte die Base Yang daran, dass nun der dritte Tag angebrochen war und die junge Braut wie vereinbart in das Haus der Mutter zurückkehren sollte.

Wie klagte aber Hui Nang bei der Aussicht, von ihrem geliebten Yü Chi lassen zu müssen, und auch Herr Liu wollte lieber, dass seine Schwiegertochter im Hause blieb. So musste die Base wohl oder übel ohne Yü Chi zu ihrer Freundin zurückkehren, der sie alles berichtete, was in den letzten Tagen und vor allem Nächten vorgefallen war.

Frau Sun geriet ganz außer sich vor Sorge. Sofort ließ sie Frau Chang herbeirufen und wies sie an, ihr unverzüglich ihre Tochter nach Hause zu bringen wie es vereinbart gewesen war.

Als die Heiratsvermittlerin im Hause Liu eintraf, war Frau Tan in ein Gespräch mit Yü Chi vertieft, so dass Frau Chang es nicht wagte, auf das heikle Thema zu sprechen zu kommen, sondern von belanglosen Dingen zu sprechen begann. Yü Chi und Hui Nang ahnten jedoch den Grund ihres Erscheinens und wurden beide recht traurig bei dem Gedanken, sich bald voneinander trennen zu müssen.

Als sich die Heiratsvermittlerin endlich ein Herz fasste und gestand, dass sie gekommen war, um die Tochter wieder zurück in das Haus der Mutter zu bringen, da lachte Frau Tan nur und sagte: „Seht doch selbst, wie gut es unserer neuen Schwiegertochter in unserem Haus gefällt! Sie benimmt sich, als würde sie bereits ganz zu uns gehören! Aus welchem Grund sollten Sie die junge Frau noch in das Haus ihrer Mutter zurückbringen?“

Dagegen konnte Frau Chang nun nichts mehr sagen und so schwieg sie, aber sie getraute sich auch nicht, ohne Yü Chi zu Frau Sun zurückzukehren.

Durch eine merkwürdige Fügung des Schicksals begab es sich, dass von der Nacht an, da die vorgebliche Braut Yü Chi im Hause Liu schlief, der kranke junge Liu langsam, aber stetig genas. Von Tag zu Tag ging es ihm fortwährend besser, sodass er nach einigen Tagen sogar das Bett erstmals seit langer Zeit wieder verlassen konnte. Da überkam ihn natürlich die Lust, seine junge Frau zu sehen, der er seit dem Tag der Hochzeit nicht mehr begegnet war. Eine Dienerin führte ihn in das Zimmer seiner Frau, während Frau Tan hinterher ging.

An der Schwelle blieb die Dienerin stehen und fragte: „Ist es gestattet, dass der junge Herr eintritt?"

Als Yü Chi dies vernahm, sprang er auf und bat sie höflichst, einzutreten.

Der junge Liu begrüßte seine Frau auf das allerherzlichste, doch Yü Chi antwortete wie es eine scheue junge Frau getan hätte, indem er sagte: „Seid tausendmal gegrüßte, werter Gemahl!"

„Sieh nur, liebe Schwiegertochter", sagte Frau Tan. „Kaum ist mein Sohn genesen, gilt sein erster Weg sofort dir."

Der junge Liu betrachtete seine Gemahlin mit großem Wohlgefallen und da sie ihm so gut gefiel, wollte er sich gar nicht mehr von ihr trennen. Doch seine besorgte Mutter drängte ihn, seine Kräfte nicht zu sehr zu strapazieren, und riet ihm, sich wieder zurück in sein Bett zu begeben.

Daraufhin geleiteten Mutter und Schwester den noch immer schwachen jungen Liu in sein Zimmer zurück. Yü Chi, der allein zurückgeblieben war, war entsetzt, weil Liu nun wieder gesund war und wohl bald seine Rechte als Ehemann einfordern würde, wenn er wieder ganz genesen war. Spätestens dann würde der Schwindel auffliegen.

Als es Abend wurde und er mit Hui Nang wieder allein war, besprachen die beiden die komplizierte Angelegenheit.

„Dein Bruder ist nun bald wieder ganz gesund“, sagte Yü Chi. „Uns wird nichts anderes übrig bleiben als meiner Mutter alles zu gestehen. Ich muss nach Hause zurückkehren und meine Schwester muss an meiner Stelle wieder zu Euch kommen.“

„Das überlebe ich nicht!“, rief Hui Nang. „Verlasse mich nicht oder der Tag, an dem du mich verlässt, wird mein letzter auf Erden sein!“

„Tausendmal habe ich schon über eine Lösung nachgedacht, meine Liebste“, erwiderte Yü Chi verzweifelt, „doch ich weiß nicht, wie wir sonst aus dieser Lage wieder herausfinden sollten!“

„Wenn du mich nicht heiratest, dann töte ich mich!“, klagte Hui Nang.

Yü Chi nahm sie zärtlich in seine Arme, wischte ihr die Tränen von den Wangen und tröstete sie:

„Weine nicht, geliebte Hui! Ich werde ohne Unterlass weiter darüber nachdenken, wie wir wieder zusammenkommen können, und ich werde eine Lösung finden!“

In der Zwischenzeit war Frau Tan jedoch das Verhalten der beiden immer merkwürdiger vorgekommen und sie hatte einen Verdacht geschöpft. Die zwei hingen gar zu stark aneinander, trennten sich keine Minute und die junge Frau interessierte sich überhaupt nicht für ihren frisch angetrauten Ehemann.

Als Frau Tan nun das Wehklagen aus dem Zimmer ihrer Tochter hörte, trat sie an die Tür, fand diese jedoch verschlossen vor. Das schürte ihre Zweifel nur noch mehr.

„Wie kommt es, dass ihr Euch am helllichten Tage im Zimmer eingeschlossen habt?“, machte sie ihrem Ärger durch die Tür hindurch Luft. Und als die beiden erst nach längerer Zeit öffneten und dann vor lauter Verlegenheit kein Wort herausbrachten, da wurde ihr Verdacht noch stärker.

„Sag mir sofort, was du hier treibst!“, schrie Frau Tan ihre Tochter an, doch diese blieb stumm wie ein Fisch. „Rede, du liederliches Ding! Sage mir endlich, was hier gespielt wird!“

Zuerst versuchte Hui Nang, alles zu abzustreiten, aber ihre Mutter setzte ihr nach Kräften zu, drängte und schalt sie. Schließlich griff sie sogar zu ihrem Stock.

„Du missratene Brut, wenn du mir nicht sofort die Wahrheit sagst, und zwar die ganze Wahrheit, dann schlage ich dich tot!“

Hui Nang sagte noch immer nichts. Doch als die Mutter daraufhin mit ihrem Stock ausholte, gab sich das Mädchen endlich geschlagen und gestand der Mutter, wie sich die Sachlage tatsächlich verhielt. Sie warf sich zu Boden und flehte ihre Mutter an, die Verlobung mit dem jungen Pei wieder zu lösen und sie den jungen Yü Chi heiraten zu lassen, denn er war doch die verkleidete Ehefrau im Haus Liu.

„Bitte, Mutter, ich beschwöre Euch! Gebt mich ihm zur Frau!“

Als die Mutter hörte, wie ihre Tochter jammerte und flehte, wurde sie ganz milde gestimmt und legte den Stock beiseite. Trotzdem war sie noch immer verärgert über den Betrug, den die alte Frau Sun an ihr verübt hatte, indem sie ihren Sohn statt ihrer Tochter in das Haus Liu geschickt hatte.

„Was für ein gemeiner Einfall, den Sohn als Mädchen zu verkleiden, uns so schändlich zu täuschen und dann auch noch unsere Tochter zu verführen! Fort mit dir, du Lump, du ehrloser Taugenichts!“ Und mit diesen Worten jagte sie den armen Yü Chi zur Tür hinaus.

Vor dem Haus traf der junge Mann auf Frau Yang, die Base seiner Mutter, die ihn sogleich bestürzt fragte:

„Sag mir, mein Neffe, wie stehen die Dinge? Ich fürchte, schlecht!“

„Frau Tan schlägt soeben ihre Tochter, liebste Tante“, antwortete Yü Chi. „Es schmerzt mich, als ob ich die Schläge selbst erleiden müsste!“

„Oh nein, nun ist das Unglück also passiert!“, rief Frau Yang aus. Sie packte ihren unglücklichen Neffen am Arm und zerrte ihn mit sich nach Hause zu seiner Mutter.

Als Frau Sun nun ihren Sohn endlich nach Hause kommen sah, schalt sie ihn schon von Ferne.

„Du missratener Sohn, hinfort mit dir! Wie konntest du es wagen, allen Anstand zu vergessen und dich derartig an allen guten Sitten zu vergehen? Wärest du am dritten Tag heimgekommen, wie wir vereinbart hatten, dann wäre überhaupt nichts weiter geschehen. Ach, dieses alte Weib, diese Chang! Sie ist an allem schuld! Von dem Augenblick an, als sie unser Haus das erste Mal betreten hat, ist alles nur noch schief gegangen. Warum bist denn nicht wenigstens du zu mir gekommen, Base Yang? Ihr habt mich hier einfach der Sorge und Unwissenheit überlassen! Und wie soll ich nun mit dir verfahren, du missratener Sohn?!“

Frau Yang fühlte sich zu Unrecht angegriffen und da sie auch ihren Neffen in Schutz nehmen wollte, sagte sie:

„Liebe Base Sun, du musst wissen, dass dein Sohn ja sehr wohl zurückkehren wollte, doch die kleine Hui Nang, die Tochter des Liu, wollte das nicht zulassen. Ich selbst konnte gar nicht zurückkehren, denn ich musste Tag und Nacht Acht geben, damit die Angelegenheit nicht aufflog."

Die Blumenhofmädchen waren mit der weiteren Entwicklung dieser Geschichte zufrieden und spendeten ihr Beifall. Inzwischen hatte die ehrenwerte Vorsteherin Su-ngo in ihrem Gedächtnis auch den Schlussvers ihres Gedichtes gefunden und gab auch diesen, wie schon so viele Verse zuvor an diesem Abend, mit ihrer klaren Stimme zum Besten:

Du hast genug zu essen und zu trinken,
warum schlägst du nicht froh der Laute Saiten,
um dich daran leichten Herzens zu freuen
und die Tageslänge noch auszubreiten?
Und tust du noch immer nichts, wenn der Tod kommt,
dann wird in dein Haus ein anderer schreiten.

Noch während sie sprach, fiel ihr ein, dass sie seit geraumer Zeit nicht mehr an den inzwischen verschwundenen Studenten gedacht hatte und ebenso wenig an den Stand der Wassermassen. Sie schickte sowohl nach dem einen als auch nach dem anderen jeweils ein Mädchen aus, die Erkundigungen einholen sollten. Dann ließ sie das dritte Mädchen das Ende der Geschichte erzählen.

Wenn sich die Liebe
mit Macht beweist,
was kann man noch
tun, als nach einem
Weg der Zufriedenheit
für alle zu suchen?

In der Zwischenzeit war Frau Tan wieder an das Zimmer ihrer Tochter getreten und da sie die Tür verschlossen vorfand, dachte sie, dass sich Yü Chi noch immer darin aufhielt. Daher ließ sie vor der Tür neuerlich eine Schimpfkanonade auf ihn los:

„Du reuloser Schurke du, du betrügerischer Halunke! Wie kannst du es wagen, deine ruchlosen Machenschaften fortzusetzen? Wenn diese Türe nicht sofort geöffnet wird, dann werde ich sie einschlagen lassen!“

Noch während sie so schrie, öffnete Hui Nang die Tür, doch Frau Tan war nicht zu bremsen:

„Du unbedachtes Wesen, was sollen wir nur mit dir machen, wenn Herr Pei von der ganzen Geschichte erfährt?“

Hui Nang schluchzte verzweifelt und stieß unter Tränen hervor: „Liebste Mutter, ich bitte Euch, habt Erbarmen mit mir. Ich will Pei nicht heiraten, denn ich liebe einzig und allein Yü Chi. Wenn Ihr dem Eure Zustimmung verweigert, dann will ich lieber sterben als mit dem falschen Manne leben!“

„Sprich nicht so leichtfertig so schwerwiegende Dinge aus!“, rief die Mutter. „Die Familie des Herrn Pei hat bereits die Hochzeitsgeschenke in unser Haus schicken lassen – wie könnten wir es da noch wagen, die Verlobung zu lösen? Und was sollten wir denn überhaupt sagen, wenn wir nach dem Grund dafür befragt werden?“

Hui Nang sank zu Boden und weinte bitterlich.

Frau Tan hatte nun zwar einiges an Temperament, wie sich an ihren Schimpfworten zeigte, doch sie liebte ihre Tochter auch über alle Maßen und wollte das Mädchen gern glücklich sehen. Angesichts ihrer Tränen wurde ihr Herz weich und sie geriet in Sorge, dass Hui Nang vor Kummer krank werden könnte. Daher beugte sie sich zu ihr und sprach ihr Trost zu:

„Meine liebe Tochter, die ganze Sache ist ja nicht deine Schuld. Die Schuld trägt einzig und allein diese alte Hexe Sun, die ihren missratenen Sohn in Frauenkleider gesteckt und in unser Haus geschickt hat!"

Da die Tochter vernahm, dass die Mutter noch nicht zustimmte, setzte sie ihr Weinen und Klagen mit größerer Inbrunst fort. Da wich auch der letzte Groll aus dem Herz der Mutter, aber sie hatte keine Idee, wie sie aus der verzwickten Lage herausfinden konnten.

Der Lärm, die Schelte und das Gejammer hatten die Aufmerksamkeit von Herrn Liu geweckt, der nun in das Zimmer seiner Tochter eilte und Aufklärung verlangte: „Was ist denn hier los? Was geht hier vor?"

Was sollte Frau anderes tun als ihm die ganze Geschichte mitsamt allen Verwicklungen zu erzählen? Herr Liu war fassungslos. Nach einer ersten Schrecksekunde, in der er vor lauter Bestürzung kein Wort hervorbrachte, schrie er seine Frau an:

„Das siehst du, was du von deinem Eigensinn hast, du uneinsichtige Frau! Das ist alles deine Schuld! Als unser Sohn krank wurde, war ich derjenige, der einer Verschiebung der Hochzeit zustimmen wollte, nur du hast darauf bestanden, alles am festgesetzten Termin durchzuführen. Und jetzt sieh nur, was du uns damit eingebrockt hast!"

Jetzt erst bemerkte Herr Liu, dass sein Sohn, der junge Liu, die ganze Zeit über im Türrahmen gestanden und alles mitangehört hatte. Er wurde ganz blass im Gesicht und stieß nur mit Mühe und flüsternd hervor:

„Oh nein! Jetzt bin ich also zum Gespött der Leute geworden!“

Der Tumult der beiden Damen war so laut gewesen, dass ihn auch der boshafte Nachbar Li durch die Mauern hindurch wahrgenommen hatte. Es waren zwar keine einzelnen Worte zu verstehen gewesen, doch dass sich etwas Schlimmes abgespielt hatte, das war ihm sofort klar. So machte er sich am nächsten Tag an eine Dienstmagd des Hauses Liu heran, die herausgekommen war, um Erledigungen zu tätigen. Er rief sie zu sich in sein Haus und drang in sie, ihm doch von den Vorfällen zu berichten.

Zunächst wollte die Dienerin nichts preisgeben, doch als ihr der böse Nachbar fünfzig Kupferstücke gab, löste sich ihre Zunge. „So sprich doch frei heraus, mein Kind, dann sollen diese Münzen dir gehören und du sollst dir etwas Schönes für dich darum kaufen.“

Derart in Versuchung geführt, konnte die Magd ihre Verschwiegenheit nicht mehr aufrechterhalten und schilderte nun Herrn Li die unglückliche Geschichte, die sich im Hause Liu zugetragen hatte.

Innerlich lachte Li vor lauter Freude, doch äußerlich ließ er sich nichts anmerken. Zur Dienerin sagte er scheinbar mitfühlend: „Oh, welch traurige Angelegenheit!“ Doch dann machte er sich sofort auf den Weg zu Pei, um ihm die Geschichte einschließlich aller pikanten Details brühwarm weiterzuerzählen.

Pei geriet wie geplant sofort in Rage, eilte zu Liu und schrie ihm ins Gesicht: „Du niederträchtiger Schurke, du! Jetzt durchschaue ich dich endlich! Jetzt weiß ich, warum du tausend Ausflüchte gesucht hast, als ich die Heiratsvermittlerin zu dir geschickt habe! Du hast vorgegeben, deine Tochter wäre zu jung für eine Heirat! Ha, was für ein Lügenbold du doch bist! Aber jetzt ist mir alles klar, jetzt habe ich dich durchschaut, du Schuft!"

Da geriet auch Liu in einen heftigen Zorn. Sein Gesicht lief rot an, Zornesadern bildeten sich auf seiner Stirn und er ließ ebenfalls eine wahre Schimpfkanonade auf seinen Freund los.

Da schrie wiederum dieser zurück, dass es weit und breit zu hören war: „Du Schurke, du scheinheiliger du!"

„Was willst du überhaupt noch vor meiner Tür, du mieser Halunke?", rief nun wieder Liu. Er packte Pei am Arm und wollte ihn hinausbefördern, doch im Schwung stürzten beide über die Schwelle und balgten sich nun im Staub vor der Tür des Hauses.

Frau Tan und ihr Sohn sahen entsetzt zu, wie sich die zwei Männer prügelten. Als erster kam Pei wieder auf die Beine. Er klopfte sich den Staub von den Kleidern und schimpfte: „Das wird noch ein Nachspiel haben!" Dann eilte er schnurstracks zum Mandarin.

Herr Liu ließ nun seinerseits einen Advokaten zu sich rufen, dem er den Auftrag erteilte, eine Klageschrift aufzusetzen, um diese ebenfalls beim Mandarin einzureichen.

Der Mandarin, Richter Tai-ting, trat in seine Gerichtshalle, um den Fall zu verhandeln. Er war weithin als milder, aber gerechter Richter bekannt. Auch die beiden Kontrahenten traten ein und sofort ging das Gezänke und Geschrei wieder los. Tai-ting ließ die beiden vor sich treten und ließ sie den Grund ihres Streites vortragen.

Pei trat als erster vor, nannte seinen Namen und führte dann aus: „Mein Sohn heißt Pei Cheng und ist mit Hui Nang, der Tochter dieses Herrn Liu verlobt. Die Hochzeit sollte möglichst bald stattfinden, da ich selbst nicht mehr der Jüngste bin. Doch als ich die Heiratsvermittlerin in sein Haus geschickt habe, die um die Hand seiner Tochter angehalten hat, hat er zwar zugestimmt, aber dann gemeint, dass unsere Kinder noch zu jung wären, um zu heiraten; wir sollten die Hochzeit auf später verschieben.

In der Zwischenzeit aber, man stelle sich das einmal vor, hat sich sein feines Töchterlein mit dem Sohn der Frau Sun vergangen! Heute morgen, als ich dann in sein Haus gegangen bin, um die üble Geschichte mit ihm zu besprechen, da schlug er auf mich ein! Daher bin ich sofort zu Euch geeilt, Herr Richter, um gegen ihn Klage zu erheben."

Als Pei fertig gesprochen hatte, wandte sich der Richter an Liu und sagte: „Ihr habt die Anschuldigungen des Herrn Li gehört. Was habt ihr dagegen vorzubringen?"

„Ehrenwerter Richter", antwortete Liu, „ich Unwürdiger habe einen Sohn und eine Tochter: mein Sohn Liu ist mit der Tochter von Frau Sun, verlobt; meine Tochter Hui Nang ist tatsächlich dem Sohn des Herrn Pei versprochen gewesen. Leider wurde mein Sohn nun kurz vor der Hochzeitsfeier schwer krank. Am Hochzeitstag selbst schickte uns Frau Sun ihren Sohn Yü Chi als Braut verkleidet ins Haus und dieser Halunke hat dann meine Tochter verführt. Deshalb erhebe ich hier und heute vor Euch Klage! Diese Verwicklungen waren dem Herrn Pei bekannt, als er in mein Haus kam, und trotzdem hat er mich deswegen beschimpft und geschlagen. Das konnte ich ihm nicht durchgehen lassen und habe ihn ebenfalls geschlagen."

Als Liu ausgesprochen hatte, setzte Richter Tai-ting seine Befragung fort:

„Sagt mir, wie kommt es, dass Ihr den jungen Mann nicht erkannt habt? Und warum hat Frau Sun ihn, ihren Sohn, anstelle ihrer Tochter in Euer Haus geschickt?"

„Ihr müsst wissen, ehrenwerter Herr Richter", fuhr Liu fort, „dass der junge Yü Chi ein so hübsches Gesicht hat, dass ihn so manches Mädchen darum beneiden würde. Daher haben ihn sowohl meine Frau als auch ich für ein Mädchen gehalten und ihn in unserer Familie willkommen geheißen, denn wir haben uns gefreut, eine so hübsche Schwiegertochter zu bekommen."

„Ihr habt nur eine meiner Fragen beantwortet", sprach der Richter weiter. „Ich frage Euch noch einmal: Aus welchem Grund hat Frau Sun ihren Sohn anstelle ihrer Tochter zu dieser Hochzeit geschickt? Wieso hat sie einen solchen Betrug begangen?"

Auf diese Frage wusste Herr Liu keine Antwort und so schickte der Richter seine Gerichtsdiener aus, um Frau Sun und ihren Sohn Yü Chi zu holen. Außerdem ließ er auch den jungen Liu und dessen Schwester Hui Nang ins Gericht kommen.

Als schließlich alle im Gerichtssaal versammelt waren, konnte sich der Richter mit eigenen Augen davon überzeugen, dass Yü Chi tatsächlich hübsch und anmutig wie ein junges Mädchen war. Im jungen Liu erkannte der Mandarin einen recht gebildeten Jüngling und in dessen Schwester Hui eine ungewöhnlich schöne junge Frau.

Zuerst nahm sich der Richter Frau Sun vor und fragte sie, aus welchem Grund sie anstelle ihrer eigenen Tochter ihren Sohn als Braut verkleidet in das Haus Liu geschickt hatte.

Unter Tränen gestand Frau Sun, dass sie Angst um ihre Tochter gehabt hätte, die doch noch so jung war und die sie über alle Maßen liebte. Sie hätte gefürchtet, dass ihre geliebte Tochter vielleicht durch die Krankheit des ihr zugedachten Bräutigams Schaden genommen hätte. Deshalb sei sie auf diese merkwürdige Lösung für das Problem gekommen. Sie hätte sich aber gleich gedacht, dass etwas Schlimmes geschehen würde, da ihr Junge am dritten Tage nicht zurückgekehrt wäre. Abermals brach sie in Tränen aus:

„Ich konnte doch nicht ahnen, dass Liu seine Tochter auffordern würde, mit meinem Sohn das Zimmer zu teilen!"

Da wandte sich der Richter an Liu: „Warum habt Ihr denn eigentlich nicht die Hochzeit verschoben, wenn Euer Sohn so schwer krank gewesen ist?"

„Ich hätte sie gern verschoben, ehrenwerter Herr", antwortete Liu, „doch ich habe leider auf meine Frau gehört, die ganz dagegen war."

„Ihr hättet das Heft in Eurem Haus in der Hand behalten sollen", tadelte ihn der Richter mit kritischem Blick. Dann ließ er Yü Chi und Hui Nang vor seinen Stuhl treten.

„Yü Chi, du hast ein schweres Unrecht begangen", sagte er zu dem jungen Mann.

„Aber es war doch Liu selbst, der mir das Mädchen ins Zimmer geschickt hat!", wandte der Jüngling ein.

„Doch er konnte ja nicht wissen, dass du nicht die Braut ihres Bruders warst!", gab der Richter zurück.

„Der Gott des Mondes und der Winde war mächtiger als ich", sagte Yü Chi schicksalsergeben.

Da sprach der Richter zu Hui Nang:

„Was ist nun mit dir, Mädchen? Wirst du nun in das Haus des Pei einziehen? Oder willst du lieber in das Haus der Sun?"

Hui Nang schluchzte nur weiter vor sich hin und brachte kein Wort heraus. Der Richter betrachtete sie eine Weile und ließ dann Pei zu seinem Stuhl rufen.

„Dieses Mädchen da hätte ursprünglich deine Schwiegertochter werden sollen", sagte er zu ihm, „doch mir erscheint eine andere Lösung besser. Deshalb entscheide ich, dass sie die Frau des jungen Yü Chi werden soll. Er soll Euch dafür die Hochzeitsgeschenke, die Ihr bereits übergeben habt, ersetzen. Nun müssen wir nur noch eine Frau für Euren Sohn finden, doch das wird so schwierig nicht sein, denn ich habe gehört, dass Frau Yang eine Tochter im heiratsfähigen Alter hat. Und da Frau Yang bei all diesen Komplikationen eine gewisse Rolle gespielt hat, ist es nur gerecht, wenn sie auf diese Weise zu einer Entschärfung der Lage beiträgt. Seid Ihr damit einverstanden?"

„Oh ja, das bin ich, ehrenwerter Herr!", rief Pei aus. „Euer Urteil ist gerecht und die Tochter der Frau Yang ist mir als Schwiegertochter willkommen. Doch was ist mit Frau Yang? Ist sie ebenfalls einverstanden?"

Sofort wurden die Gerichtsdiener ausgeschickt, um Frau Yang herbeizuholen. Sie wagte es nicht, dem Urteil des hoch angesehenen Mandarins zu widersprechen. Am wenigsten allerdings hatten die beteiligten jungen Leute gegen den Urteilsspruch einzuwenden.

Dann nahm der Richter Pinsel und Tusche und schrieb das Urteil nieder, das danach laut verkündet wurde. Alle, die es vernahmen, lobten die Einsicht und die Gerechtigkeit des weisen Mandarins. Dieser hatte sich jedoch mittlerweile bereits in seine Privatgemächer zurückgezogen. Von dort aus ließ er den drei angehenden Ehepaaren je zwei rote Blumenkerzen schicken. Dann bestellte er drei Sänften, in welche die drei Bräute einstiegen. Jeder Brautsänfte folgte der zugehörige Ehemann in gemessenen Schritten und alle, die vor ihren Häusern standen und sie im Vorbeiziehen bewunderten, sahen nur strahlende Gesichter und freuten sich mit ihnen. Das einzig betrübte und verärgerte Gesicht gehörte dem bösen Nachbarn Li, der allein am Straßenrand zurückblieb.

Schon während die Erzählerin die letzten Sätze gesprochen hatte, drangen von weitem undeutliche Rufe an die Ohren der versammelten Blumenhofmädchen.

Nach Lauten der Wollust aus der Kehle des irgendwo fleißig seine Aufgabe erfüllenden Studenten klangen sie eigentlich nicht, vielmehr nach dem Drängen eines Menschen, der dringend eine Nachricht allen mitteilen möchte. Noch bevor sie den gebührenden Beifall spenden konnten, waren die Rufe auch schon zu verstehen:

„Sie kommen! Sie kommen!", hörte man klar und deutlich.

Da sprangen die Mädchen auf und brachten die arme Erzählerin um ihren wohlverdienten Applaus, denn so schnell es ihre zarten Goldlotusfüßchen zuließen trippelten die Mädchen in Richtung des großen Tores – obwohl sie auch in dieser Hast ihre Anmut und

Grazie nicht verloren, wie es sich für feinsinnige Schönheiten geziemt. Um einiges gemächlicher und majestätischer schritt hinter den fast hundert Trippelfüßchen die ehrenwerte Vorsteherin Su-ngo einher, wenn auch natürlich ebenfalls kleinen Schrittes. Als sie am Tor anlangte, wichen die aufgeregt durcheinandersprechenden Blumenhofmädchen sofort zur Seite, damit sie ungehinderten Blick auf den Abhang, die Ebene und den Strom jenseits des Tores hatte.

Was sie sah, hatte sie zwar noch nicht erwartet, aber sie freute sich nichtsdestoweniger daran. Wo sich bis vor kurzem noch dunkle Gewitterwolken aufgetürmt hatten, zogen nun wieder die üblichen zartweißen Wolkenfelder über den Himmel, die laue Lüftchen, aber keineswegs mehr Gewitter und Regen brachten. Zufrieden stellte Su-ngo fest:

„Für berstende Schleusen sorgen ab sofort wieder wir selbst hier im Haus. Unsere Windspiele richten nicht solche Verheerungen an."

Von Sturm, Platzregen und finsteren Donnerwolken war keine Spur mehr zu sehen und man vergaß sie ganz, wenn man sah, wie die geschwungenen Kupferdächer der Städte rotgold am Horizont im Osten schimmerten.

Über die Ebenen galoppierten eilige Reiter auf den Berg mit den rot getünchten Mauern zu, auf dessen Gipfel die Pagode thronte, und wirbelten Sandfahnen hinter sich auf. Der angenehmste Anblick war jedoch der Fluss Huangho, der sich wieder weitgehend beruhigt und in sein Bett zurückgezogen hatte. Fleißige Arbeiter hatten sich bereits darangemacht, die Brücke wieder in Stand zu setzen oder zumindest vorläufig passierbar zu machen, doch die Arbeiten würden noch einige Zeit in Anspruch nehmen. Am Ufer vor der Brücke staute sich schon eine Menge aus ungeduldigen Männern in durchaus edler Aufmachung, welche die Arbeiter drängten, sich doch zu beeilen.

Nun ahnte die ehrenwerte Su-ngo bereits, dass sich der Ruf „Sie kommen!" nicht auf diese Herren bezogen hatte.

Gewissheit erlangte sie allerdings erst, als sie von den noch immer vergnügt durcheinanderschnatternden Mädchen auf die andere Seite des Blumenhofes geführt wurden, was eine Weile dauerte, weil sie dazu ja die weitläufigen Gartenanlagen durchqueren mussten. Dafür erwartete sie an der hinteren Pforte ein besonderer Anblick. Der Strom, der so stark angeschwollen war, dass er sich hinter dem Berg einen neuen Lauf gesucht und damit den Blumenhof vom Rest der Welt abgeschnitten hatte, war viel schmäler und vor allem viel seichter geworden.

Einige zielstrebige Männer hatten eine Furt entdeckt und sie im Gefolge einer langen Reihe von liebeshungrigen Kollegen überschritten. Ihre Kleidung war zwar bis über die Knie nass geworden, doch ihre Augen strahlten vor Vorfreude und Begierde, als sie mit strammem Schritt den Hügel hinaufstapften.

„Es ist doch ab und zu ganz gut, wenn die Kraft mit den Untertanen durchgeht und sich die stärksten Männer nicht mehr bändigen lassen", sagte die ehrenwerte Vorsteherin Su-ngo, deren reiche Lebenserfahrung hier zum Ausdruck kam.

Das helle Kichern in ihrem Rücken verriet ihr, dass immerhin einige Blumenhofmädchen ihren Witz verstanden hatten. Diese silberhellen Klänge spornten die keuchenden Männer bei ihrem anstrengenden Aufstieg noch mehr an, als es die Lust in ihrem Inneren bereits tat.

Und sie wussten: Bald erwarteten sie all die unübertrefflichen Vergnügungen, die der Blumenhof und seine wundervollen Bewohnerinnen zu bieten hatten.

Richard Werther
Der skandalöse Ball

„Der skandalöse Ball“ von Richard Werther führt uns in die Welt der guten Gesellschaft einer kleineren österreichischen Stadt, hinter deren Kulissen es alles andere als prüde zugeht. Werther beschreibt genüsslich und nicht ohne Humor die Abenteuer eines jungen Landadeligen, vom Schicksal bestens ausgestattet, in dieser Welt der Angebote und Verlockungen.

Andréa de Nerciat
Lolotte im Noviziat

Eine Reise in das Frankreich des galanten Zeitalters, in die heile Welt der besseren Stände am Vorabend der Französischen Revolution. Lolotte beschreibt die drei Monate von ihrer ersten Begegnung mit Sexualität bis zu ihrer Eheschließung, eine Zeit, in der sie nichts auslässt, was ihr das Leben an erotischen Erfahrungen und Freuden bietet.

Pietro Fortini
Die Episoden der Liebe

Ein Abstecher in die Toskana der italienischen Renaissance, ins sittenstrenge Siena, in das Florenz der Geizhälse, zu den prahlerischen Neapolitanern. Mit einem liebevollen Schmunzeln schildern sie die manchmal komplizierten Wege, auf denen Liebende zueinander finden, um ungeliebten Partnern die Hörner aufzusetzen.

Octave Mirbeau
Das Tagebuch einer Kammerzofe

Ein Ausflug in die Welt der Dienstboten in Frankreich zur Zeit der Dreyfus-Affäre mit ihrem unterschwelligen Antisemitismus und ihrer Radikalisierung. Die Erzählerin beobachtet sehr genau – ihre Herrschaften ebenso wie ihresgleichen und nicht zuletzt sich selbst.